N5-N1 新日檢文法大全

修訂版

精選出題頻率最高的考用文法，
全級數一次通過！

前言

很多人都覺得日語越學越難，其實是因為基礎沒有打好。在教授日語時最常被問到的，都是因為對基礎文法的理解不足所產生的問題，因此我覺得有必要將初級到高級的文法做有系統的整理編著成書籍。

當要表達某種狀況時，需要適合該狀況下使用的單字和該單字的排列方式，排列方式便是文法。正確使用文法才能表達出正確的內容，然而要使用適合的文法去表達出自身的想法並不是件容易的事。因此本書站在學習者的立場上執筆，將學習日語的負擔降低，讓學習者更容易理解。

本書的特色如下：

① 設定學習難度

為了客觀地評價學習難度，以日本語能力試驗（JLPT）為基準標示難度，讓學習者可以依自己的程度去學習。

② 紮實的說明與例句

說明文法所表達的意思和使用的狀況，並透過例句幫助理解。需要加強理解各文法要注意的用法和額外補充說明時，會加註「TIP」。

③ 文法用語

日語文法書通常會根據作者的意見和想法，在用語上有些許不同，造成學習者的混亂。為了終結此混亂，我在著作本書時採用了日本具有代表性權威的辭典和文法書之中共同的用詞。

④ 五十音索引

整理出按字母順序排列的文法索引。讓學習者可以隨時查閱複習。

我認為學習者學日語到目前為止所感到的疑惑和混亂的問題，將可透過本書獲得釐清。此外，日本語能力試驗（JLPT）、日本留學試驗（EJU）等從基礎考試到需要更融會貫通的高等考試上，都可以獲得很大的幫助。

最後我要感謝在這本書發行前給予我很多鼓勵和幫助的多樂園鄭奎道社長，以及日本出版社同仁，在此致上我深深的謝意。

作者 金星坤

本書的架構

① 主題（標題）

從基礎文法到高級文法，整理得一目了然。

② 標示日本語能力試驗（JLPT）級數

根據日本語能力試驗等級標示學習難度，學習者可依照自己的實力學習。

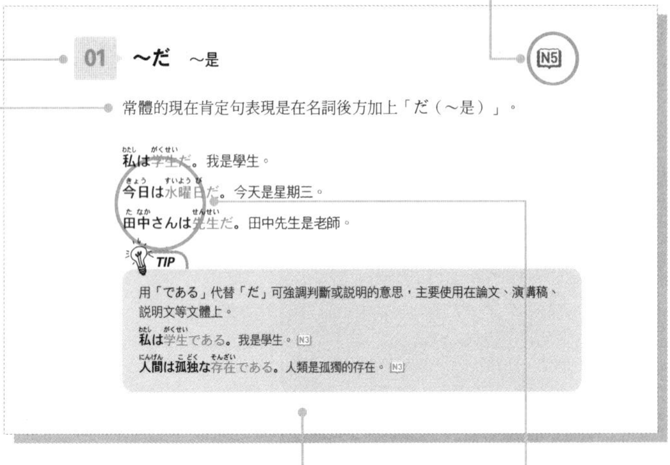

01 ～だ ～是

N5

常體的現在肯定句表現是在名詞後方加上「だ（～是）」。

私《わたし》は学生《がくせい》だ。我是學生。

今日《きょう》は水曜日《すいようび》だ。今天是星期三。

田中《たなか》さんは先生《せんせい》だ。田中先生是老師。

TIP

用「である」代替「だ」可強調判斷或說明的意思，主要使用在論文、演講稿、說明文等文體上。

私《わたし》は学生《がくせい》である。我是學生。N3

人間《にんげん》は孤独《こどく》な存在《そんざい》である。人類是孤獨的存在。N3

③ 說明

幫助理解文法而提供的清楚說明。文法用語使用日本具有代表性權威的辭典和文法書中共同的用詞。

④ 例句

為幫助理解文法，舉出例句說明如何使用。

⑤ TIP

簡單整理了需要進一步了解的內容，幫助理解文法。

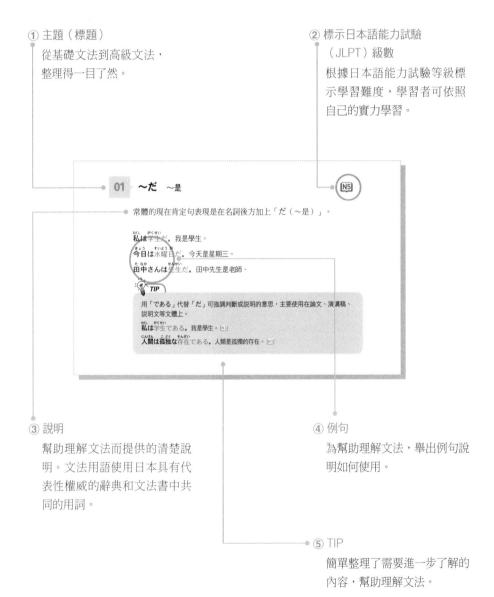

為了能夠順利地溝通，句子必須要完整表達出自己的想法和情緒，讓對方完全掌握自己所傳達的意思。將要表達的句子發明出排列組合或規則便稱為文法，因此要懂得文法才能正確表達日語並完整理解句子的意思。本書為了幫助讀者理解文法，需要先了解句子的單位「句子」、「文節」、「單字」，以及構成句子的「主語」和「述語」，並要了解各個詞類。

1.句子構造

一個句子依單位大小可分為「句子」、「文節」、「單字」。

① 句子

指的是把想法或情緒整理在同一句表達的最小單位，由一個或是多個單字組成，句子最後通常以「。（句點）」結尾。

ケーキをたくさん食《た》べる。吃很多蛋糕。
今日《きょう》私《わたし》は友《とも》だちと映画《えいが》を見《み》た。今天我和朋友看了電影。

② 文節

文節指的是將句子分成可以表達意思的最小單位。為理解文節必須先瞭解「自立語」和「附屬語」的概念。自立語是「可以單獨使用的單字」，而附屬語是「不可單獨使用的單字」。請務必記得「①文節中的自立語只有一個，②自立語放在文節的第一段」這兩點。

ケーキを / たくさん / 食《た》べる。吃很多蛋糕。

➡ ケーキ（自立語）**+を**（附屬語）**/ たくさん**（自立語）**/ 食《た》べる**（自立語）。

[三個文節]

今日《きょう》/ 私《わたし》は / 友《とも》だちと / 映画《えいが》を / 見《み》た。今天我和朋友看了電影。

➡ 今日《きょう》（自立語）**/ 私《わたし》**（自立語）**+は**（附屬語）**/ 友《とも》だち**（自立語）**+と**（附屬語）**/ 映画《えいが》**（自立語）**+を**（附屬語）**/ 見《み》**（自立語）**+た**（附屬語）。[五個文節]

③ 單字

將文節更細分後會變成單字，「單字」是句子的最小單位，記載於字典上。文節是由多個單字所構成，但若一個單字即為一個句子時，那個單字也可稱為是文節。

ケーキ / を / たくさん / 食《た》べる。吃很多蛋糕。[四個單字]

今日《きょう》/ 私《わたし》/ は / 友《とも》だち / と / 映画《えいが》/ を / 見《み》/ た。

今天我和朋友看了電影。[九個單字]

「見た」的情況是動詞「見る」和助動詞「た」分別各算一個單字，因此總共是兩個單字。

2.句子組成

文節根據句子中所扮演的角色又分為「主語」、「述語」、「修飾語」、「接續語」、「獨立語」五種。

① 主語

主語是句子中動作或狀態的主體，像是「これが（這個）」、「私は（我）」，主語後方經常連接著「が」或「は」等助詞，主語亦可依狀況而省略。

今日《きょう》私《わたし》は友《とも》だちと映画《えいが》を見《み》た。今天我和朋友看了電影。[私是主語]

ケーキをたくさん食《た》べる。吃很多蛋糕。[省略主語]

② 述語

述語是日語句子中最重要的構成要素，敘述主語的動作或狀態，述語不可省略。

ケーキをたくさん食《た》べる。[食べる是述語]
今日《きょう》私《わたし》は友《とも》だちと映画《えいが》を見《み》た。[見た是述語]

③ 修飾語

修飾語是修飾後面語句的文節，在主語和述語無法充分表達語意時使用。依修飾語所修飾的文節，分成修飾體言（名詞）的連體修飾語和修飾用言（動詞、形容詞、形容動詞）的連用修飾語。舉例來說，「おいしいケーキ（好吃的蛋糕）」中「おいしい（好吃）」是修飾名詞「ケーキ（蛋糕）」的連體修飾語，而「たくさん食《た》べる（吃了很多）」中「たくさん（很多）」是修飾「食《た》べる（吃）」的連用修飾語。非主語或述語，剔除接續語和獨立語這類特別的狀況後，其他都是修飾語。

ケーキをたくさん食《た》べる。
吃很多蛋糕。[修飾語：ケーキを・たくさん]

今日《きょう》私《わたし》は友《とも》だちと映画《えいが》を見《み》た。
今天我和朋友看了電影。[修飾語：今日・友だちと・映画を]

④ 接續語

接續語是連結單字和單字、文節和文節、句子和句子，用來表達後方內容和前方內容之間關係的單字或文節。

私《わたし》は疲《つか》れたので、少《すこ》し休《やす》んだ。
我感到疲憊所以休息了一下。[接續語：ので]

旅行《りょこう》に行《い》きたい。だが、時間《じかん》がない。
想去旅行，但是沒有時間。[接續語：だが]

⑤ 獨立語

獨立語和其他句子沒有直接關係，獨立性強烈。「はい、～」、「いいえ、～」、「あら、～」這類似的回答或感嘆詞便是獨立語，後接「、（頓號：置於句子中間的符號）」的便是獨立語。

はい、分《わ》かりました。是，我知道了。[獨立語：はい]
あら、もう7時《しちじ》だわ。天哪，已經七點了！[獨立語：あら]

3.詞類分類

單字是句子的最小單位，將單字根據在句子中的意思與角色進行分類後稱為詞類。一般來說詞類同下表分為十種，各詞類再細分。舉例來說，名詞又分為普通名詞、固有名詞、形式名詞等，再廣一點還包含了代名詞和數詞。

詞類	是否活用	獨立性
動詞	活用	自立語
形容詞		
形容動詞		
名詞	不活用	
副詞		
連體詞		
接續詞		
感嘆詞		
助動詞	活用	附屬語
助詞	不活用	

＊自立語

自立語是「可以單獨成為文節的單字」，「動詞、形容詞、形容動詞、名詞、副詞、連體詞、接續詞、感嘆詞」都屬於自立語。自立語所活用的「動詞、形容詞、形容動詞」稱為用言。

＊附屬語

附屬語無法獨自成為文節，永遠必須接在自立語後方，被使用在文節中的一部分。「助詞」和「助動詞」屬於附屬語。

＊活用

「動詞、形容詞、形容動詞、助動詞」會根據用法的不同而改變單字的形態，稱之為活用。也就是說要表示句子的時態、狀態或要接其他句子時，單字的形態會改變。

＊動詞

動詞是用來表達事物的動作、作用或狀態。動詞作為自立語時具有可活用的性質，動詞的常體通常用う段結尾。

食《た》べる 吃　**見《み》る** 看　**行《い》く** 去　**遊《あそ》ぶ** 玩

＊形容詞

形容詞是用來表現事物的性質或狀態。形容詞是可活用的自立語，在句子中修飾名詞，或單獨使用成述語。所有形容詞都用「い」的形態結尾。

おいしい 好吃的　**寒《さむ》い** 冷的　**やさしい** 溫柔的　**大《おお》きい** 大的

＊形容動詞

形容動詞是可活用的自立語，在句子中修飾名詞，或單獨使用成述語。在表達事物的性質或狀態這點上，雖然跟形容詞很類似，但活用方式不同。

きれいだ 美麗的　**静《しず》かだ** 安靜的　**親切《しんせつ》だ** 親切的　**簡単《かんたん》だ** 簡單的

＊名詞

名詞是表達人或事物名稱的單字，名詞作為自立語時可單獨完成文節，沒有活用是其特徵。和代名詞一起被稱作「體言」。

花《はな》 花　**学校《がっこう》** 學校　**山《やま》** 山　**辞書《じしょ》** 辭典

＊副詞

副詞主要修飾動詞、形容詞、形容動詞等，用來表達事物的狀態或程度。副詞是自立語，具有不活用的屬性。

とても 非常　**ゆっくり** 慢慢地　**まだ** 尚未　**たぶん** 大概

＊連體詞

連體詞是不活用的自立語，擔任修飾名詞的角色。

この 這　**そんな** 那種　**あらゆる** 所有的　**大《たい》した** 了不起的

＊接續詞

連接單字和單字、句子和句子的語句稱為接續詞，接續詞是自立語、不活用。根據其角色可分為順接、逆接、並列、添加、選擇等接續詞。

しかし 但是　**だから** 所以　**または** 或著　**それに** 而且

＊感嘆詞

感嘆詞是不活用的自立語，不修飾主語或述語，單獨使用具有獨立性。感嘆詞通常位於句子的前面，表達感動、回答、呼叫等意思。

あら 天哪　**あっ** 啊　**もしもし** 喂　**ええ** 是

＊助動詞

不單獨組成文節，總是使用在自立語後方的附屬語，活用詞類之一。

～たい 想要　　**～ようだ** 像是　　**～だろう** 會是…吧　　**～させる** 讓、使

＊助詞

助詞沒有獨立的意義，是不活用的附屬語，使用在自立語後方，表達文法上的關係或意思。

～も ～也　　**～を**（受格助詞）　　**～は**（主格助詞）　　**～ので** 因為

目次

PART 01
名詞

1 名詞
2 名詞的基本表現
3 名詞的其他表現

1 名詞

名詞是表達人或事物名稱的單字，和數詞、代名詞稱為體言。名詞具有下列特徵：

❶ 自立語、不活用

名詞可單獨做為文節（意思組成的最小單位），是不活用的詞類。

❷ 名詞可成為主語

名詞加上「が」可成為主語，換句話說，加上「が」後可成為主語的詞類只有名詞而已。

TIP

>> 名詞的種類

- 普通名詞：事物的一般名稱
- 固有名詞：特定事物的名稱
- 數詞：表達數量或順序
- 形式名詞：形式上或抽象使用的名詞

PART 01

2 名詞的基本表現

01 ～だ　～是

N5

常體的現在肯定句表現是在名詞後方加上「だ（～是）」。

私《わたし》は学生《がくせい》だ。我是學生。

今日《きょう》は水曜日《すいようび》だ。今天是星期三。

田中《たなか》さんは先生《せんせい》だ。田中先生是老師。

TIP

用「である」代替「だ」可強調判斷或說明的意思，主要使用在論文、演講稿、說明文等文體上。

私《わたし》は学生《がくせい》である。我是學生。N3

人間《にんげん》は孤独《こどく》な存在《そんざい》である。人類是孤獨的存在。N3

02 ～ではない　～不是

N5

常體的現在否定句表現是在名詞後方加上「ではない（～不是）」。進行會話時「では」經常縮減成「じゃ」變成「じゃない」。

私《わたし》は学生《がくせい》ではない。＝ 私《わたし》は学生《がくせい》じゃない。我不是學生。

今日《きょう》は水曜日《すいようび》ではない。＝ 今日《きょう》は水曜日《すいようび》じゃない。今天不是星期三。

田中《たなか》さんは先生《せんせい》ではない。＝ 田中《たなか》さんは先生《せんせい》じゃない。
田中先生不是老師。

03 ～だった　～是

N5

常體的過去肯定句表現是在名詞後方加上「～だった」。

昨日《きのう》は休《やす》みだった。昨天是休息日。

昨日《きのう》は火曜日《かようび》だった。昨天是星期二。

田中《たなか》さんは先生《せんせい》だった。田中先生以前是老師。

04 ～ではなかった　～不是

N5

常體的過去否定句表現是在名詞後方加上「～ではなかった」。進行會話時「では」經常會說成「じゃ」變成「～じゃなかった」。

昨日《きのう》は休《やす》みではなかった。

＝ 昨日《きのう》は休《やす》みじゃなかった。昨天不是休息日。

今日《きょう》は火曜日《かようび》ではなかった。

＝ 今日《きょう》は火曜日《かようび》じゃなかった。今天不是星期二。

田中《たなか》さんは先生《せんせい》ではなかった。

＝ 田中《たなか》さんは先生《せんせい》じゃなかった。田中先生以前不是老師。

05 ～です　～是

N5

「～です（～是）」是「だ（～是）」較恭敬的表達方式，加在名詞後方表示現在肯定敬體。「敬體」表示對談話對象的尊敬，語氣較鄭重。

私《わたし》は学生《がくせい》です。我是學生。

今日《きょう》は水曜日《すいようび》です。今天是星期三。

田中《たなか》さんは先生《せんせい》です。田中先生是老師。

06 ～ではありません　～不是　N5

名詞後方加上「～ではありません（～不是）」是現在否定敬體。一般對話中經常使用「～じゃありません」。

私《わたし》は学生《がくせい》ではありません。
＝ 私《わたし》は学生《がくせい》じゃありません。我不是學生。
今日《きょう》は水曜日《すいようび》ではありません。
＝ 今日《きょう》は水曜日《すいようび》じゃありません。今天不是星期三。
田中《たなか》さんは先生《せんせい》ではありません。
＝ 田中《たなか》さんは先生《せんせい》じゃありません。田中先生不是老師。

07 ～でした　～是　N5

過去肯定敬體，在名詞後方加上「～でした（～是）」。

昨日《きのう》は休《やす》みでした。昨天是休息日。
会議《かいぎ》は昨日《きのう》でした。會議是昨天。
田中《たなか》さんは先生《せんせい》でした。田中先生以前是老師。

08 ～ではありませんでした　～不是　N5

名詞後方加上「～ではありませんでした」表過去否定敬體。一般對話中「では」經常會說成「じゃ」。

昨日《きのう》は休《やす》みではありませんでした。

＝ 昨日《きのう》は休《やす》みじゃありませんでした。昨天不是休息日。

会議《かいぎ》は昨日《きのう》ではありませんでした。

＝ 会議《かいぎ》は昨日《きのう》じゃありませんでした。會議不是昨天。

田中《たなか》さんは先生《せんせい》ではありませんでした。

＝ 田中《たなか》さんは先生《せんせい》じゃありませんでした。田中先生以前不是老師。

09 ～ですか　是～嗎？　N5

現在疑問敬體。名詞後方加上「～ですか（是～嗎）」。

田中《たなか》さんは学生《がくせい》ですか。田中先生是學生嗎？

今日《きょう》は水曜日《すいようび》ですか。今天是星期三嗎？

これは鉛筆《えんぴつ》ですか。這個是鉛筆嗎？

TIP

表達有選擇或想要確認的意思時，也可說「～ですか、～ですか」。

今日《きょう》は水曜日《すいようび》ですか、木曜日《もくようび》ですか。今天是星期三嗎？還是星期四？

これは鉛筆《えんぴつ》ですか、ボールペンですか。這個是鉛筆嗎？還是原子筆？

10 ～ではありませんか　不是～嗎？　N5

並非否定句子內容而是要確認或反問時使用，一般對話中「では」經常會說成「じゃ」。變成「～じゃありませんか」。

田中《たなか》さんは学生《がくせい》ではありませんか。

＝ 田中《たなか》さんは学生《がくせい》じゃありませんか。田中先生不是學生嗎？

今日《きょう》は水曜日《すいようび》ではありませんか。

＝ 今日《きょう》は水曜日《すいようび》じゃありませんか。今天不是星期三嗎？

これは鉛筆《えんぴつ》ではありませんか。

＝ これは鉛筆《えんぴつ》じゃありませんか。這個不是鉛筆嗎？

11 ～でしたか 是～嗎？ N5

過去疑問敬體表達詢問或確認。

昨日《きのう》は休《やす》みでしたか。昨天是休息日嗎？

会議《かいぎ》は昨日《きのう》でしたか。會議是昨天嗎？

田中《たなか》さんは先生《せんせい》でしたか。田中先生以前是老師嗎？

12 ～ではありませんでしたか 不是～嗎？ N5

並非否定句子，而是用過去疑問敬體表達確認或反問之意，一般對話中經常使用「～じゃありませんでしたか」的形態。

昨日《きのう》は休《やす》みではありませんでしたか。

＝ 昨日《きのう》は休《やす》みじゃありませんでしたか。昨天不是休息日嗎？

会議《かいぎ》は昨日《きのう》ではありませんでしたか。

＝ 会議《かいぎ》は昨日《きのう》じゃありませんでしたか。會議不是昨天嗎？

田中《たなか》さんは先生《せんせい》ではありませんでしたか。

＝ 田中《たなか》さんは先生《せんせい》じゃありませんでしたか。

田中先生以前不是老師嗎？

3 名詞的其他表現

01 ～の～　～的～

N5

日語在名詞和名詞中間使用「の」來連接名詞，中文在兩個名詞中間的「的」偶爾會省略，但日語不會省略「の」。

それは私《わたし》のカメラです。那個是我的相機。

これは木村《きむら》さんの本《ほん》ですか。這個是木村的書嗎？

私《わたし》は毎日《まいにち》日本語《にほんご》の勉強《べんきょう》をします。我每天學日語。

TIP

名詞加上名詞變成新的意義時，在兩個名詞中間則不加上「の」。

携帯《けいたい》＋電話《でんわ》 ➡ 携帯電話《けいたいでんわ》 行動電話

日本《にほん》＋銀行《ぎんこう》 ➡ 日本銀行《にほんぎんこう》 日本銀行

営業《えいぎょう》＋時間《じかん》 ➡ 営業時間《えいぎょうじかん》 營業時間

02 ～で　連接名詞 N5

當要將兩個句子變成一句時，可將前一個「です」，改用「で」使前面的句子以連用形呈現，再連接下一個句子使其變成一個單獨的句子。

これは英語《えいご》の辞書《じしょ》です。あれは日本語《にほんご》の辞書《じしょ》です。

這本是英語辭典。那本是日本語辭典。

➡ これは英語《えいご》の辞書《じしょ》で、あれは日本語《にほんご》の辞書《じしょ》です。

這本是英語辭典，那本是日本語辭典。

大《おお》きいのは私《わたし》のかばんで、小《ちい》さいのは妹《いもうと》のかばんです。

大包包是我的，小包包是妹妹的。

この人《ひと》は鈴木《すずき》さんで、あの人《ひと》は山田《やまだ》さんです。

這位是鈴木先生，那位是山田先生。

03 ～の　～的(東西) N5

名詞後方加上「～的」表達該物品變成某人所有物，也就是說「の」是所有格。

このかさは田中《たなか》さんのです。這把雨傘是田中的。[田中的雨傘]

その本《ほん》は私《わたし》のです。這本書是我的。[我的書]

君《きみ》のはあれだ。你的是那個。

04 連體修飾 N5

連體修飾是修飾名詞的句子，說明名詞的內容或特徵。例如「これは私《わたし》が食《た》べたパンです（這個是我吃的麵包）」中，「私《わたし》が食《た》べた（我吃的）」這句即是扮演修飾名詞「パン」的角色。然而這種連體修飾中的主格助詞「が」一般來說換成「の」較為自然，因此使用「これは私《わたし》の食《た》べたパンです」這樣的句子。

あそこで話《はな》している人《ひと》は山田《やまだ》さんだ。
在那邊說話的人是山田先生。

上面的句子是「あそこで話《はな》している（在那邊說話）」和「その人《ひと》は山田《やまだ》さんだ（那位是山田先生）」這兩句結合的句子。「あそこで話《はな》している」這句（連體修飾）修飾「人」。

❶ 動詞常體+名詞

これは田中先生《たなかせんせい》に出《だ》す手紙《てがみ》です。這是要寄給田中老師的信。
来週東京《らいしゅうとうきょう》へ行《い》く人《ひと》はだれですか。下週要去東京的人是誰？

❷ 動詞過去形+名詞

これは昨日公園《きのうこうえん》で撮《と》った写真《しゃしん》です。這是昨天在公園照的相片。
昨日《きのう》見《み》た映画《えいが》はおもしろかったです。昨天看的電影很有趣。

PART 02
數量名詞與存在

1 數詞

表達事物的數量或順序的名詞稱為數量名詞，數量名詞是「數詞＋量詞」。舉例來說，「一枚《いちまい》」的「一《いち》」是數詞，而後方的「枚《まい》」則是量詞。量詞的單位依據人、事、物而有所有不同。

ケーキを5《いつ》つ買《か》いました。買了五塊蛋糕。

明日《あした》から4月《しがつ》です。明天起是四月。

本《ほん》を2冊《にさつ》買《か》いました。買了兩本書。

はがきを3枚《さんまい》ください。請給我三張明信片。

A このりんごはいくらですか。這顆蘋果多少錢？

B 100《ひゃく》円《えん》です。100元日幣。

01 數詞 N5

❶ 數字訓讀（一、二、三…）

1つ	2つ	3つ	4つ	5つ
ひとつ	ふたつ	みっつ	よっつ	いつつ
6つ	7つ	8つ	9つ	10
むっつ	ななつ	やっつ	ここのつ	とお

② 數字音讀（1, 2, 3…）

1	2	3	4	5
いち	に	さん	よん / し / よ	ご
6	7	8	9	10
ろく	なな / しち	はち	きゅう / く	じゅう

數字「0」讀作「れい」，但要強調「0」或為了避免發音上的混亂時，會讀作「ゼロ（ZERO）」，此外因為數字「0」看起來像一個圓圈，亦可讀作「まる（圓圈）」。

10	20	30	40	50
じゅう	にじゅう	さんじゅう	よんじゅう	ごじゅう
60	70	80	90	100
ろくじゅう	ななじゅう	はちじゅう	きゅうじゅう	ひゃく
100	200	300	400	500
ひゃく	にひゃく	さんびゃく	よんひゃく	ごひゃく
600	700	800	900	1000
ろっぴゃく	ななひゃく	はっぴゃく	きゅうひゃく	せん
1000	2000	3000	4000	5000
せん	にせん	さんぜん	よんせん	ごせん
6000	7000	8000	9000	10,000
ろくせん	ななせん	はっせん	きゅうせん	いちまん

標示顏色的數字發音容易混淆，需注意。
數字10,000必須在「まん」前方加上「いち」，讀作「いちまん」。此外讀其他數字時只要把數字拆開分別讀即可，例如「215」是「200+10+5」，讀作「にひゃくじゅうご」。

③ 電話號碼

電話號碼需以數字個位數的讀法一個字一個字讀，中間的「-」讀作「の」。

0《れい》3《さん》-《の》3《さん》7《なな》2《に》4《よん》-《の》0《れい》8《はち》4《よん》2《に》　　0《れい》5《ご》7《なな》-《の》2《に》3《さん》8《はち》-《の》7《なな》5《ご》3《さん》1《いち》

02 日期 N5

❶ 月

1月	2月	3月	4月	5月	6月
いちがつ	にがつ	さんがつ	しがつ	ごがつ	ろくがつ
7月	8月	9月	10月	11月	12月
しちがつ	はちがつ	くがつ	じゅうがつ	じゅういちがつ	じゅうにがつ

詢問「幾月？」時使用「何月《なんがつ》」。

❷ 日

1日	2日	3日	4日	5日
ついたち	ふつか	みっか	よっか	いつか
6日	7日	8日	9日	10日
むいか	なのか	ようか	ここのか	とおか
11日	12日	13日	14日	15日
じゅういちにち	じゅうににち	じゅうさんにち	じゅうよっか	じゅうごにち
16日	17日	18日	19日	20日
じゅうろくにち	じゅうしちにち	じゅうはちにち	じゅうくにち	はつか
21日	22日	23日	24日	25日
にじゅういちにち	にじゅうににち	にじゅうさんにち	にじゅうよっか	にじゅうごにち
26日	27日	28日	29日	30日
にじゅうろくにち	にじゅうしちにち	にじゅうはちにち	にじゅうくにち	さんじゅうにち
31日				
さんじゅういちにち				

詢問「幾號」時使用「何日《なんにち》」。
1日到10日以及20日是源自於日文古語的特殊唸法。

❸ ～個月

1カ月	2カ月	3カ月	4カ月	5カ月
いっかげつ	にかげつ	さんかげつ	よんかげつ	ごかげつ
6カ月	7カ月	8カ月	9カ月	10カ月
ろっかげつ	ななかげつ	はっかげつ	きゅうかげつ	じゅっかげつ

詢問「幾個月？」時使用「何《なん》ヶ《か》月《げつ》」。

❹ ～週

1週間	2週間	3週間	4週間	5週間
いっしゅうかん	にしゅうかん	さんしゅうかん	よんしゅうかん	ごしゅうかん
6週間	7週間	8週間	9週間	10週間
ろくしゅうかん	ななしゅうかん	はっしゅうかん	きゅうしゅうかん	じゅっしゅうかん

詢問「幾週？」時使用「何週間《なんしゅうかん》」。

❺ ～天

1日	2日間	3日間	4日間	5日間
いちにち	ふつかかん	みっかかん	よっかかん	いつかかん
6日間	7日間	8日間	9日間	10日間
むいかかん	なのかかん	ようかかん	ここのかかん	とおかかん
11日間	12日間	13日間	14日間	15日間
じゅういちにちかん	じゅうににちかん	じゅうさんにちかん	じゅうよっかかん	じゅうごにちかん

詢問「幾天？」時使用「何日間《なんにちかん》」。「間《かん》」可省略。
「一日」在指日期時讀作「ついたち」，當指期間時讀作「いちにち」。

今日《きょう》は2月《にがつ》1日《ついたち》です。今天是2月1日。
1日《いちにち》は24時間《にじゅうよじかん》です。一天有24小時。

03 時間

N5

❶ 小時

1時	2時	3時	4時	5時	6時
いちじ	にじ	さんじ	よじ	ごじ	ろくじ
7時	8時	9時	10時	11時	12時
しちじ	はちじ	くじ	じゅうじ	じゅういちじ	じゅうにじ

詢問「幾點？」時使用「何時《なんじ》」。

❷ 分鐘

1分	2分	3分	4分	5分	6分
いっぷん	にふん	さんぷん	よんぷん	ごふん	ろっぷん
7分	8分	9分	10分	15分	30分
ななふん	はっぷん	きゅうふん	じゅっぷん じっぷん	じゅうごふん	さんじゅっぷん さんじっぷん

詢問「幾分？」時使用「何分《なんぷん》」。

❸ 秒

1秒	2秒	3秒	4秒	5秒
いちびょう	にびょう	さんびょう	よんびょう	ごびょう
6秒	7秒	8秒	9秒	10秒
ろくびょう	ななびょう	はちびょう	きゅうびょう	じゅうびょう

詢問「幾秒？」時使用「何秒《なんびょう》」。

2 量詞

❶ 個數

1個	2個	3個	4個	5個
いっこ	にこ	さんこ	よんこ	ごこ
6個	7個	8個	9個	10個
ろっこ	ななこ	はっこ	きゅうこ	じゅっこ じっこ

詢問「幾個？」時使用「いくつ」。
「10個」一般讀作「じっこ」，但會話時更常讀作「じゅっこ」。

❷ 人數

1人	2人	3人	4人	5人
ひとり	ふたり	さんにん	よにん	ごにん
6人	7人	8人	9人	10人
ろくにん	ななにん しちにん	はちにん	きゅうにん くにん	じゅうにん

詢問「幾位、幾個人？」時使用「何人《なんにん》」。

❸ 書

1冊	2冊	3冊	4冊	5冊
いっさつ	にさつ	さんさつ	よんさつ	ごさつ
6冊	7冊	8冊	9冊	10冊
ろくさつ	ななさつ	はちさつ	きゅうさつ	じゅっさつ じっさつ

詢問「幾本？」時使用「何冊《なんさつ》」。

④ 歲數

1歲	2歲	3歲	4歲	5歲
いっさい	にさい	さんさい	よんさい	ごさい
6歲	7歲	8歲	9歲	10歲
ろくさい	ななさい	はっさい	きゅうさい	じゅっさい じっさい

詢問「幾歲？」時使用「いくつ」。

⑤ 樓數

1階	2階	3階	4階	5階
いっかい	にかい	さんかい さんがい	よんかい	ごかい
6階	7階	8階	9階	10階
ろっかい	ななかい	はっかい	きゅうかい	じゅっかい じっかい

詢問「幾樓？」時使用「何階（なんかい／なんがい）」。

⑥ 次數

1回	2回	3回	4回	5回
いっかい	にかい	さんかい	よんかい	ごかい
6回	7回	8回	9回	10回
ろっかい	ななかい	はっかい	きゅうかい	じゅっかい じっかい

詢問「幾次？」時使用「何回《なんかい》」。

❼ 細長的物品（鉛筆、雨傘、樹、瓶子等）

1本	2本	3本	4本	5本
いっぽん	にほん	さんぼん	よんほん	ごほん
6本	7本	8本	9本	10本
ろっぽん	ななほん	はっぽん	きゅうほん	じゅっぽん じっぽん

詢問「幾枝？」時使用「何本《なんぼん》」。

❽ 小動物、魚、昆蟲等

1匹	2匹	3匹	4匹	5匹
いっぴき	にひき	さんびき	よんひき	ごひき
6匹	7匹	8匹	9匹	10匹
ろっぴき	ななひき	はっぴき	きゅうひき	じゅっぴき じっぴき

詢問「幾隻？」時使用「何匹《なんびき》」。

❾ 杯

1杯	2杯	3杯	4杯	5杯
いっぱい	にはい	さんばい	よんはい	ごはい
6杯	7杯	8杯	9杯	10杯
ろっぱい	ななはい	はっぱい	きゅうはい	じゅっぱい じっぱい

詢問「幾杯？」時使用「何杯《なんばい》」。

⑩ 號

1番	2番	3番	4番	5番
いちばん	にばん	さんばん	よんばん	ごばん
6番	7番	8番	9番	10番
ろくばん	ななばん	はちばん	きゅうばん	じゅうばん

詢問「幾號？」時使用「何番《なんばん》」。

⑪ 元

1円	2円	3円	4円	5円
いちえん	にえん	さんえん	よえん	ごえん
6円	7円	8円	9円	10円
ろくえん	ななえん	はちえん	きゅうえん	じゅうえん

詢問「多少？」時使用「いくら」。「いくら」主要用來詢問價格或重量，「いくつ」主要用來詢問個數或年齡。

⑫ 紙、毛巾、衣服、盤子等輕薄的物品

1枚	2枚	3枚	4枚	5枚
いちまい	にまい	さんまい	よんまい	ごまい
6枚	7枚	8枚	9枚	10枚
ろくまい	ななまい	はちまい	きゅうまい	じゅうまい

詢問「幾張？」時使用「何枚《なんまい》」。

⑬ 汽車、機器、家電等

1台	2台	3台	4台	5台
いちだい	にだい	さんだい	よんだい	ごだい
6台	7台	8台	9台	10台
ろくだい	ななだい	はちだい	きゅうだい	じゅうだい

詢問「幾台？」時使用「何台《なんだい》」。

3 存在動詞

01 ある (無生命物體或植物等)有、在 N5

無生命物體或植物等事物表存在時使用「ある」，也就是說無法移動的事物存在以「ある」表現。

机《つくえ》の上《うえ》に本《ほん》があります。桌上有本書。

私《わたし》の会社《かいしゃ》は東京《とうきょう》にあります。我的公司在東京。

りんごが3《みっ》つあります。蘋果有三個。

この公園《こうえん》には木《き》がたくさんあります。這公園有很多樹木。

02 いる (人或動物等)有、在 N5

人或動物表存在時使用「いる」，也就是說會動的生命體存在以「いる」表現。

私《わたし》は5時《ごじ》まで会社《かいしゃ》にいます。我五點前都在公司。

池《いけ》の中《なか》にはこいがいます。池裡有鯉魚。

図書館《としょかん》の前《まえ》に学生《がくせい》が3人《さんにん》います。圖書館前有三個學生。

03 ～に～がある　在～有～(無生命物體、植物)　N5

現在肯定常體	ある	有
現在否定常體	ない	沒有
過去肯定常體	あった	有
過去否定常體	なかった	沒有

テーブルの上《うえ》に本《ほん》がある。桌上有書。

テーブルの上《うえ》に本《ほん》がない。桌上沒有書。

テーブルの上《うえ》に本《ほん》があった。桌上以前有書。

テーブルの上《うえ》に本《ほん》がなかった。桌上以前沒有書。

現在肯定敬體	あります	有
現在否定敬體	ありません	沒有
過去肯定敬體	ありました	有
過去否定敬體	ありませんでした	沒有

テーブルの上《うえ》に本《ほん》があります。桌上有書。

テーブルの上《うえ》に本《ほん》がありません。桌上沒有書。

テーブルの上《うえ》に本《ほん》がありました。桌上以前有書。

テーブルの上《うえ》に本《ほん》がありませんでした。桌上以前沒有書。

04 ～に～がいる　在～有～(生命體)　N5

現在肯定常體	いる	有
現在否定常體	いない	沒有
過去肯定常體	いた	有
過去否定常體	いなかった	沒有

教室《きょうしつ》に学生《がくせい》がいる。教室裡有學生。

教室《きょうしつ》に学生《がくせい》がいない。教室裡沒有學生。

教室《きょうしつ》に学生《がくせい》がいた。教室裡以前有學生。

教室《きょうしつ》に学生《がくせい》がいなかった。教室裡以前沒有學生。

現在肯定敬體	います	有
現在否定敬體	いません	沒有
過去肯定敬體	いました	有
過去否定敬體	いませんでした	沒有

教室《きょうしつ》に学生《がくせい》がいます。教室裡有學生。

教室《きょうしつ》に学生《がくせい》がいません。教室裡沒有學生。

教室《きょうしつ》に学生《がくせい》がいました。教室裡以前有學生。

教室《きょうしつ》に学生《がくせい》がいませんでした。教室裡以前沒有學生。

PART 03
代名詞

1 代名詞

代名詞指的是用具體名稱代替人、事物、方向等，在句子中等同於名詞的作用，代名詞又分為「你、我、他／她」這類的人稱代名詞，以及「這個、那個」代替事物、場所、方向這類的指示代名詞。

01 人稱代名詞 N5

第一人稱	わたし 我　わたくし 我　ぼく 我　おれ 我
第二人稱	あなた 你／妳　きみ 你／妳　お前《まえ》 你／妳
第三人稱	彼《かれ》 他　彼女《かのじょ》 她
不定代名詞	だれ 誰　どなた 哪位

❶ 第一人稱代名詞

指說話者自己。

▶ **私《わたし》**

一般來說是在指自己。

私《わたし》は会社員《かいしゃいん》です。我是公司職員。

▶ **私《わたくし》**

雖然漢字同為「私」但讀音不同，這是正式場合的恭敬表現。

私《わたくし》、山田《やまだ》と申《もう》します。我叫做山田。

▶ ぼく

在非正式場合使用的男性用語。

ぼくも一緒《いっしょ》に行《い》くよ。我也一起去。

▶ おれ

男性用語。比「ぼく」更粗魯一些。

おれはこっちがいい。我覺得這邊比較好！

❷ 第二人稱代名詞

指對方、聽者。

▶ あなた

指的是對方，泛指「你」的意思，因此不適用於長輩，一般來說呼喚對方時用「OOさん」，在名字後方加上「さん」。

あなたは何時《なんじ》に起《お》きますか。你幾點起床？

▶ 君《きみ》

用於平輩或晚輩，沒有「あなた」拘謹，但又比「お前《まえ》」語氣較為客氣。

君《きみ》も一緒《いっしょ》に行《い》こうよ。你也一起去吧！

▶ お前《まえ》

用於平輩或晚輩，大多是男性在使用。

お前《まえ》、この頃《ごろ》元気《げんき》がないな。你最近沒什麼精神耶。

❸ 第三人稱代名詞

指的是對話者雙方以外的第三人，在一般對話中通常直接稱呼對方的名字。

▶ 彼《かれ》

指男性第三人，也有男朋友或情人的意思。

彼《かれ》はまじめな人《ひと》です。他是認真的人。

▶ 彼女《かのじょ》

指女性第三人，也有女朋友或情人的意思。

彼女《かのじょ》は本《ほん》を読《よ》んでいる。她正在讀書。

❹ 不定代名詞

無法正確指出對象是誰的代名詞，於第二章的「疑問詞」中將詳細說明。

▶ だれ

指出不知道名字的人或無法明確指出是誰的用法。

あの人《ひと》はだれですか。那個人是誰？

▶ どなた

比「だれ」更客氣或鄭重的用法。

あの方《かた》はどなたですか。那位人士是哪位？

02 指示代名詞 N5

指示代名詞在文法上來說是代名詞的一部分。

以「これ（這個）、それ（那個）、あれ（那個）、どれ（哪個）」表達事物，以「ここ（這裡）、そこ（那裡）、あそこ（那裡）、どこ（哪裡）」表達場所，或以「こちら（這邊）、そちら（那邊）、あちら（那邊）、どちら（哪邊）」表達方向等。

然而指示代名詞在文法上屬於代名詞，但其實更趨近於指示語，這部分將會在之後的「指示語」章節說明。

2 疑問詞

指出疑問的焦點或事物的狀態稱為疑問詞，有以下各式各樣的詞類。

詞類	疑問詞
代名詞	何《なに》 什麼　いつ 何時　だれ 誰　どなた 哪位　どちら 哪邊　どこ 哪裡
數詞	いくつ 幾　いくら 多少
副詞	なぜ 為何　どうして 怎麼　どう 怎麼
連體詞	どの 哪個　どんな 哪種

01 何《なに》 什麼 N5

以事物為對象的疑問代名詞。一般來說發音是「なに」，若後面「何」接「か」唸成「なにか」、「なんか」都可以，但讀成「なにか」會比較鄭重些。

A 何《なに》か食《た》べましたか。你吃了什麼？

B いいえ。何《なに》も食《た》べていません。不，我什麼也沒吃。

「さようなら」は、フランス語《ご》で何《なん》と言《い》いますか。
「再見」的法語怎麼說？

02 いつ　何時、什麼時候　N5

表示時間的疑問代名詞。

夏休《なつやす》みはいつからいつまでですか。暑假從什麼時候到什麼時候呢？

パーティーはいつがいいですか。派對辦在何時好呢？

03 だれ　誰・どなた　哪位　N5

以人為對象的疑問代名詞。「どなた（哪位）」是比「だれ（誰）」更客氣或鄭重的表達方式。

あの人《ひと》はだれですか。那個人是誰？

そこにはだれもいなかった。那裡沒有任何人。

あの方《かた》はどなたですか。那位人士是哪位？

どなたか窓《まど》を閉《し》めてください。哪位請幫忙關一下窗戶。

04 なぜ / どうして　為何、怎麼　N5

詢問原因或理由的疑問詞。

なぜ日本語《にほんご》を勉強《べんきょう》しますか。為何學日語？

どうして昨日《きのう》、パーティーに来《こ》なかったの。昨天怎麼沒來派對？

05 いくつ　幾個

N5

詢問事物的數量時使用。

みかんはいくつありますか。有幾個橘子？

ケーキはいくつ買《か》いましたか。買了幾個蛋糕？

TIP

「いくつ」也可用於詢問年齡時。

おいくつですか。你幾歲？

06 いくら　多少

N5

詢問金額時使用的疑問詞。

このシャツはいくらですか。這件襯衫多少錢？

このりんごは全部《ぜんぶ》でいくらですか。這些蘋果全部多少錢？

07 どのぐらい / どれぐらい　哪個程度(多久)

N5

詢問大約數量時使用，「ぐらい」亦可使用「くらい」代替。

あなたの家《いえ》は駅《えき》からどのぐらいですか。你家到車站大概多久？

昨日《きのう》は、どれぐらい寝《ね》ましたか。昨天睡了多久？

3 連體詞

連體詞是不活用的自立語，修飾體言（名詞）。連體詞的語尾分為以下幾種：

以「の」結尾的連體詞	この 這個　その 那個　あの（遠處的）那個　どの 哪個 ほんの 一點點
以「な」結尾的連體詞	こんな 這種　そんな 那種　あんな 那種　どんな 哪種 大《おお》きな 巨大的　小《ちい》さな 小（巧）的
以「る」結尾的連體詞	ある 某個　あらゆる 所有　いかなる 什麼樣的 いわゆる 所謂的　単《たん》なる 僅是　明《あ》くる 下個
以「た、だ」結尾的連體詞	大《たい》した 了不起的、非常的　とんだ 意外的、無法挽回的
其他	我《わ》が 我的、我們的

01 以の結尾的連體詞 N5

この 這個　その 那個　あの（遠處的）那個　どの 哪個
ほんの 一點點

このりんごはいくらですか。這個蘋果多少錢？

そのかばんは田中《たなか》さんのです。那個包包是田中先生的。

あの人《ひと》は会社員《かいしゃいん》です。那個人是公司職員。

どの本《ほん》がおもしろいですか。哪本書有趣？

ほんの少《すこ》ししかない。只有一點點。

02 以な結尾的連體詞 N5

こんな 這種　そんな 那種　あんな 那種
どんな 哪種　大《おお》きな 巨大的　小《ちい》さな 小（巧）的

こんな服《ふく》はだれが着《き》るんですか。這種衣服誰會穿？

そんな本《ほん》は読《よ》まないほうがいいですよ。那種書還是不要讀比較好。

あんな映画《えいが》は見《み》たくない。我不想看那種電影。

どんなかばんがほしいですか。想要哪種包包？

大《おお》きな夢《ゆめ》を持《も》っている。擁有巨大的夢想。

小《ちい》さな花《はな》が咲《さ》いている。開了小（巧）的花朵。

03 以る結尾的連體詞 N5

ある 某個　さる 某個　明《あ》くる 下個　あらゆる 所有 N2
単《たん》なる 僅是　いわゆる 所謂的

いかなる 什麼樣的　確《かく》たる 確實的 N1

それはある日《ひ》のことだった。那是某天發生的事情。

さる土曜日《どようび》　某個星期六。

明《あ》くる4月5日《しがついつか》に出発《しゅっぱつ》する。下個4月5日出發。

あらゆる機会《きかい》を利用《りよう》する。運用所有機會。

単《たん》なるうわさに過《す》ぎない。僅是傳聞而已。

いわゆる「ブランド品《ひん》」は、世界《せかい》の半数《はんすう》が日本《にほん》で消費《しょうひ》されているらしい。

所謂的「名牌」，全世界有一半是在日本賣掉的樣子。

私《わたし》たちはそれについていかなる責任《せきにん》も負《お》いません。

我們不會對關於那件事負任何責任。

確《かく》たる証拠《しょうこ》はない。沒有確實的證據。

04 以「た・だ」結尾的連體詞 N5

大《たい》した 了不起的、非常的 N3	とんだ 意外的、無法挽回的 N1

大《たい》した成果《せいか》は得《え》られなかった。沒有獲得了不起的成果。

とんだ災難《さいなん》に遭《あ》う。遇到了意外的災難。

05 其他 N5

我《わ》が 我的、我們的 N2

我《わ》が社《しゃ》も海外進出《かいがいしんしゅつ》をする必要《ひつよう》がある。（我《わ》が社《しゃ》＝私《わたし》たちの会社《かいしゃ》）

我們的公司也有擴張海外市場的必要。

やっぱり我《わ》が家《や》が一番《いちばん》だ。（我《わ》が家《や》＝私《わたし》の家《いえ》）　果然還是我的家最棒了！

4 指示語

指示特定事物或內容稱為指示語，例如句子中常常出現的「這個、那個、哪個」等，指示語根據「說話者」與「聽者」的所在位置而有不同的用法。具體分成「こ（近稱）、そ（中稱）、あ（遠稱）」以及「ど（不定稱）」四種，如下表所示，取字首文字稱為「こそあど」。

こ	近稱	與說話者距離鄰近時 例 これ, ここ, こっち, こちら
そ	中稱	與聽者距離鄰近時 例 それ, そこ, そっち, そちら
あ	遠稱	雙方都距離遙遠時 例 あれ, あそこ, あっち, あちら
ど	不定稱	不確定實際位置時 例 どれ, どこ, どっち, どちら

「指示語」由以下各式各樣的詞類組成：

詞類	指示對象	指示語
代名詞	事物	これ, それ, あれ, どれ
連體詞	名詞	この, その, あの, どの
代名詞	方向	こちら, そちら, あちら, どちら
代名詞	場所	ここ, そこ, あそこ, どこ
連體詞	名詞	こんな, そんな, あんな, どんな
副詞	方法	こう, そう, ああ, どう

01 これ 這個　それ 那個　あれ (遠處)那個　どれ 哪個 N5

指出「事物」時使用的指示語。

これは本《ほん》です。這個是書。

それはノートです。那個是筆記本。

あれはカメラです。那個是相機。

A あなたのかばんはどれですか。你的包包是哪個？

B その小《ちい》さいのです。是那個小的。

02 ここ 這裡　そこ 那裡　あそこ (遠處)那裡　どこ 哪裡 N5

指出「場所」時使用的指示語。

ここに本《ほん》があります。這裡有書。

そこに猫《ねこ》がいます。那裡有貓。

あそこは銀行《ぎんこう》です。那裡是銀行。

駅《えき》はどこですか。車站在哪裡？

03 この 這個　その 那個　あの (遠處)那個　どの 哪個 N5

後接名詞，「連體詞」的指示語。

この駅《えき》で降《お》りてください。請在這站下車。

あの人《ひと》が田中《たなか》さんです。那個人是田中先生。

04 こんな 這種　そんな 那種　あんな (遠處)那種　どんな 哪種 N5

後接名詞，表達該名詞性質或狀態的指示語。

「ただいま」はどんな時《とき》に使《つか》う言葉《ことば》ですか。
「ただいま（我回來了）」是在哪種情況下使用的話呢？

05 こちら 這邊　そちら 那邊　あちら (遠處)那邊　どちら 哪邊 N5

指出「場所或方向」時使用的指示語，也可說成「こっち、そっち、あっち、どっち」。此外亦可鄭重地說成「ここ、そこ、あそこ、どこ」或「これ、それ、あれ、どれ」。

トイレはこちらです。化妝室在這邊。

先生《せんせい》の部屋《へや》はそちらです。老師的房間在那邊。

駅《えき》はあちらです。車站在那邊。

あなたのお国《くに》はどちらですか。你的故鄉在哪裡？

06 こう 這樣　そう 那樣　ああ 那樣　どう 怎樣 N5

置於狀態或動作前方修飾，是具副詞功能的指示詞。

こう暑《あつ》くては勉強《べんきょう》もできない。這麼熱無法唸書。

彼女《かのじょ》はもう４０歳《よんじゅっさい》だそうだが、そう見《み》えない。
聽說她已經40歲了，但看不出來。

私《わたし》はああなりたくない。我不想變成那樣。

A テストはどうでしたか。考試考得怎樣？

B とてもやさしかったです。非常簡單。

07 指出文中對象的指示語 N5

指出「故事或文中的登場內容」時使用的指示語。

❶ こ

指出「話題對象」的指示語。

駅前《えきまえ》で事故《じこ》がありました。この事故《じこ》で３人《さんにん》がけがをしました。

車站前發生了事故，這場事故中有三人受傷。

彼《かれ》はこう言《い》いました。「少《すこ》し考《かんが》えさせてください」。

他這麼說：「請讓我考慮一下。」

❷ そ

指出「對方提及或對方不知道的話題」的指示語。

A 昨日《きのう》見《み》た映画《えいが》はおもしろかったですよ。昨天看的電影很有趣。

B その映画《えいが》は何《なん》という映画《えいが》ですか。那部電影片名是什麼？

❸ あ

指出「雙方都已知的內容或是說話者印象中內容」的指示語。

このあいだ、紹介《しょうかい》していただいたあの方《かた》はすばらしい方《かた》ですね。

之前介紹給我的那位人士是位非常優秀的人。

A ここに置《お》いた本《ほん》を知《し》りませんか。你知道放在這裡的書嗎？

B あの本《ほん》なら本棚《ほんだな》に入《い》れましたよ。那本書放進書櫃了喲。

PART 04
形容詞

PART 04

1 形容詞

形容詞是表達事物性質或狀態的詞類，是可活用的自立語，在句子中修飾名詞，可單獨使用做述語。

❶ 自立語

形容詞是自立語，也是可單獨成為文節的單字。

TIP

>> 文節是什麼？

將句子分為可以表達意思之最小單位。

❷ 活用

根據句子中意思的不同而變化單字形態，是用言。

今日《きょう》は寒《さむ》い。今天很冷。

今日《きょう》は寒《さむ》くない。今天不冷。

昨日《きのう》は寒《さむ》かった。昨天很冷。

昨日《きのう》は寒《さむ》くなかった。昨天不冷。

❸ 所有形容詞常體語尾皆以「い」結尾。

暑《あつ》い 熱的　寒《さむ》い 冷的　おいしい 美味的　楽《たの》しい 開心的

2 形容詞的活用

01 語幹與語尾

形容詞的常體以「い」結尾，語尾的「い」稱為「語尾」；「い」前接的部分稱為「語幹」。

語幹	語尾
あつ	い
さむ	い
おいし	い
たのし	い

TIP

>> 語幹是什麼？

用言（動詞、形容詞、形容動詞及助動詞）中不會活用變化的部分

>> 語尾是什麼？

用言（動詞、形容詞、形容動詞及助動詞）中會活用變化的部分

02 形容詞的活用

形容詞語尾為「い」會活用變化，稱活用語尾。形容詞的活用形分為未然形、連用形、終止形、連體形、假定形五種。和動詞不同，沒有命令形。

▶ 寒《さむ》い

活用	語幹	活用語尾	接續語	活用
① 未然形	さむ	かろ	う	さむかろう 會很冷
② 連用形	さむ	かっ	た	さむかった 剛很冷
	さむ	く	ない	さむくない 不冷
	さむ	く	て	さむくて 冷
	さむ	く	–	さむく 冷
	さむ	く	なる する	さむくなる 變冷 さむくする 使…冷
③ 終止形	さむ	い	–	さむい 冷
④ 連體形	さむ	い	部屋《へや》	さむい部屋《へや》 冷的房間
⑤ 假定形	さむ	けれ	ば	さむければ 冷的話
⑥ 命令形	–	–	–	–

❶ 未然形

形容詞語幹後方接「かろう」表推量。但在現代口語中往往直接在形容詞語尾後接「だろう」。

❷ 連用形

後可接用言，也表示句子的中止。

❸ 終止形

用言的原形表句子結束，亦稱為常體或辭書形。

❹ 連體形

後接體言（名詞），形態與終止形相同。

❺ 假定形

後接「ば」表條件或並列。變化時語尾「い」改為「ければ」。

❻ 命令形

形容詞不存在命令形，只有連接動詞時借由動詞變化成命令形，因此連用形的「～くなる」、「～くする」的動詞部分分別會變化為「～くなれ」、「～くしろ」。

03 形容詞活用時的注意事項

「いい」和「よい」是表示「好」的形容詞，但活用變化時不用「いい」而是「よい」，表達「不好」的時候不說「いくない」而是「よくない」。

▶ よい

活用	語幹	活用語尾	接續語	活用
未然形	よ	かろ	う	よかろう 會很好吧
連用形	よ	かっ	た	よかった 曾經好過
	よ	く	ない	よくない 不好
	よ	く	て	よくて 好
	よ	く	–	よく 好
	よ	く	なる / する	よくなる 變好 よくする 使…變好
終止形	よ	い	–	よい 好
連體形	よ	い	こと	よいこと 好的事
假定形	よ	けれ	ば	よければ 好的話
命令形	–	–	–	–

3 形容詞的基本表現

01 ～い　～現在肯定常體　N5

形容詞的現在肯定常體。

今日《きょう》は寒《さむ》い。今天很冷。

このケーキはおいしい。這塊蛋糕很好吃。

この時計《とけい》は高《たか》い。這個時鐘很貴。

02 ～くない　～現在否定常體　N5

形容詞的否定形為語尾「い」改「く＋ない」，如下所示。

今日《きょう》は寒《さむ》くない。今天不冷。

このケーキはおいしくない。這塊蛋糕不好吃。

この時計《とけい》は高《たか》くない。這個時鐘不貴。

03 ～かった　～過去肯定常體　N5

形容詞的過去肯定形態為語尾「い」改「～かった」。

昨日《きのう》は寒《さむ》かった。昨天很冷。

昨日《きのう》は忙《いそが》しかった。昨天很忙。

この時計《とけい》は高《たか》かった。這個時鐘很貴。

04 ～くなかった　～過去否定常體 N5

形容詞的過去否定，語尾「い」改為「～くなかった」。

昨日《きのう》は寒《さむ》くなかった。昨天不冷。

昨日《きのう》は忙《いそが》しくなかった。昨天不忙。

この時計《とけい》は高《たか》くなかった。這個時鐘不貴。

05 ～いです　～現在肯定敬體 N5

形容詞語幹後接「～いです」表現在肯定敬體。「敬體」表示對談話對象的尊敬或語氣的鄭重。

今日《きょう》は寒《さむ》いです。今天很冷。

このケーキはおいしいです。這塊蛋糕很好吃。

この時計《とけい》は高《たか》いです。這個時鐘很貴。

06 ～くないです / ～くありません　～現在否定敬體 N5

形容詞語尾「い」改為「～くないです」或「～くありません」表現在否定敬體。

今日《きょう》は寒《さむ》くないです。

＝ 今日《きょう》は寒《さむ》くありません。今天不冷。

このケーキはおいしくないです。

＝ このケーキはおいしくありません。這塊蛋糕不好吃。

この時計《とけい》は高《たか》くないです。

＝ この時計《とけい》は高《たか》くありません。這個時鐘不貴。

07 ～かったです　～過去肯定敬體 N5

形容詞語尾「い」改為「～かったです」表過去肯定敬體。請注意「形容詞+でした」是錯誤的表現方式，不可使用。

昨日《きのう》は寒《さむ》かったです。昨天很冷。

昨日《きのう》は忙《いそが》しかったです。昨天很忙。

この時計《とけい》は高《たか》かったです。這個時鐘很貴。

08 ～くなかったです / ～くありませんでした　～過去否定敬體 N5

形容詞語尾「い」改為「～くなかったです」或「～くありませんでした」表過去否定敬體。

昨日《きのう》は寒《さむ》くなかったです。

＝ 昨日《きのう》は寒《さむ》くありませんでした。昨天不冷。

昨日《きのう》は忙《いそが》しくなかったです。

＝ 昨日《きのう》は忙《いそが》しくありませんでした。昨天不忙。

この時計《とけい》は高《たか》くなかったです。

＝ この時計《とけい》は高《たか》くありませんでした。這個時鐘不貴。

09 ～いですか　～現在肯定疑問敬體 N5

詢問某種狀態時，可在形容詞的語幹後方接「～いですか」表現在肯定疑問敬體。

外《そと》は寒《さむ》いですか。外面冷嗎？

テストは難《むずか》しいですか。考試難嗎？

その映画《えいが》はおもしろいですか。那部電影有趣嗎？

10 ～くないですか / ～くありませんか N5

～現在否定疑問敬體

確認或反問時使用。

外《そと》は寒《さむ》くないですか。

＝ 外《そと》は寒《さむ》くありませんか。外面不冷嗎？

テストは難《むずか》しくないですか。

＝ テストは難《むずか》しくありませんか。考試不難嗎？

その映画《えいが》はおもしろくないですか。

＝ その映画《えいが》はおもしろくありませんか。那部電影不有趣嗎？

11 ～かったですか ～過去肯定疑問敬體 N5

詢問過去狀態時，形容詞語尾「い」改為「～かったですか」表過去肯定疑問敬體。

外《そと》は寒《さむ》かったですか。外面冷嗎？

テストは難《むずか》しかったですか。考試難嗎？

その映画《えいが》はおもしろかったですか。那部電影有趣嗎？

12 ～くなかったですか / ～くありませんでしたか N5
～過去否定疑問敬體

鄭重地確認或反問過去狀態時，形容詞「い」改為「～くなかったですか」或「～くありませんでしたか」，表過去否定疑問敬體。

外《そと》は寒《さむ》くなかったですか。

＝ 外《そと》は寒《さむ》くありませんでしたか。外面不冷嗎？

テストは難《むずか》しくなかったですか。

＝ テストは難《むずか》しくありませんでしたか。考試不難嗎？

その映画《えいが》はおもしろくなかったですか。

＝ その映画《えいが》はおもしろくありませんでしたか。那部電影不有趣嗎？

4 形容詞的應用表現

01 ～い～　～的～　N5

形容詞修飾名詞時，常體下接名詞，例：「〇〇い＋名詞」。

今日《きょう》もいい天気《てんき》です。今天也是好天氣。

昨日《きのう》おもしろい映画《えいが》を見《み》ました。昨天看了有趣的電影。

窓《まど》からすずしい風《かぜ》が入《はい》ります。從窗戶吹進了涼爽的風。

02 ～くて　並列、原因　N5

表達並列或原因時，形容詞的語尾「い」改為「～くて」，表形容詞的連用形（て形）。

この店《みせ》は明《あか》るくて広《ひろ》いですね。這家店明亮且寬敞。

この果物《くだもの》は甘《あま》くておいしいです。這水果香甜且美味。

山田《やまだ》さんの車《くるま》は新《あたら》しくて高《たか》いです。山田先生的汽車是新的而且很貴。

03 ～く 中止句 N5

前句中的形容詞語尾「い」改為「く」中止句子，後接句子，表形容詞的連用形（中止法）。

夏《なつ》は暑《あつ》く、冬《ふゆ》は寒《さむ》い。夏天炎熱，冬天寒冷。

母《はは》はやさしく、父《ちち》は厳《きび》しい。媽媽很溫柔，爸爸很嚴格。

空《そら》は青《あお》く、海《うみ》は広《ひろ》い。天空很藍，海很廣闊。

04 ～の ～的 N5

形容詞後接「の」表省略「所指的名詞」。

大《おお》きいのはいくらですか。大的多少錢？

もうちょっと安《やす》いのを見《み》せてください。請給我看看比較便宜的。

A どのネクタイを買《か》いますか。你要買哪一條領帶？

B 青《あお》いのを買《か》います。我要買藍色的。

05 ～く ～的、地 N5

形容詞修飾動詞時，語尾「い」改為「～く」，表形容詞的連用形（副詞用法）。

私《わたし》は毎日朝早《まいにちあさはや》く起《お》きます。我每天早上都很早起。

部屋《へや》をもっと明《あか》るくしてください。請讓房間更加明亮一點。

字《じ》をもう少《すこ》し大《おお》きく書《か》きましょう。字寫大一點吧！

06 形容詞的音便

N5

形容詞的連用形「～く」後接「ございます」時，「く」會變成「う」，稱為形容詞的音便。

❶「く」前語幹的尾音若為「あ」段音，則去「く」換為「お」段音並加上「う」。

▶ ありがたい

ありがたく＋ございます ➡ ありがとう＋ございます

おめでたく＋ございます ➡ おめでとう＋ございます

こちらのシャツのほうが少《すこ》しお高《たこ》うございます。

這件襯衫有點貴。

ご利用《りよう》くださいましてありがとうございます。感謝您的使用。

❷「く」前語幹的尾音若為「い」段音，則去「く」換為「お段的拗音」並加上「う」。

▶ おおきい

おおきく＋ございます ➡ おおきゅう＋ございます

▶ よろしい

よろしく＋ございます ➡ よろしゅう＋ございます

お客《きゃく》さん、これでよろしゅうございますか。客人，這個可以嗎？

❸「く」前語幹的尾音若為「う」段音或「お」段音則去「く」加上「う」。

▶ さむい

さむく＋ございます ➡ さむう＋ございます

▶ おもしろい

おもしろく＋ございます ➡ おもしろう＋ございます

今日《きょう》もかなりお寒《さむ》うございます。今天也非常寒冷。

07 輔助形容詞 N5

本身失去原有意思扮演輔助的角色，限定修飾前方的文節。

「ない」雖是「沒有」的意思，但否定用法如：「〇〇くない」表輔助形容詞，「不～」的意思。

「ほしい（想要）」接在動詞的「連用形（て形）」後方表達自己的希望時，亦是輔助形容詞。

ない 沒有（形容詞）

良《よ》くない 不好（輔助形容詞）

ほしい 想要（形容詞）

来《き》てほしい 希望你來（輔助形容詞）

このケーキはおいしくない。那塊蛋糕不好吃。

タバコは体《からだ》に良《よ》くない。香菸對身體不好。

明日《あした》早《はや》く来《き》てほしい。明天請早點來。

PART 05
形容動詞

1 形容動詞
2 形容動詞的活用
3 形容動詞的基本表現
4 形容動詞的應用表現

1 形容動詞

形容動詞是有活用變化的自立語，用來修飾句子中的名詞或單獨使用變成述語。表達事物的性質或狀態，雖然和形容詞很像，但活用變化上有所不同。形容動詞修飾名詞時，如「まじめだ（認真的）」和「きれいだ（漂亮的）」會變成「まじめな+名詞」、「きれいな+名詞」。

❶ 自立語

形容動詞是自立語，是可單獨成為文節的單字。和形容詞和形容動詞都可單獨使用為述語。

❷ 活用

根據句中不同意思而有單字語尾活用形變化，是用言。

彼《かれ》は親切《しんせつ》だ。他很親切。

彼《かれ》は親切《しんせつ》だろう。他很親切吧。

彼《かれ》は親切《しんせつ》ではない。他不親切。

彼《かれ》は親切《しんせつ》だった。他以前很親切。

彼《かれ》は親切《しんせつ》ではなかった。他以前不親切。

❸ 所有形容動詞皆以「だ」結尾。

まじめだ 認真的	親切《しんせつ》だ 親切的
便利《べんり》だ 便利的	きれいだ 漂亮的、美麗的

2 形容動詞的活用

01 語幹與語尾

形容動詞的常體以「だ」結尾，「だ」為語尾，「だ」前的語詞為語幹，例如：「まじめだ」的語幹就是「まじめ」。

語幹	語尾
まじめ	だ
親切《しんせつ》	だ
便利《べんり》	だ
上手《じょうず》	だ

TIP

>> 辭典標記

形容動詞與動詞和形容詞不同，在辭典中通常只標記「語幹」。

•動詞：常體（終止形）

例 見《み》る 看　食《た》べる 吃

•形容詞：常體（終止形）

例 おいしい 好吃的　高《たか》い 高的、貴的

•形容動詞：語幹

例 まじめ 認真的　親切《しんせつ》 親切的

02 形容動詞的活用

形容動詞的語尾為「だ」可以活用變化，稱為活用語尾，可在語幹下接活用語尾和接續語。形容動詞的活用形分為未然形、連用形、終止形、連體形、假定形五種。和動詞不同，沒有命令形。

▶ 便利《べんり》だ

活用	語幹	活用語尾	接續語	活用
❶ 未然形	便利《べんり》	だろ	う	便利《べんり》だろう 很便利吧
❷ 連用形	便利《べんり》	だっ	た	便利《べんり》だった 曾經便利
	便利《べんり》	で	ある （は）ない	便利《べんり》である 便利 便利《べんり》で（は）ない 不便利
	便利《べんり》	で	ー	便利《べんり》で 便利
	便利《べんり》	に	なる / する	便利《べんり》になる 變得便利 便利《べんり》にする 使…便利
❸ 終止形	便利《べんり》	だ	ー	便利《べんり》だ 便利
❹ 連體形	便利《べんり》	な	もの	便利《べんり》なもの 便利的
❺ 假定形	便利《べんり》	なら	ば	便利《べんり》なら（ば） 便利的話
❻ 命令形	ー	ー	ー	ー

❶ 未然形

形容動詞的未然形後接「う」，表推量。

❷ 連用形

修飾後方的用言。

❸ 終止形

表句子結束，亦稱為常體或辭典形。形容動詞在辭典中只有記載語幹不記載常體。

❹ 連體形

後接體言（名詞），當連體修飾。

❺ 假定形

後接「ば」，表示假定、條件。形容動詞的假定形是「ならば」，通常會省略「ば」只使用「なら」。

❻ 命令形

形容動詞不存在命令形，連接動詞時能借由動詞變化成命令形，因此連用形的「～になる」、「～にする」的動詞部分分別會變化為「～になれ」、「～にしろ」。

3 形容動詞的基本表現

01 ～だ　～現在肯定常體　N5

常體日常口語或書寫常用常體表現，現在肯定句為語幹後方接「～だ」。

山田《やまだ》さんは元気《げんき》だ。山田先生很健康。

中村《なかむら》さんは歌《うた》が上手《じょうず》だ。中村先生歌唱得很好。

私《わたし》は野菜《やさい》が好《す》きだ。我喜歡蔬菜。

02 ～ではない　～現在否定常體　N5

形容動詞的否定形為在語幹後方接「～ではない」。

山田《やまだ》さんは元気《げんき》ではない。山田先生不健康。

中村《なかむら》さんは歌《うた》が上手《じょうず》ではない。中村先生歌唱得不好。

私《わたし》は野菜《やさい》が好《す》きではない。我不喜歡蔬菜。

TIP

和名詞一樣，在説「ではない」時可縮減為「じゃない」。

山田《やまだ》さんは元気《げんき》ではない。

＝ 山田《やまだ》さんは元気《げんき》じゃない。山田先生不健康。

中村《なかむら》さんは歌《うた》が上手《じょうず》ではない。

＝ 中村《なかむら》さんは歌《うた》が上手《じょうず》じゃない。中村先生歌唱得不好。

03 ～だった　～過去肯定常體

N5

形容動詞的過去肯定句為語幹後接「～だった」。

山田《やまだ》さんは元気《げんき》だった。山田先生以前很健康。

中村《なかむら》さんは歌《うた》が上手《じょうず》だった。中村先生以前歌唱得很好。

私《わたし》は野菜《やさい》が好《す》きだった。我以前喜歡蔬菜。

04 ～ではなかった　～過去否定常體

N5

形容動詞過去否定句為語幹後方接「～ではなかった」。

山田《やまだ》さんは元気《げんき》ではなかった。山田先生以前不健康。

中村《なかむら》さんは歌《うた》が上手《じょうず》ではなかった。中村先生以前歌唱得不好。

私《わたし》は野菜《やさい》が好《す》きではなかった。我以前不喜歡蔬菜。

05 ～です　～現在肯定敬體

N5

形容動詞語幹後方接「～です」表現在肯定敬體。「敬體」表對談話對象的尊敬，語氣較鄭重。

山田《やまだ》さんは元気《げんき》です。山田先生很健康。

中村《なかむら》さんは歌《うた》が上手《じょうず》です。中村先生歌唱得很好。

私《わたし》は野菜《やさい》が好《す》きです。我喜歡蔬菜。

06 ～ではありません / ～ではないです N5
～現在否定敬體

形容動詞的語幹後方接「～ではありません」或「～ではないです」表現在否定敬體。

山田《やまだ》さんは元気《げんき》ではありません。
＝ 山田《やまだ》さんは元気《げんき》ではないです。山田先生不健康。
中村《なかむら》さんは歌《うた》が上手《じょうず》ではありません。
＝ 中村《なかむら》さんは歌《うた》が上手《じょうず》ではないです。中村先生歌唱得不好。
私《わたし》は野菜《やさい》が好《す》きではありません。
＝ 私《わたし》は野菜《やさい》が好《す》きではないです。我不喜歡蔬菜。

07 ～でした ～過去肯定敬體 N5

形容動詞的語幹後方接「～でした」表過去肯定敬體。

山田《やまだ》さんは元気《げんき》でした。山田先生以前很健康。
中村《なかむら》さんは歌《うた》が上手《じょうず》でした。中村先生以前歌唱得很好。
私《わたし》は野菜《やさい》が好《す》きでした。我以前喜歡蔬菜。

08 ～ではありませんでした / ～ではなかったです N5
～過去否定敬體

形容動詞的語幹後方接「～ではありませんでした」或「～ではなかったです」表過去否定敬體。

山田《やまだ》さんは元気《げんき》ではありませんでした。

＝ 山田《やまだ》さんは元気《げんき》ではなかったです。山田先生以前不健康。

中村《なかむら》さんは歌《うた》が上手《じょうず》ではありませんでした。

＝ 中村《なかむら》さんは歌《うた》が上手《じょうず》ではなかったです。中村先生以前歌唱得不好。

私《わたし》は野菜《やさい》が好《す》きではありませんでした。

＝ 私《わたし》は野菜《やさい》が好《す》きではなかったです。我以前不喜歡蔬菜。

09 ～ですか　～現在肯定疑問敬體　N5

鄭重地詢問時，在形容動詞的語幹後方接「～ですか」，表現在肯定疑問敬體。

山田《やまだ》さんは元気《げんき》ですか。山田先生健康嗎？

中村《なかむら》さんは歌《うた》が上手《じょうず》ですか。中村先生歌唱得好嗎？

あなたは野菜《やさい》が好《す》きですか。你喜歡蔬菜嗎？

10 ～ではありませんか / ～ではないですか　N5

～現在否定疑問敬體

表達確認或反問時，在語幹後方接「～ではありませんか」或「～ではないですか」，表現在否定疑問敬體。

山田《やまだ》さんは元気《げんき》ではありませんか。

＝ 山田《やまだ》さんは元気《げんき》ではないですか。山田先生不健康嗎？

中村《なかむら》さんは歌《うた》が上手《じょうず》ではありませんか。

＝ 中村《なかむら》さんは歌《うた》が上手《じょうず》ではないですか。中村先生歌唱得不好嗎？

田中《たなか》さんは野菜《やさい》が好《す》きではありませんか。

＝ 田中《たなか》さんは野菜《やさい》が好《す》きではないですか。田中先生不喜歡蔬菜嗎？

11 ～でしたか　～過去肯定疑問敬體 N5

鄭重地詢問過去狀態時，形容動詞語幹後接「～でしたか」，表過去肯定疑問敬體。

山田《やまだ》さんは元気《げんき》でしたか。山田先生以前健康嗎？

中村《なかむら》さんは歌《うた》が上手《じょうず》でしたか。中村先生以前歌唱得好嗎？

田中《たなか》さんは野菜《やさい》が好《す》きでしたか。田中先生以前喜歡蔬菜嗎？

12 ～ではありませんでしたか / ～ではなかったですか　～過去否定疑問敬體 N5

鄭重地確認或反問過去狀態時，形容動詞語幹後方接「～ではありませんでしたか」或「～ではなかったですか」，表過去疑問敬體。

山田《やまだ》さんは元気《げんき》ではありませんでしたか。

＝ 山田《やまだ》さんは元気《げんき》ではなかったですか。山田先生以前不健康嗎？

中村《なかむら》さんは歌《うた》が上手《じょうず》ではありませんでしたか。

＝ 中村《なかむら》さんは歌《うた》が上手《じょうず》ではなかったですか。

中村先生以前歌唱得不好嗎？

田中《たなか》さんは野菜《やさい》が好《す》きではありませんでしたか。

＝ 田中《たなか》さんは野菜《やさい》が好《す》きではなかったですか。

田中先生以前不喜歡蔬菜嗎？

4 形容動詞的應用表現

01 ～な～　～的～

N5

修飾名詞時，形容動詞語幹後方接「な」。

ここはきれいな公園《こうえん》です。這裡是座漂亮的公園。

これは便利《べんり》な辞書《じしょ》です。這是本便利的辭典。

山田《やまだ》さんは親切《しんせつ》な人《ひと》です。山田先生是位親切的人。

02 ～で　並列、原因

N5

表達並列或原因時，形容動詞的語幹後方加上「で」。形容動詞連用形（中止法），通常會在連用形後方接標點符號「、」。

心《こころ》も元気《げんき》で、体《からだ》も丈夫《じょうぶ》だ。心很健康身體也很健壯。

ここはきれいで、静《しず》かなところです。這裡是漂亮又安靜的地方。

この町《まち》はにぎやかで、交通《こうつう》が便利《べんり》です。這個城鎮熱鬧且交通便利。

03 ～に　～的、地

N5

形容動詞語幹後接「～に」，為連用修飾當副詞修飾動詞或用言。

みんな静《しず》かに勉強《べんきょう》しています。所有人安靜地在唸書。

部屋《へや》がきれいになりました。房間變乾淨了。

水《みず》を大切《たいせつ》にしてください。請節約用水。

04 特殊的形容動詞

N5

❶ 相同語幹的形容詞與形容動詞

形容動詞和形容詞之間有相同語幹的單字。兩者之間也許有些會有微小的差異，但大致相同，只是活用語尾不同。

形容動詞	形容詞	意思
こまかだ	こまかい	仔細的、詳細的、細小的
あたたかだ	あたたかい	溫暖的、熱情的
まっくろだ	まっくろい	漆黑的
まっしろだ	まっしろい	雪白的
きいろだ	きいろい	黃色的
やわらかだ	やわらかい	柔軟的
しかくだ	しかくい	四方形的

❷ 特殊活用形容動詞

「同じだ」雖然是形容動詞，但修飾名詞時不會加上「な」，必須說「同じ～」。

私《わたし》も同《おな》じなものをください。×

私《わたし》も同《おな》じものをください。○ 請給我同樣的東西。

花子《はなこ》のかばんと私《わたし》のは同《おな》じ色《いろ》です。花子的包包和我的是同樣的顏色。

昨日《きのう》と同《おな》じ場所《ばしょ》で会《あ》いましょう。在和昨天一樣的地方見面吧。

PART 06
動詞

1 動詞
2 動詞的種類
3 動詞的活用

1 動詞

01 動詞 N5

動詞為表達事物的動作或作用。和形容詞及形容動詞一樣，會根據句中的意思的不同而有單字語尾活用形變化，是用言。

02 動詞常體 N5

動詞常體語尾為「う段」，所謂常體就是辭典中出現的形式，亦稱為「辭書形」。但是「う段」中沒有以「ふ、ゆ、ず、づ、ぷ」為語尾的動詞。

買《か》う 買	書《か》く 寫	話《はな》す 說、談論	待《ま》つ 等待	死《し》ぬ 死亡
遊《あそ》ぶ 玩	飲《の》む 喝	食《た》べる 吃	する 做	来《く》る 來

あ段	あ	か	さ	た	な	は	ま	や	ら	わ	ん	が	ば
い段	い	き	し	ち	に	ひ	み		り			ぎ	び
う段	う	く	す	つ	ぬ	ふ	む	ゆ	る			ぐ	ぶ
え段	え	け	せ	て	ね	へ	め		れ			げ	べ
お段	お	こ	そ	と	の	ほ	も	よ	ろ	を		ご	ぼ

TIP

>> 動詞的語幹與語尾

動詞的語幹為不會有活用形變化的語詞；語尾為有活用形變化「う段」的語詞。例：「說、談論」的動詞是「はなす（話す）」，其語幹則是「はな（話）」、語尾是「す」。

2 動詞的種類

01 五段活用動詞

N5

❶ 常體「る」之外以「う段」結尾的動詞

買《か》う 買　書《か》く 寫　話《はな》す 說、談論
待《ま》つ 等待　死《し》ぬ 死亡　遊《あそ》ぶ 玩　飲《の》む 喝

❷ 常體的語尾以「る」結束，但「る」前面的字不是「い段」或「え段」的動詞

ある 有　作《つく》る 製作　取《と》る 拿　乗《の》る 搭乘　分《わ》かる 知道

❸ 例外的五段活用動詞

下列動詞形態像上下一段動詞，但為五段活用動詞。

知《し》る 理解、通曉　入《はい》る 進去　走《はし》る 跑　要《い》る 需要
切《き》る 剪、切　減《へ》る 減少　帰《かえ》る 回去
滑《すべ》る 滑倒　蹴《け》る 踢　握《にぎ》る 握、抓
しゃべる 聊天　散《ち》る 凋謝、四散

02 上下一段活用動詞 N5

❶ 上一段活用動詞：常體的語尾以「る」結束，「る」前面為「い段」的動詞

起《お》きる 起床　落《お》ちる 掉落　借《か》りる 借入
見《み》る 看　足《た》りる 充分

❷ 下一段活用動詞：常體的語尾以「る」結束，「る」前面為「え段」的動詞

食《た》べる 吃　教《おし》える 教　寝《ね》る 睡
見《み》せる 展現　忘《わす》れる 忘記

03 カ行變格及サ行變格活用動詞 N5

❶ 只有兩個

来《く》る 來（カ行變格活用動詞）　する 做（サ行變格活用動詞）

❷ 作為動作的意思，在名詞後方接「する」皆屬於サ行變格活用動詞。

勉強《べんきょう》する 唸書
食事《しょくじ》する 吃飯
運動《うんどう》する 運動

3 動詞的活用

依句中意思和文法接續功能不同，動詞語尾有活用形變化，稱為動詞的活用。動詞的活用又分為未然形（否定形、意量形）、連用形（ます形、て形、た形）、終止形（常體）、連體形、假定形、命令形等。未然形和連用形是日本的學校文法用語。活用動詞時，每個類別的規則不同，因此必須確實了解各動詞分別屬於五段活用動詞、上下一段活用動詞、カ行變格及サ行變格活用動詞中的哪個類別。

01 未然形(否定形) N5

動詞接「ない」表達否定「不～」。

五段活用動詞	話《はな》す 說、談論	話《はな》さない 不說、不談論
上下一段活用動詞	食《た》べる 吃	食《た》べない 不吃
カ行變格及サ行變格活用動詞	する 做	しない 不做 せず 不做

何《なに》も話《はな》さない。什麼都不說。

私《わたし》は辛《から》いものは食《た》べない。我不吃辣的食物。

子《こ》どもが宿題《しゅくだい》をしない。孩子不做作業。

02 連用形(ます形、て形、た形) N5

❶ 連用形（ます形）

後接「～ます」，表動詞敬體。

五段活用動詞	話《はな》す 說、談論	話《はな》します 說、談論
上下一段活用動詞	食《た》べる 吃	食《た》べます 吃
カ行變格及サ行變格活用動詞	する 做	します 做

友《とも》だちと話《はな》します。和朋友說話。

ご飯《はん》を食《た》べます。吃飯。

宿題《しゅくだい》をします。做作業。

❷ 連用形（て形）

後接「～て」，表「因為、然後」的意思。

五段活用動詞	話《はな》す 說、談論	話《はな》して 說、談論
上下一段活用動詞	食《た》べる 吃	食《た》べて 吃
カ行變格及サ行變格活用動詞	する 做	して 做

ゆっくり話《はな》してください。請慢慢說。

ご飯《はん》を食《た》べて、会社《かいしゃ》に行《い》く。吃完飯後去公司。

宿題《しゅくだい》をして寝《ね》る。做作業後睡覺。

❸ 連用形（た形）

後接「～た」，表過去和完成的意思。

五段活用動詞	話《はな》す 說、談論	話《はな》した 說了、談論了
上下一段活用動詞	食《た》べる 吃	食《た》べた 吃了
カ行變格及サ行變格活用動詞	する 做	した 做了

友《とも》だちと話《はな》した。和朋友說了話。

ご飯《はん》を食《た》べた。吃了飯。

宿題《しゅくだい》をした。做了作業。

03 終止形(常體) N5

辭典中動詞以終止形（常體）記載，故常體亦被稱做辭書形。終止形是動詞的活用形之一，表句子結束。

五段活用動詞	話《はな》す 說、談論
上下一段活用動詞	食《た》べる 吃
カ行變格及サ行變格活用動詞	する 做

友《とも》だちと話《はな》す。和朋友說話。

ご飯《はん》を食《た》べる。吃飯。

宿題《しゅくだい》をする。做作業。

04 連體形(名詞修飾形) N5

後接體言（名詞、代名詞、數詞），活用變化同「常體」。

五段活用動詞	話《はな》す＋とき 說話時、談論時
上下一段活用動詞	食《た》べる＋とき 吃飯時
カ行變格及サ行變格活用動詞	する＋とき 做事時

部屋《へや》に入《はい》るときは、ノックをしてください。進房間時請敲門。

ご飯《はん》を食《た》べるとき、はしを使《つか》います。吃飯時使用筷子。

食事《しょくじ》をするときはテレビは見《み》ない。用餐時不看電視。

05 假定形 N5

後接「～ば」，表「～的話」的假設意思。

五段活用動詞	話《はな》す 說、談論	話《はな》せば 說的話、談論的話
上下一段活用動詞	食《た》べる 吃	食《た》べれば 吃的話
カ行變格及サ行變格活用動詞	する 做	すれば 做的話

ゆっくり話《はな》せば分《わ》かります。慢慢說的話可以理解。

たくさん食《た》べれば太《ふと》る。吃太多的話會胖。

勉強《べんきょう》すれば上手《じょうず》になる。學習的話會變擅長。

06 命令形 N5

表「命令」的意思。

五段活用動詞	話《はな》す 說、談論	話《はな》せ 說！
上下一段活用動詞	食《た》べる 吃	食《た》べろ 吃！
カ行變格及サ行變格活用動詞	する 做	しろ 做！ せよ 做！

もっとゆっくり話《はな》せ。說更慢點！

野菜《やさい》を食《た》べろ。吃蔬菜！

早《はや》くしろ。快點（做）！

07 未然形(意量形) N5

表示推測、抑制、勸誘的意思，語幹後接「う」或「よう」時稱為動詞的未然形（意量形）。

五段活用動詞	話《はな》す 說、談論	話《はな》そう 應該要說、說吧 應該要談論、談論吧
上下一段活用動詞	食《た》べる 吃	食《た》べよう 應該要吃、吃吧
カ行變格及サ行變格活用動詞	する 做	しよう 應該要做、做吧

先生《せんせい》に話《はな》そう。跟老師說吧！

ご飯《はん》を食《た》べよう。吃飯吧！

明日《あした》から運動《うんどう》しよう。明天開始運動吧！

PART 07
動詞連用形

1 動詞連用形

01 動詞連用形的角色

連用形是指修飾用言（動詞、形容詞或形容動詞等），動詞接連用形「～ます」、「～て」、「～た」等，而後接「～ます」的活用形態便稱為「連用形（ます形）」。動詞的連用形具有以下特徵：

❶ 後接ます表動詞敬體。N5

五段活用動詞	話《はな》す 說	話《はな》します 說
上下一段活用動詞	食《た》べる 吃	食《た》べます 吃
カ行變格及 サ行變格活用動詞	する 做	します 做
	来《く》る 來	来《き》ます 來

❷ 後接形容詞或動詞等用言表達複合的意思。N5

歩《ある》く 走 ＋ はじめる 開始 ➡ 歩《ある》きはじめる 開始走路

食《た》べる 吃＋すぎる 過度 ➡ 食《た》べすぎる 過度地吃、暴食

使《つか》う 使用＋にくい 困難、不便 ➡ 使《つか》いにくい 難使用

❸ 可作為動作性名詞。N5

動詞去「ます」轉化成名詞使用。

▶ 流《なが》れる 流動 ➡ 流《なが》れ 流動

川《かわ》が流《なが》れる。河川流動。

川《かわ》の流《なが》れが速《はや》い。河川的流動迅速。

▶ 泳《およ》ぐ 游泳 ➡ 泳《およ》ぎ 游泳

プールで泳《およ》ぐ。在游泳池裡游泳。

彼《かれ》は泳《およ》ぎが上手《じょうず》だ。他很會游泳。

④ 中止法 N5

動詞的連用形（ます形）表句中的停頓。日語口語中以連用形（て形）來表示句中的停頓。

本《ほん》を読《よ》んで、考《かんが》える。看書後思考。

＝ 本《ほん》を読《よ》み、考《かんが》える。看書後思考。

ご飯《はん》を食《た》べて、会社《かいしゃ》に行《い》きます。吃飯後去公司。

＝ ご飯《はん》を食《た》べ、会社《かいしゃ》に行《い》きます。吃飯後去公司。

02 動詞連用形用法

動詞的活用變化每個類別的規則不同，因此必須確實了解該動詞分別屬於五段活用動詞、上下一段活用動詞、カ行變格及サ行變格活用動詞中的哪個類別。

❶ 五段活用動詞在語尾「う段」替換成「い段」，後接「ます」。

❷ 上下一段活用動詞去掉語尾「る」後接「ます」。

❸ 屬於カ行變格及サ行變格活用動詞的「くる」和「する」因其活用形變化不規則，因此須牢記以下變化形態：
「くる」→「きます」、「する」→「します」。

2 動詞連用形的基本表現

01 ～ます 現在肯定敬體 N5

表動詞現在或未來肯定敬體。

映画《えいが》を見《み》ます。看電影。

朝《あさ》ご飯《はん》を食《た》べます。吃飯。

本《ほん》を読《よ》みます。看書。

02 ～ません 現在否定敬體 N5

表動詞現在或未來否定敬體。

映画《えいが》を見《み》ません。不看電影。

朝《あさ》ご飯《はん》を食《た》べません。不吃早餐。

本《ほん》を読《よ》みません。不看書。

03 ～ました　過去肯定敬體　N5

表動詞的過去或完成的過去肯定敬體。

映画《えいが》を見《み》ました。看了電影。

朝《あさ》ご飯《はん》を食《た》べました。吃了早餐。

A　この画《え》はだれが描《か》きましたか。這幅畫是誰畫的？

B　私《わたし》が描《か》きました。是我畫的。

04 ～ませんでした　過去否定敬體　N5

過去否定的敬體。

映画《えいが》を見《み》ませんでした。以前不看電影。

朝《あさ》ご飯《はん》を食《た》べませんでした。以前不吃早餐。

昨日《きのう》はどこへも行《い》きませんでした。我昨天哪裡都沒去。

05 ～ましょう　～吧　N5

說話者積極地提議、勸誘或邀請聽者一起行動。

あそこでちょっと休《やす》みましょう。在那裡稍作休息吧！

コーヒーでも飲《の》みましょう。喝杯咖啡吧！

一緒《いっしょ》に散歩《さんぽ》でもしましょう。一起散步吧！

06 ～ませんか　現在疑問敬體 N5

說話者提議、勸誘或邀請聽者一起行動，是較為客氣的邀約表現。

一緒《いっしょ》に食事《しょくじ》に行《い》きませんか。要不要一起去用餐？

明日《あした》テニスをしませんか。明天要不要打網球？

A 明日《あした》映画《えいが》を見《み》に行《い》きませんか。明天要不要去看電影？

B いいですね。行《い》きましょう。好啊，走吧！

3 動詞連用形的應用表現

01 ～ながら　一邊～一邊～　N5

動詞的連用形後接「～ながら」時，為「一邊～一邊～」的意思。表動作同時進行的意思。

音楽《おんがく》を聞《き》きながら勉強《べんきょう》しました。邊聽音樂邊唸書。

父《ちち》はコーヒーを飲《の》みながら、新聞《しんぶん》を読《よ》んでいます。

爸爸邊喝咖啡邊看報紙。

歩《ある》きながら電話《でんわ》で話《はな》す人《ひと》が多《おお》い。邊走路邊講電話的人很多。

02 ～に＋移動動詞　去(做)～　N5

後接格助詞「に」和移動動詞表示移動的目的。移動動詞有「行《い》く（去）、来《く》る（來）、出《で》かける（外出）、出《で》る（出去）」等。

友《とも》だちの家《いえ》に遊《あそ》びに行《い》く。去朋友家玩。

母《はは》はデパートへ買《か》い物《もの》をしに行《い》きました。媽媽去百貨公司購物。

山田《やまだ》さん、ちょっとこちらへコーヒーを飲《の》みに来《き》ませんか。

山田先生，要不要來這邊喝一下咖啡？

03 ～はじめる　開始～

N5

動詞連用形後接「はじめる（開始）」表「開始（做）～的意思」。

1年前《いちねんまえ》からテニスを習《なら》いはじめました。從一年前開始學網球。

今朝《けさ》、7時《しちじ》ごろから雨《あめ》が降《ふ》りはじめました。

今天早上七點左右開始下雨。

夕飯《ゆうはん》を食《た》べてから宿題《しゅくだい》をやりはじめました。

吃完午餐後開始做作業。

04 ～つづける　持續～

N4

動詞連用形後接「～つづける」表「持續（做）～」或「一直（做）～」的意思。

子《こ》どもはずっと泣《な》きつづけた。孩子一直哭。

小《ちい》さい字《じ》を書《か》きつづけて、手《て》が疲《つか》れました。一直寫小字手很痠。

彼《かれ》は2時間《にじかん》も歩《ある》きつづけた。他持續走了兩小時之久。

05 ～おわる　結束、完成

N4

動詞連用形後接「～おわる」表達該動作結束、完成的意思。「動詞連用形＋おわる」通常是複合他動詞。

ご飯《はん》を食《た》べおわってから、テーブルの上《うえ》を片付《かたづ》けました。

吃完飯後收拾了桌子。

メールを書《か》きおわったら、このボタンを押《お》してください。

寫完郵件後請按此按鈕。

A その本《ほん》、読《よ》み終《お》わったら貸《か》してくださいませんか。
那本書看完的話可以借我嗎？

B ええ、いいですよ。好呀。

06 ～だす　突然開始～　N4

表突然開始某個狀況或動作。「だす」雖然和「はじめる」的意思相近，但事情突然發生的語意更強烈，通常和表示突然的副詞「急《きゅう》に」一起使用。

昼頃《ひるごろ》から急《きゅう》に雨《あめ》が降《ふ》り出《だ》しました。正午時分突然開始下起雨。

彼《かれ》は急《きゅう》に笑《わら》いだした。他突然笑出聲來。

どろぼうは警官《けいかん》を見《み》ると、急《きゅう》に逃《に》げ出《だ》した。
小偷一看見警察便突然逃走了。

07 ～すぎる　太～　N4

表超過程度。

お酒《さけ》を飲《の》みすぎて、頭《あたま》が痛《いた》いです。喝太多酒導致頭很痛。

買《か》い物《もの》をしすぎで、お金《かね》がなくなった。買太多東西導致沒錢了。

ご飯《はん》を食《た》べすぎて、お腹《なか》が痛《いた》くなりました。吃了太多飯導致肚子痛。

TIP

「すぎる」上接「形容詞」或「形容動詞」的語幹。

このかばんは大《おお》きすぎて、持《も》ちにくい。這個包包太大導致不好拿。

この道《みち》は危《あぶ》なすぎる。這條路太危險。

08 ～たがる　想要～ N4

表第三人稱的希望。

鈴木《すずき》さんは映画《えいが》を見《み》たがっています。鈴木先生想看電影。

弟《おとうと》は外国《がいこく》に行《い》きたがっています。弟弟想去外國。

みんなあなたの歌《うた》を聞《き》きたがっています。大家想聽你的歌。

09 特殊動詞的連用形 N4

「いらっしゃる（來、去、有）、おっしゃる（說）、くださる（給）、なさる（做）、ござる（有）」是敬語動詞，是特殊五段活用動詞。

いらっしゃる 來、去、有 ➡ いらっしゃります× いらっしゃいます○

おっしゃる 說 ➡ おっしゃります× おっしゃいます○

くださる 給 ➡ くださります× くださいます○

なさる 做 ➡ なさります× なさいます○

ござる 有 ➡ ござります× ございます○

先生《せんせい》はそうおっしゃいました。老師那樣說了。

明日《あした》はお宅《たく》にいらっしゃいますか。明天您在家嗎？

4 動詞的形容詞化

01 ～たい 想要～ N5

「～たがる」表第三人稱的希望，而「～たい」則表第一人稱或第二人稱的希望。需要注意的一點是，「～たい」前方若接希望的對象時，格助詞需寫成「が」而非「を」。

明日《あした》は家《いえ》でゆっくり休《やす》みたい。明天想在家裡好好休息。

私《わたし》は田舎《いなか》の静《しず》かなところに住《す》みたい。我想住在鄉下安靜的地方。

田中《たなか》さんは冷《つめ》たいビールが飲《の》みたいですか。

田中先生想喝冰涼的啤酒嗎？

TIP

說話者在談論自己想要擁有的東西時使用「ほしい」。

私《わたし》は車《くるま》がほしい。我想要車。

02 ～やすい　～簡單、容易　N4

動詞連用形後接「～やすい」表「做起來很簡單、容易」的意思，或「容易變成那樣、那種可能性很高」的意思。

❶ 容易

このペンは書《か》きやすいです。這隻筆很好寫。

この本《ほん》は字《じ》が大《おお》きくて読《よ》みやすいです。這本書的字體很大很好閱讀。

❷ 傾向、可能性

冬《ふゆ》は風邪《かぜ》をひきやすい。冬天很容易感冒。

雪《ゆき》で道《みち》が滑《すべ》りやすいから、気《き》をつけてください。

雪讓道路變得很滑，請注意安全。

03 ～にくい　～不便、困難　N4

後接「～にくい」表做起來困難或不便。

このカメラは使《つか》いにくいです。這台相機不好用。

この本《ほん》は字《じ》が小《ちい》さくて読《よ》みにくいです。這本書字體很小不好閱讀。

この地図《ちず》は分《わ》かりにくい。這張地圖很難懂。

5 動詞的名詞化

01 連用形的名詞化 N5

動詞去「ます」轉化成名詞使用，也就是從動詞變成名詞。

泳《およ》ぐ 游泳 ➡ 泳《およ》ぎ 游泳

帰《かえ》る 回去 ➡ 帰《かえ》り 返家

走《はし》る 跑、奔跑 ➡ 走《はし》り 跑、奔跑

作《つく》る 製作 ➡ 作《つく》り 製作

乗《の》り換《かえ》える 轉車、換乘 ➡ 乗《の》り換《か》え 轉車、換乘

彼《かれ》は泳《およ》ぎが上手《じょうず》だ。他很會游泳。

子《こ》どもは父親《ちちおや》の帰《かえ》りを待《ま》っていた。孩子正等著爸爸返家。

田中君《たなかくん》は走《はし》りが速《はや》い。田中君跑步很快。

夜《よる》12時《じゅうにじ》まで仕事《しごと》をするのは働《はたら》きすぎです。

工作到晚上十二點是工作過度。

02 ～方《かた》 ～的方法

N5

動詞去「ます」再接「方」表示「方法、方式」，意思是「此動作的方法」。

書《か》き方《かた》 寫法　　読《よ》み方《かた》 讀法
使《つか》い方《かた》 用法　　作《つく》り方《かた》 做法　　教《おし》え方《かた》 教法

この料理《りょうり》の作《つく》り方《かた》を知《し》っていますか。你知道這道菜的做法嗎？

このケータイの使《つか》い方《かた》を説明《せつめい》します。我來說明這支手機的用法。

この漢字《かんじ》の読《よ》み方《かた》を教《おし》えてください。請告訴我這個漢字的讀法。

PART 08
動詞て形與た形

PART 08

1 動詞て形

01 動詞て形的角色 N5

動詞後接「て」表示「原因或動作順序」，稱為「動詞て形」，動詞て形基本上有下列用法：

❶ 動作的順序

表兩個以上的動作發生先後順序。

朝《あさ》起《お》きて、顔《かお》を洗《あら》います。早上起床後洗臉。

宿題《しゅくだい》をして、寝《ね》ました。做作業後睡覺。

❷ 手段、方法

電気《でんき》をつけて、部屋《へや》を明《あか》るくする。打開電燈使房間亮起來。

バスに乗《の》って、学校《がっこう》へ行《い》きます。搭巴士去學校。

❸ 原因、理由

けんかをして、しかられた。因為吵架被罵了。

風邪《かぜ》をひいて、会社《かいしゃ》を休《やす》みました。因為感冒向公司請了假。

02 動詞て形用法 N5

五段活用動詞改「て形」時，語尾的活用形發生形態變化，稱為「動詞的音便」。音便分為い音便、促音便和撥音便。

❶ 五段活用動詞

▶ 以「く・ぐ」結尾的五段活用動詞

以「く・ぐ」結尾改て形時，語尾「く」和「ぐ」要換成「い」，變成「いて、いで」，稱為い音便。但是「行《い》く」是例外，不是「行《い》いて」而是「行《い》って」。

▶ 以「う・つ・る」結尾的五段活用動詞

以「う・つ・る」結尾改て形時，語尾「う・つ・る」變成「って」，稱為促音便。

▶ 以「む・ぶ・ぬ」結尾的五段活用動詞

以「む・ぶ・ぬ」結尾改て形，語尾「む・ぶ・ぬ」變成「んで」，稱為撥音便。

▶ 以「す」結尾的五段活用動詞

以「す」結尾沒有音便，去「す」＋「して」。

❷ 上下一段活用動詞

改て形時，去「る」＋「て」。

❸ カ行變格及サ行變格活用動詞

改て形時，「くる」變成「きて」、「する」變成「して」。

	常體	て形	音便	
五段活用動詞	かく	かきて ×	かいて 寫	い音便
	およぐ	およぎて ×	およいで 游泳	
	のむ	のみて ×	のんで 喝	撥音便
	あそぶ	あそびて ×	あそんで 玩	
	しぬ	しにて ×	しんで 死	
	かう	かいて ×	かって 買	促音便
	たつ	たちて ×	たって 站	
	のる	のりて ×	のって 搭乘	
	はなす	はなして 說	ー	ー
上下一段活用動詞	みる	みて 看	ー	ー
	おきる	おきて 起床	ー	ー
	たべる	たべて 吃	ー	ー
カ行變格及 サ行變格活用動詞	くる	きて 來	ー	ー
	する	して 做	ー	ー

2 動詞て形的基本表現

01 ～てください　請～　N5

向對方委託或拜託某種行為時使用。

明日《あした》は早《はや》く来《き》てください。明天請早點來。

ここでは静《しず》かに歩《ある》いてください。在這裡請輕聲慢步。

ここに名前《なまえ》を書《か》いてください。請在這裡寫上名字。

02 ～てくださいませんか　可以～嗎？　N5

向對方鄭重地委託或拜託某種行為時使用。比「～てください」語氣更鄭重。

明日《あした》もう一度《いちどき》来てくださいませんか。明天可以再來一次嗎？

田中《たなか》さんの電話番号《でんわばんごう》を教《おし》えてくださいませんか。
可以告訴我田中先生的電話號碼嗎？

A　ちょっとこれを持《も》ってくださいませんか。可以幫我拿著這個嗎？

B　はい、いいですよ。好呀。

03 ～てから 然後～、～了之後～ N5

某動作結束後再做下個動作，表達動作的前後順序。

学校《がっこう》が終《お》わってから、映画《えいが》を見《み》に行《い》きます。
學校下課後去看電影。

先《さき》に手《て》を洗《あら》ってからお菓子《かし》を食《た》べます。先洗手再吃點心。

A 今《いま》すぐ山下《やました》さんのうちへ行《い》きますか。現在馬上要去山下先生的家嗎？

B いいえ、電話《でんわ》をかけてから行《い》きます。不，先打電話再去。

04 ～ても 即使～ N4

突顯提出的內容與其他內容不同，或內容相反時的逆接表現。

雨《あめ》が降《ふ》っても出《で》かけます。即使下雨也要外出。

この部屋《へや》はクーラーをつけても暑《あつ》いです。這間房間即使開冷氣也很熱。

このような言葉《ことば》は辞書《じしょ》を引《ひ》いても、分《わ》かりません。
像這樣的語言即使查字典也不懂。

05 ～てもいい 可以～ N4

表允許、許可做某動作。

ここにかばんを置《お》いてもいいですか。包包可以放這裡嗎？

テストが終《お》わった人《ひと》は帰《かえ》ってもいいです。考完試的人可以回去了。

A これ、使《つか》ってもいいですか。可以使用這個嗎？

B ええ、かまいませんよ。是的，沒關係。

06 ～てもかまわない　可以～

N4

表允許、許可做某動作。

明日《あした》、休《やす》んでもかまいません。明天可以休息。

窓《まど》を開《あ》けてもかまいませんか。可以打開窗戶嗎？

ここにある本《ほん》は自由《じゆう》に読《よ》んでもかまわない。

這裡有的書可以自由閱讀。

07 ～てはいけない　不行～

N4

表說話者不允許、禁止做某動作。

部屋《へや》にくつを履《は》いて入《はい》ってはいけません。不可以穿著鞋子進入房間。

人《ひと》の日記《にっき》を読《よ》んではいけません。不可以看別人的日記。

A　写真《しゃしん》を撮《と》ってもいいですか。可以拍照嗎？

B　ここでは撮《と》ってはいけません。這裡不行拍照。

08 ～てはならない　不行～

N4

和「～てはいけない」一樣是禁止表現，但「～てはならない」較在表義務或規範不允許或禁止做某動作。

芝生《しばふ》の中《なか》に入《はい》ってはならない。不行進入草坪。

嘘《うそ》をついてはならない。不可以說謊。

車《くるま》を運転《うんてん》するときは十分《じゅうぶん》注意《ちゅうい》しなくてはならない。

開車時要十分地注意。

3 動詞て形的應用表現

01 ～ている　正在～

N5

「～ている」主要有下列三種用法。

❶ 動作或作用的進行

動作開始進行中尚未結束，表「正在～」。

子《こ》どもたちが公園《こうえん》で遊《あそ》んでいます。孩子們正在公園裡玩。

山田《やまだ》さんは本《ほん》を読《よ》んでいます。山田先生正在看書。

雨《あめ》が降《ふ》っています。正在下雨。

❷ 結果持續的狀態

動作的結束或動作結果呈現的狀態。

部屋《へや》の電気《でんき》がついています。房間內的電燈開著。

ドアが開《あ》いています。門開著。

時計《とけい》が止《と》まっています。時鐘靜止了。

❸ 動作的完成

「～ている」若和表示「已經」的副詞「もう」或「すでに」一起使用時，表動作完成的狀態。

その話《はなし》はもう聞《き》いている。已經聽過那件事了。

山田《やまだ》さんはアメリカに行《い》っている。山田先生去美國了。

彼女《かのじょ》の気持《きも》ちはもう変《か》わっている。她的心意已經改變了。

02 ～てある　正～著

N4

「～てある」表達人為動作的結果，強調因某人動作呈現目前狀態。「～てある」通常上接他動詞。

壁《かべ》にポスターがはってあります。牆壁上貼著海報。

机《つくえ》の上《うえ》に新聞《しんぶん》が置《お》いてあります。桌子上放著報紙。

本《ほん》の後《うし》ろに名前《なまえ》が書《か》いてあります。書本背面寫著名字。

狀態	句子表現
ている	**本《ほん》の後《うし》ろに名前《なまえ》を**書《か》いています。 書本背面寫著名字。
てある	**本《ほん》の後《うし》ろに名前《なまえ》が**書《か》いてあります。 書本背面（被人）寫著名字。

TIP

>>ている vs てある

❶ **ドアが開《あ》いている。**門開著。[自動詞+ている]

自然結果的狀態

❷ **ドアが開《あ》けてある。**門開著。[他動詞+てある]

人為動作的狀態

中文解釋雖然差不多，但表達的目的有些不同。❶「ドアが開《あ》いている。」表門自動開著或因為自然現象（例如風）使門開了。❷「ドアが開《あ》けてある。」是指某人把門打開了，看到的動作的結果是門開著。

03 ～ておく 準備、維持 N4

表預先準備某動作，或對某動作的結果狀態放任不管，維持該動作持續的狀態。

お客《きゃく》さんが来《く》る前《まえ》に掃除《そうじ》をしておきましょう。
客人來之前先打掃好。[準備]

パーティーのためにいろいろ準備《じゅんび》をしておきました。
為了派對已經做好各種準備。[準備]

暑《あつ》いから、そのままドアを開《あ》けておいてください。
天氣很熱，請讓門就那樣開著。[維持]

はさみは後《あと》で使《つか》いますから、ここに置《お》いておいてください。
剪刀之後會用到，請放在這裡吧。[維持]

04 ～てみる 試～、～看看 N4

接意志動詞，表嘗試做某動作。

この料理《りょうり》、おいしいかどうか食《た》べてみてください。
請吃吃看這道料理好不好吃。

一度《いちど》京都《きょうと》へ行《い》ってみたいです。想去一次京都看看。

服《ふく》を買《か》う前《まえ》に、着《き》てみた。買衣服前先試穿了。

05 ～てしまう　～了

N4

強調某動作或狀態完全結束，或說話者不期望發生卻發生了的動作。

あの本《ほん》なら全部《ぜんぶ》読《よ》んでしまいました。那本書全部讀完了。

朝寝坊《あさねぼう》して、学校《がっこう》に遅《おく》れてしまいました。早上睡過頭導致去學校晚了。

部屋《へや》の電気《でんき》をつけたまま、寝《ね》てしまった。房間燈還開著就不小心睡著了。

06 ～てくる　開始變得～

N4

表某動作、狀態在時間上由過去到現在持續演變下來，或某動作的開始。

この頃《ごろ》、寒《さむ》くなってきましたね。最近開始變冷了。

入社１年目《にゅうしゃいちねんめ》になって、この仕事《しごと》にも慣《な》れてきた。
進公司一年了，工作也開始熟悉了。

運動《うんどう》を始《はじ》めたら、体《からだ》が丈夫《じょうぶ》になってきました。
開始運動後身體漸漸變強壯了。

07 ～ていく　持續～　N4

表某動作，狀態在時間上由現在到未來持續演變下去。

私《わたし》はこれからも日本語《にほんご》の勉強《べんきょう》を続《つづ》けていきます。
我以後也會持續學習日語。

これからもこの国《くに》の人口《じんこう》は増《ふ》えていく**でしょう。**
這個國家的人口日後也會持續增加吧。

A　もうすぐ冬《ふゆ》ですね。馬上就要冬天了呢。

B　そうですね。これからはだんだん寒《さむ》くなっていきます**ね。**
是呀，之後會變得越來越冷。

08 ～てたまらない　太～　N3

表說話者強烈的感情或感覺。上接感情動詞可感情形容詞。

風邪薬《かぜぐすり》を飲《の》んだので、眠《ねむ》くてたまらない**。**吃完感冒藥後睏得不得了。

母《はは》の病気《びょうき》のことが心配《しんぱい》でたまらない**。**我太擔心媽媽的病情。

09 ～て以来《いらい》 (從)～以後 N2

表自過去發生某事後一直到現在都持續相同狀態。

彼《かれ》とは卒業《そつぎょう》して以来《いらい》会《あ》っていない。和他從畢業以後就再也沒見過面了。

先月《せんげつ》の初《はじ》めに雨《あめ》が降《ふ》って以来《いらい》、全然《ぜんぜん》降《ふ》っていない。

從上個月初下雨以後就再也沒有下過了。

10 ～てからでないと 不～的話 N2

表如果前回內容不實現就不能做後句的動作或狀態，後句通常為否定表現。

親《おや》の意見《いけん》を聞《き》いてからでないと返事《へんじ》できません。

不詢問父母的意見無法回覆。

製品《せいひん》は、入金《にゅうきん》を確認《かくにん》してからでないと発送《はっそう》しない。

產品尚未確認付款前不進行配送。

11 ～てしょうがない ～得不得了 N2

表情不自禁地產生某種感情或感覺。「しょうがない」是「しようがない」的口語用法。

3日《みっか》も徹夜《てつや》なので、眠《ねむ》くてしょうがない。

因為熬夜三天，想睡得不得了。

今《いま》の仕事《しごと》がいやでしょうがない。現在的工作討厭得不得了。

12 ～てならない　～得不得了、特別～　N2

和「～てたまらない」、「～てしようがない」意思相近，「～てならない」前面只能使用感情、感覺、慾望等詞句。

国《くに》の家族《かぞく》に会《あ》いたくてならない。很想念故鄉的家人想得不得了。

おじいさんは孫《まご》がかわいくてならない**ようだ。**

爺爺似乎覺得孫子特別可愛。

TIP

>>てしょうがない vs てたまらない vs てならない

暑《あつ》いので、のどが渇《かわ》いてしょうがない。

暑《あつ》いので、のどが渇《かわ》いてたまらない。

暑《あつ》いので、のどが渇《かわ》いてならない。

基本上意思雖然一樣，但是各句子有微妙的差異。

上面三個句子都是「天氣太熱覺得口渴」的意思，但強調的程度稍有不同，「しょうがない、たまらない、ならない」越後面的其情緒越強烈。

說明自發性的情緒時通常使用「～てならない」。下面四個句子都有「對某種感覺或感情無法克制」的意思。

気《き》がしてならない

思《おも》えてならない

思《おも》われてならない

感《かん》じられてならない

13 ～てはじめて　～才(了解到)　N2

指經歷過某動作、狀態才能領悟某事物。

病気《びょうき》になってはじめて**健康《けんこう》のありがたさに気《き》づいた。**

生了病才了解到健康的可貴。

実際《じっさい》に読《よ》んでみてはじめて、古典《こてん》のおもしろさを知《し》った。
實際讀了才了解到古典的樂趣。

14 ～てからというもの　自從～以後　N1

表因某事，前後發生很大變化。

一度事故《いちどじこ》を起《お》こしてからというもの、彼《かれ》は慎重《しんちょう》に運転《うんてん》するようになった。
自從發生車禍後，他開車變得很慎重。

今年《ことし》になってからというもの、急激《きゅうげき》に円高傾向《えんだかけいこう》が進《すす》んでいる。
今年起日圓急遽上漲。

15 ～てもさしつかえない　即使～也沒關係、可以～　N1

與「～てもいい、～てもかまわない」意思相近，一般用於正式場合。

ここではタバコを吸《す》ってもさしつかえありませんか。
可以在這裡抽煙嗎？

もう熱《ねつ》も下《さ》がったので、散歩《さんぽ》に出《で》てもさしつかえありません。
燒也退了，可以出去散步了。

16 ～てやまない　～不已、滿心～　N1

前接感情動詞，表說話者的感情一直持續著。

今後《こんご》も皆《みな》さまのご活躍《かつやく》を願《ねが》ってやみません。
今後也滿心期待各位的活躍。

二度《にど》とこのような事件《じけん》が起《お》こらないように祈《いの》ってやまない。
我衷心期望不會再發生這種事。

4 動詞た形

01 動詞た形的角色

N5

動詞た形主要用來表達動作的完成或過去的事。

❶ 動作或作用的完成

動作或作用結束時的狀態。

やっとレポートを書《か》いた。終於寫完報告了。

無事《ぶじ》に目的地《もくてきち》に着《つ》いた。安全抵達了目的地。

会議《かいぎ》はもう終《お》わりました。會議已經結束了。

❷ 過去的動作或作用

表達以前發生的事情時使用。

朝《あさ》起《お》きて牛乳《ぎゅうにゅう》を飲《の》んだ。早上起床後喝了牛奶。

昨日《きのう》山《やま》に登《のぼ》りました。昨天爬了山。

今年《ことし》の3月《さんがつ》に卒業《そつぎょう》しました。今年三月畢業了。

❸ 狀態的持續

表動作結束後其狀態、結果仍持續著。

壁《かべ》にかけた絵《え》。掛在牆壁上的畫。

雪《ゆき》の積《つ》もった山《やま》。積雪的山。

帽子《ぼうし》をかぶった人《ひと》。戴帽子的人。

02 動詞た形用法 N5

❶ 五段活用動詞

▶ 以「く・ぐ」結尾的五段活用動詞

以「く・ぐ」結尾改た形時，語尾「く」和「ぐ」要換成「い」，變成「いた、いだ」，稱為い音便。但是「行《い》く」是例外，不是「行《い》いた」而是「行《い》った」。

▶ 以「う・つ・る」結尾的五段活用動詞

以「う・つ・る」結尾改た形時語尾「う・つ・る」變成「った」，這稱為促音便。

▶ 以「む・ぶ・ぬ」結尾的五段活用動詞

以「む・ぶ・ぬ」結尾改た形時，語尾「む・ぶ・ぬ」變成「んだ」，稱為撥音便。

▶ 以「す」結尾的五段活用動詞

以「す」結尾沒有音便，去「す」＋「した」。

❷ 上下一段活用動詞

改た形時，去「る」＋「た」。

❸ カ行變格及サ行變格活用動詞

改た形時，「くる」變成「きた」、する變成「した」。

5 動詞た形的應用表現

01 ～た後《あと》で　～之後　N5

表動作的順序，前面的動作完成後再做後面的動作。

顔《かお》を洗《あら》った後《あと》で、ご飯《はん》を食《た》べます。洗臉後吃飯。

授業《じゅぎょう》が終《お》わった後《あと》で掃除《そうじ》をします。下課後打掃。

映画《えいが》を見《み》た後《あと》で、お茶《ちゃ》でも飲《の》みましょう。看完電影後喝杯茶吧！

02 ～た方《ほう》がいい　～比較好、最好～　N4

向對方勸誘或給予忠告、建議，動詞後方接「～た方《ほう》がいい」。

熱《ねつ》があったら、すぐ病院《びょういん》へ行《い》った方《ほう》がいいですよ。

發燒還是馬上去醫院比較好。

今日《きょう》は早《はや》くうちへ帰《かえ》った方《ほう》がいい。今天最好早點回家。

朝《あさ》ご飯《はん》は食《た》べた方《ほう》が体《からだ》にいい。吃早餐對身體比較好。

03 ～たあげく　最後～、最終　N2

某件事情持續很長時間但最後結果令人遺憾，短期事件或不嚴重的事情不適用。「～たあげく」後方接句子。

彼女《かのじょ》は苦労《くろう》したあげく、とうとう病気《びょうき》になってしまった。
她飽受辛勞最後還是生病了。

迷《まよ》ったあげく、今《いま》の会社《かいしゃ》を辞《や》めることにした。
猶豫不決最終決定向現在工作的公司辭職。

04 ～た末《すえ》に　經過～最後　N2

「～た末《すえ》に」強調某件事情的結果，在達成結果前花了很長的時間或遇到很多困難。

２年間《にねんかん》苦労《くろう》した末《すえ》に、やっと論文《ろんぶん》が完成《かんせい》した。
歷經兩年辛勞最後完成了論文。

いろいろ悩《なや》んだ末《すえ》に、進学《しんがく》は辞《や》めることにした。
經過各種苦惱後，最終決定放棄升學。

05 ～たとたん　一～就～　N2

完成某件事的同時馬上發生另一件事。

子《こ》どもは母親《ははおや》の顔《かお》を見《み》たとたん泣《な》きだした。
孩子一看到媽媽的臉便哭了起來。

どろほうが金庫《きんこ》に手《て》をかけたとたん、非常《ひじょう》ベルが鳴《な》りだした。
小偷一偷金庫，警鈴便開始大響。

06 ～たが最後《さいご》　一旦～就～　N1

表某動作一旦實現會導致不好的結果，後接否定表現。請注意「た」與「最後」之間需要加上「が」。

信用《しんよう》というものは、一度《いちど》失《うしな》ったが最後《さいご》取《と》り戻《もど》すのはなかなか難《むずか》しい。

一旦失去信用，就很難恢復。

彼《かれ》にお金《かね》を貸《か》したが最後《さいご》、絶対《ぜったい》に戻《もど》ってこない。

一旦把錢借給他就絕對要不回來。

07 ～た矢先《やさき》に　正要～(結果)就～　N1

表前句動作開始時，結果就發生後句的動作。

帰《かえ》ろうとしていた矢先《やさき》に部長《ぶちょう》に仕事《しごと》を頼《たの》まれた。

正要回去的時候被部長交派了工作。

洗濯《せんたく》を始《はじ》めようとした矢先《やさき》に雨《あめ》が降《ふ》り出《だ》した。

正要開始洗衣服的時候雨就下了起來。

PART 09

動詞否定形

1 動詞否定形
2 動詞否定形的基本表現
3 動詞否定形的應用表現

1 動詞否定形

01 動詞否定形用法 N5

動詞否定形用法如下：

❶ 五段活用動詞

語尾換成「あ段」＋「ない」。

❷ 上下一段活用動詞

去語尾「る」＋「ない」。

❸ カ行變格及サ行變格活用動詞

「くる」變成「こない」、「する」變成「しない」。

五段活用動詞	買《か》う	買《か》わない 不買
	書《か》く	書《か》かない 不寫
	話《はな》す	話《はな》さない 不說
	遊《あそ》ぶ	遊《あそ》ばない 不玩
	読《よ》む	読《よ》まない 不讀
	乗《の》る	乗《の》らない 不搭
上下一段活用動詞	見《み》る	見《み》ない 不看
	起《お》きる	起《お》きない 不起床
	食《た》べる	食《た》べない 不吃
カ行變格及サ行變格活用動詞	来《く》る	来《こ》ない 不來
	する	しない 不做

02 動詞否定形注意事項 N5

❶ 以「う」結尾的五段活用動詞的否定形

語尾改為「あ段」+「ない」。但「買《か》う」、「言《い》う」、「歌《うた》う」等「う」結尾的動詞改為「わ」加上「ない」如：「買《か》わない」。

❷「ある」的否定形

「ある」的否定形不是「あらない」而是「ない」。

2 動詞否定形的基本表現

PART 09

01 ～ない　不～

N5

動詞的否定形表否定某動作。

辛《から》いものは食《た》べない。不吃辣的食物。

タバコは吸《す》わない。不抽煙。

田中《たなか》さんは今日《きょう》来《こ》ない。田中先生今天不來。

02 ～なかった　沒～

N5

動詞的過去否定形「～なかった」，表沒做那個動作。

昨日《きのう》はどこへも行《い》かなかった。昨天哪裡都沒去。

写真《しゃしん》は少《すこ》ししか撮《と》らなかった。沒照多少照片。

薬《くすり》を飲《の》んでも、熱《ねつ》が下《さ》がらなかった。吃了藥也沒退燒。

03 ～ないで　不、沒～

N5

表示沒有執行前面的動作而做了後方的動作。

昨夜《ゆうべ》お風呂《ふろ》に入《はい》らないで寝《ね》ました。昨晚沒洗澡就睡覺了。

本《ほん》を見《み》ないで答《こた》えを書《か》きます。沒看書就寫答案。

タクシーに乗《の》らないで、電車《でんしゃ》で行《い》きましょう。不搭計程車，搭電車去吧。

04 ～ないでください　不要～　N5

要求或命令對方不要做某動作。

ここではタバコを吸《す》わないでください。請不要在這裡抽煙。

私《わたし》のケーキを食《た》べないでください。請不要吃我的蛋糕。

大《おお》きい声《こえ》で話《はな》さないでください。請不要大聲說話。

05 ～なくて　不、沒～　N4

前句表後句的原因或理由。

子《こ》どもが何《なに》も食《た》べなくて心配《しんぱい》している。孩子沒吃任何東西我很擔心。

お金《かね》がなくて旅行《りょこう》に行《い》けない。沒錢無法去旅行。

なかなか電車《でんしゃ》が来《こ》なくて、遅刻《ちこく》してしまった。
電車一直不來結果遲到了。

06 ～ない方《ほう》がいい　不要～比較好　N4

建議不要做某動作。

たばこは吸《す》わない方《ほう》がいいです。不抽煙比較好。

天気《てんき》が悪《わる》いときは出《で》かけない方《ほう》がいいですよ。
天氣惡劣時不要外出比較好。

この薬《くすり》は子《こ》どもに飲《の》ませない方《ほう》がいいですよ。
不要讓孩子吃這個藥比較好。

07 ～ず(に) 不、沒～

N4

「ず」是「ぬ」的連用形，表不進行某動作或沒發生某作用便進行下一個動作的意思。但「する」的變化為「せず」。

近《ちか》いからバスに乗《の》らずに歩《ある》きましょう。距離很近不要搭公車用走的吧！

辞書《じしょ》を使《つか》わずに、この本《ほん》を読《よ》みました。不查辭典讀了這本書。

今朝《けさ》弟《おとうと》はご飯《はん》を食《た》べずに学校《がっこう》へ行《い》きました。

今天早上弟弟沒吃飯就去上學了。

勉強《べんきょう》せずに、テストを受《う》けた。沒讀書就考試了。

TIP

>>ないで vs ず（に）

● ないで與ず（に）

表動作狀態時，「～ないで」與「～ず（に）」皆可使用。

休《やす》まないで**働《はたら》く。＝** 休《やす》まずに**働《はたら》く。**不休息一直工作。

雙重否定句中有二個否定表現則使用「～ないで」或「～す（に）」。

泣《な》かずには**いられない。＝** 泣《な》かないでは**いられない。**忍不住哭泣。

● ないで

表達否定命令或希望時使用「～ないで」。

走《はし》らないで**ほしい。** 請不要跑。

言《い》わないで**ください。** 請不要說。

08 ～なければならない　必須、得～　N4

表從社會常識和事情性質來看，有其義務或必要性。

約束《やくそく》は守《まも》らなければならない。必須要遵守約定。

明日《あした》は試験《しけん》があるので、勉強《べんきょう》しなければなりません。
明天有考試必須要唸書。

今日《きょう》は6時《ろくじ》までにうちへ帰《かえ》らなければなりません。
今天六點前得回家。

09 ～なくてはいけない　必須、得～　N4

用法同「～なければならない」。

明日《あした》は朝早《あさはや》く起《お》きなくてはいけません。明天早上必須早起。

パソコンが壊《こわ》れたので直《なお》さなくてはいけない。
電腦故障了必須修理。

いやでもテストは受《う》けなくてはいけません。即使不願意也必須接受測驗。

10 ～なくてもいい　可以不～、不～也可以　N4

表沒有必要做某件事。

日曜日《にちようび》は学校《がっこう》に行《い》かなくてもいいです。星期日可以不去學校。

分《わ》からなければ書《か》かなくてもいいです。不懂的話可以不寫。

行《い》きたくなければ、行《い》かなくてもいい。不想去的話不去也可以。

11 ～なくてもかまわない　可以不～、不～也沒關係　N4

表「不做～也沒關係」、「不做～也行」，用法同「～なくてもいい」。

今度《こんど》の会議《かいぎ》には出《で》なくてもかまいませんか。
這次的會議不參加也沒關係嗎？

この仕事《しごと》は、急《いそ》がなくてもかまいません。這工作可以不用急著處理。

この部屋《へや》は掃除《そうじ》をしなくてもかまいません。這房間不打掃也沒關係。

3 動詞否定形的應用表現

01 ～ないように　不～　N3

「不那樣做」是表某動作的目的，也可省略「～に」使用「～ないよう」。

時間《じかん》に遅《おく》れないように駅《えき》から走《はし》った。為了不遲到從車站開始奔跑。

室内《しつない》では、タバコを吸《す》わないようにしてください。
在室內請勿抽菸。

02 ～ないことには　(若)不～就不(會)～　N2

「～なければ」強調一定要那樣做，「～ないことには」後方接否定表現，表如果不實現前句事情，就不能實現後句事情。

食《た》べてみないことには、おいしいかどうか分《わ》からない。
不吃吃看就不會知道好不好吃。

努力《どりょく》しないことには、成功《せいこう》するはずがない。不努力就不會成功。

03 ～ないことはない / ～ないこともない N2

～也不是不

不直接否定前句，而用委婉方式表示不認同或無法積極做前句動作。

彼《かれ》の意見《いけん》も理解《りかい》できないことはない。也不是不能理解他的建議。

難《むずか》しいが、方法《ほうほう》によってはできないこともない。

雖然困難，但根據做法不同也不是不能辦到。

04 ～ないではいられない / ～ずにはいられない N2

～無法不、不能不～

遇到某狀況，不自覺做出某種行為時使用。用「～ずにはいられない」，「する」不是「～しずにはいられない」而是「～せずにはいられない」。

困《こま》った人《ひと》を見《み》たら、助《たす》けずにはいられない。

看見有困難的人無法不幫忙。

気《き》に入《い》った物《もの》を見《み》つけると、買《か》わないではいられない。

發現喜歡的東西無法忍住不買。

この本《ほん》を読《よ》むと、だれでも感動《かんどう》せずにはいられない**だろう。**

讀了這本書沒有人不感動吧。

甘《あま》い物《もの》が好《す》きでケーキを見《み》ると、食《た》べずにはいられない。

因為喜歡吃甜食，看到蛋糕無法忍住不吃。

05 ～ないではおかない / ～ずにはおかない N1

得～、(一定)會～

表由於外部的因素導致得做某行為或呈現某狀態。

❶ 強調說話者的意志

今度《こんど》こそ、彼《かれ》に謝《あやま》らせずにはおかない。

這次一定要讓他道歉。

今回《こんかい》の企画《きかく》はどんなことがあっても成功《せいこう》させずにはおかない。

這次的企劃無論如何一定要成功。

❷ 強調自然變成

この映画《えいが》は、見《み》るものを感動《かんどう》させずにはおかないだろう。

這部電影會讓看的人感動吧。

彼《かれ》の一言《ひとこと》は彼女《かのじょ》の心《こころ》を傷《きず》つけずにはおかなかった。

他的一句話讓她的傷心了。

06 ～ないではすまない / ～ずにはすまない N1

非～不可、不能不～

強調就常識而言，若不那樣做不行的必要性，同「～なければならない」。

事実《じじつ》が明《あき》らかになった以上《いじょう》、責任《せきにん》を取《と》らないではすまないだろう。

既然事實已經明瞭了，那就不能不追究責任了吧。

私《わたし》のせいでこうなったのだから、謝《あやま》らずにはすまない。

因為我的關係變成了這樣，我不能不道歉。

07 ～ずじまい　沒能～、沒～　N1

是在「～ず（不～）」後方接「～しまい（結束）」表沒做完某事時間就過去了。注意「しまい」的「し」音便為「じ」。

今日《きょう》は忙《いそが》しくて結局《けっきょく》、昼食《ちゅうしょく》も取《と》れずじまいだった。
今天太忙結果連午餐都沒空吃。

出張《しゅっちょう》で東京《とうきょう》に来《き》たのに、仕事《しごと》で忙《いそが》しくて、友人《ゆうじん》にも会《あ》わずじまいだった。
出差來到東京但因為太忙了結果連朋友也沒見到。

08 ～ないものでもない　也並非～　N1

表某種行為也有行得通的可能性。

この問題《もんだい》は関係者《かんけいしゃ》の努力《どりょく》で解決《かいけつ》できないものでもない。
這問題靠相關人士的努力也並非不能解決。

頼《たの》まれれば、引《ひ》き受《う》けないものでもない。被拜託的話，也並非不能接受。

09 ～なくして　(若)沒有～的話　N1

同「～なければ」，表示沒有前句條件就無法實現後句事情，後方接否定表現。「～なくしては」為強調表現。

毎日《まいにち》の努力《どりょく》なくして、成功《せいこう》はありえない。
沒有每天努力不可能成功。

あの映画《えいが》は涙《なみだ》なくしては見《み》られない。看那部電影不可能不流眼淚。

10 ～なしに　沒有～　N1

表達若沒有「～なしに」前述的事物就不可能或是感到困擾等的否定表現。「～なしには」為強調表現。

目的《もくてき》なしに留学《りゅうがく》するのには賛成《さんせい》できない。

我不贊成沒有目的的留學。

許可《きょか》なしに入室《にゅうしつ》することを禁止《きんし》する。未經許可禁止進入。

11 ～ないですむ / ～ずにすむ　N1
沒～就解決了

表某問題尚未達到預期便解決了。同「～ないですむ」、「～ずにすむ」意思的還有「～なくてすむ」。

山田《やまだ》さんが手伝《てつだ》ってくれたおかげで、残業《ざんぎょう》せずにすんだ。

託山田先生的幫忙，不用加班就完成了。

症状《しょうじょう》が軽《かる》かったので入院《にゅういん》せずにすんだ。

症狀輕微所以不同住院。

PART 10
自動詞與他動詞

1 自動詞與他動詞
2 自動詞與他動詞的分類
3 兼具自動詞與他動詞
4 他動詞應用表現

1 自動詞與他動詞

自動詞不必及物，本身可以單獨表達主語的動作或作用，如：「友《とも》だちが来《く》る」用「主語＋が＋自動詞」的形態。

友《とも》だちが来《く》る。朋友來。

スープが冷《さ》める。湯冷掉。

時計《とけい》が壊《こわ》れる。時鐘故障。

TIP

>> 使用助詞「を」的自動詞

通過的場所或動作的出發點使用助詞「を」，後接表移動的自動詞。

道《みち》を歩《ある》く。走路

空《そら》を飛《と》ぶ。飛翔

坂《さか》を登《のぼ》る。爬坡

席《せき》を立《た》つ。離席

家《いえ》を出《で》る。離家

バスを降《お》りる。下公車

角《かど》を曲《ま》がる。轉彎

川《かわ》を渡《わた》る。過河

他動詞是必須及物才能表達主語的動作、作用。受詞主要使用助詞「を」，如：「父《ちち》はお茶《ちゃ》を飲《の》む」用「主語＋は＋受詞＋を＋他動詞」的形態。

父《ちち》はお茶《ちゃ》を飲《の》む。爸爸喝茶。

妹《いもうと》は本《ほん》を読《よ》む。妹妹讀書。

山田《やまだ》さんは荷物《にもつ》を届《とど》ける。山田先生配送包裹。

2 自動詞與他動詞的分類

PART 10

自動詞與他動詞大致分為下列四種類型：

❶ 純自動詞

行《い》く 走　　来《く》る 來　　死《し》ぬ 死　　ある 有

❷ 純他動詞

飲《の》む 喝　　食《た》べる 吃　　着《き》る 穿

❸ 兼具自動詞與他動詞但異形

自動詞及他動詞為同一動詞，但部分形態不同。

授業《じゅぎょう》が始《はじ》まる。講課開始了。[自動詞]

授業《じゅぎょう》を始《はじ》める。講課開始了。[他動詞]

音楽《おんがく》が聞《き》こえる。聽音樂。[自動詞]

音楽《おんがく》を聞《き》く。聽音樂。[他動詞]

④ 兼具自動詞與他動詞且同形

自動詞及他動詞為同一動詞。

吹《ふ》く 吹	笑《わら》う 笑、嘲笑	運《はこ》ぶ 進展、搬運
増《ま》す 增加	寄《よ》せる 湧進、靠近	

人《ひと》が笑《わら》う。人在笑。[自動詞]

人《ひと》を笑《わら》う。嘲笑人。[他動詞]

風《かぜ》が吹《ふ》く。風在吹。[自動詞]

笛《ふえ》を吹《ふ》く。吹笛子。[他動詞]

仕事《しごと》が運《はこ》ぶ。事情在進展。[自動詞]

机《つくえ》を運《はこ》ぶ。搬桌子。[他動詞]

3 兼具自動詞與他動詞

01 以[-aru], [-eru]表示的自動詞與他動詞

[-aru]結尾表自動詞，[-eru]結尾則表他動詞。

自動詞[-aru]		他動詞[-eru]	
上《あ》がる	上	上《あ》げる	升
下《さ》がる	下	下《さ》げる	降
閉《し》まる	關	閉《し》める	關
集《あつ》まる	聚集	集《あつ》める	聚集
変《か》わる	變換	変《か》える	變換
決《き》まる	決定	決《き》める	決定
止《と》まる	停止	止《と》める	停止
始《はじ》まる	開始	始《はじ》める	開始
かかる	掛	かける	掛
見《み》つかる	發現	見《み》つける	發現
終《お》わる	結束	終《お》える	結束
伝《つた》わる	流傳	伝《つた》える	傳達

02 以「す」結尾的他動詞

以「す」結尾的動詞為他動詞。

自動詞[-iru]		他動詞[-osu]	
起《お》きる	起床	起《お》こす	發生
落《お》ちる	掉落	落《お》とす	使～掉落
降《お》りる	下來	降《お》ろす	放下

自動詞[-ru]		他動詞[-su]	
移《うつ》る	移動	移《うつ》す	將～移動
写《うつ》る	照相	写《うつ》す	照相
直《なお》る	修復	直《なお》す	修理
治《なお》る	（病情）好轉、恢復	治《なお》す	治療
渡《わた》る	渡過	渡《わた》す	使～渡過、交給
残《のこ》る	剩下	残《のこ》す	使～剩下

自動詞[-eru]		他動詞[-asu]	
出《で》る	出來	出《だ》す	拿出來
冷《ひ》える	變冷	冷《ひ》やす	使～冷卻
増《ふ》える	增加	増《ふ》やす	增加

自動詞[-eru]		他動詞[-su]	
壊《こわ》れる	壞掉	壊《こわ》す	弄壞
倒《たお》れる	倒下	倒《たお》す	推倒
汚《よご》れる	變髒	汚《よご》す	弄髒

自動詞[其他]		他動詞[-su]	
消《き》える	消失	消《け》す	使～消失
無《な》くなる	消失	無《な》くす	遺失、弄丟
沸《わ》く	沸騰	沸《わ》かす	使～沸騰
乾《かわ》く	變乾	乾《かわ》かす	弄乾

4 他動詞應用表現

01 ～てある　～著　N4

「他動詞＋てある」表示「人為動作所留下的結果或狀態」。

テーブルの上《うえ》に手紙《てがみ》が置《お》いてあります。
桌子上放著信。（因某人放置而使信呈現放置的狀態）

カレンダーに今月《こんげつ》の予定《よてい》が書《か》いてあります。
月曆上寫著這個月的日程。（因某人寫上而使日曆呈現寫著的狀態）

02 ～ておく　事先、預先　N4

「他動詞＋ておく」表達動詞的結果持續或放任不管（維持、擱置），或事先做好某種準備時使用。

❶ 維持、擱置

A 窓《まど》を閉《し》めましょうか。要關窗戶嗎？

B いいえ、そのまま開《あ》けておいてください。不，就那樣開著吧！

❷ 事先準備

ビールを冷蔵庫《れいぞうこ》に入《い》れておきました。啤酒先放進冰箱了。

友《とも》だちの家《いえ》に行《い》く前《まえ》に、電話《でんわ》しておく。去朋友家前先打個電話。

PART 11
意量形與命令形

1 意量形

01 意量形的角色 N5

❶ 意志

表說話者的意志或決心，對自己的行動有明確的想法。

今日《きょう》は疲《つか》れたから、早《はや》く寝《ね》よう。今天很累了早點睡吧。

明日《あした》映画《えいが》を見《み》に行《い》こう。明天去看電影吧。

❷ 勸誘

向對方邀約一起做某動作，用於平輩或晚輩，可後接「ね、よ、ぜ」等一起使用。鄭重語氣勸誘可用「～ましょう」。

雨《あめ》になりそうだよ。だから、ピクニックは止《や》めようね。
好像要下雨了，所以遠足就取消吧！

A 何《なに》か食《た》べに行《い》かない？ 要不要去吃點什麼？

B 駅《えき》の前《まえ》にレストランがあるからそこへ行《い》こう。
車站前面有餐廳，去那裡吃吧！

❸ 推量

表不確定的判斷或預測，口語通常用「だろう」表達。

明日《あした》は晴《は》れよう。＝ 明日《あした》は晴《は》れるだろう。明天會是晴天吧。

彼《かれ》は今日《きょう》も遅《おく》れよう。＝ 彼《かれ》は今日《きょう》も遅《おく》れるだろう。
他今天也會遲到吧。

02 意量形用法 N5

意量形是動詞下接助動詞「～（よ）う」，五段活用動詞接「う」，其餘動詞接「よう」。

❶ 五段活用動詞

語尾「う段」換成「お段」＋「よう」。

❷ 上下一段活用動詞

去語尾「る」＋「よう」。

❸ カ行變格及サ行變格活用動詞

「くる」變成「こよう」、「する」變成「しよう」。

	常體	意量形
五段活用動詞	書《か》く	書《か》こう 寫吧
	話《はな》す	話《はな》そう 說吧
	遊《あそ》ぶ	遊《あそ》ぼう 玩吧
	飲《の》む	飲《の》もう 喝吧
	乗《の》る	乗《の》ろう 搭吧
上下一段活用動詞	見《み》る	見《み》よう 看吧
	起《お》きる	起《お》きよう 起床吧
	食《た》べる	食《た》べよう 吃吧
カ行變格及サ行變格活用動詞	来《く》る	来《こ》よう 來吧
	する	しよう 做吧

2 意量形的基本表現

01 ～(よ)うと思《おも》う　我想～、我認為　N4

表說話者的打算、意圖或認知。

今日《きょう》は早《はや》く寝《ね》ようと思《おも》います。今天我想早點睡。

新《あたら》しいカメラを買《か》おうと思《おも》います。我想要買新相機。

今《いま》すぐ手紙《てがみ》の返事《へんじ》を書《か》こうと思《おも》います。我現在想來寫回信。

02 ～(よ)うと思《おも》っている　想要～　N4

表說話者、聽者或第三人稱的打算或意圖。

夏休《なつやす》みに旅行《りょこう》に行《い》こうと思《おも》っています。
暑假想要去旅行。

将来《しょうらい》は、静《しず》かな郊外《こうがい》で暮《く》らそうと思《おも》っています。
將來想要在安靜的郊外生活。

山田《やまだ》さんは留学《りゅうがく》しようと思《おも》っています。
山田先生想要去留學。

TIP

>>「意量形＋と思《おも》う」vs「意量形＋と思《おも》っている」

	意量形＋と思う	意量形＋と思っている
時間的狀態	暫時的	持續的
意志的主體	說話者	說話者、聽者、第三人稱

03 ～(よ)うとする　想要～　N4

表說話者為實現某一動作而進行努力或嘗試。

家《いえ》を出《で》ようとしたとき、電話《でんわ》がかかってきました。

想要出門時有人打電話來了。

漢字《かんじ》を覚《おぼ》えようとしても、すぐ忘《わす》れてしまう。

想要背漢字卻馬上忘掉。

英語《えいご》の先生《せんせい》になろうとして勉強《べんきょう》しています。

正努力唸書想成為英語老師。

04 ～(よ)うか　要～嗎？　N4

用「動詞意量形＋か」，表邀約對方詢問其意願。

今日《きょう》は一緒《いっしょ》に帰《かえ》ろうか。今天要一起回家嗎？

A　映画《えいが》でも見《み》に行《い》こうか。要不要去看電影？

B　うん、いいね。好呀！

3 意量形的應用表現

01 ～(よ)うではないか　(讓)我們一起～吧！　N2

用於提議和對方共同做某事，口語常用「～じゃないか」。

この計画《けいかく》を成功《せいこう》させるために、みんなで頑張《がんば》ろうではないか。

為了使這個企劃成功，大家一起努力吧！

一緒《いっしょ》に昼《ひる》ご飯《はん》でも食《た》べようじゃないか。

一起吃午飯吧！

02 ～(よ)うものなら　如果～、那怕～　N1

條件表現之一，表達「如果發生那件事就會～」，後句通常為重大事態。

少《すこ》しでも遅刻《ちこく》しようものなら、先生《せんせい》に叱《しか》られる。

那怕遲到一下也會被老師責備。

彼《かれ》に本当《ほんとう》のことを話《はな》そうものなら、大変《たいへん》なことになるだろう。

如果向他說出實情的話會出大事的。

03 ～(よ)うが / ～(よ)うと 不管～ N1

表不管前件的事情如何，後件的事情都成立。

何年《なんねん》かかろうがあきらめるつもりはない。

不管要花多年的時間也不打算要放棄。

あなたが何《なに》をしようと自由《じゆう》です。不管你要做什麼都是你的自由。

04 ～(よ)うか～まいか 要不要～、該不該 N1

表說話者猶豫是否要做某事。

先生《せんせい》に本当《ほんとう》のことを言《い》おうか言《い》うまいか一晩中《ひとばんじゅう》考《かんが》え続《つづ》けた。

要不要向老師說出實情，我想了一整晚。

今度《こんど》の旅行《りょこう》に参加《さんか》しようかしまいか、迷《まよ》っている。

我還在猶豫要不要參加這次的旅行。

05 ～(よ)うが～まいが / ～(よ)うと～まいと 不管是～還是～ N1

表兩個對立的行為，無論選擇哪一種結果都一樣。

みんなが反対《はんたい》しようがしまいが、私《わたし》は気《き》にしない。

不管大家反不反對我都不會在意。

行《い》こうと行《い》くまいと、あなたの好《す》きにしてください。

不管去還是不去，都隨便你。

06 ～(よ)うにもできない　就算想～也不能～　N1

表即使有想做某件事的意願，也無法如願。

歯《は》が痛《いた》くて食《た》べようにも食《た》べられない。牙齒痛得就算想吃也不能吃。

料理《りょうり》の材料《ざいりょう》がないので、作《つく》ろうにも作《つく》れない。
沒有食材，就算想做也無法做。

07 ～つもりだ　打算～、想～　N5

動詞常體後接「～つもりだ（打算、想）」表說話者或第三人稱的意圖。同「動詞意量形＋と思う」用法相近，否定表現是「～つもりはない（不打算、不想）」「動詞常體＋つもりだ」的形態回答。

明日《あした》の午後《ごご》出発《しゅっぱつ》するつもりです。我打算明天下午出發。

私《わたし》は将来《しょうらい》医者《いしゃ》になるつもりです。我將來打算當醫生。

A　大学《だいがく》を卒業《そつぎょう》したらどうするつもりですか。
　　大學畢業後有什麼打算嗎？

B　就職《しゅうしょく》するつもりです。打算就業。

4 命令形與禁止形

01 命令形的角色 N5

命令形表說話者指使或命令對方做某動作，語氣比較粗暴，通常是上對下的命令，多以男性使用。實際狀況下，接收命令的人通常都是聽者，因此經常省略人稱。此外，對關係親近的人通常會在命令形後方加上終助詞「よ」，這時又有「忠告、說服、強烈勸誘」的意思。

02 命令形用法 N5

❶ 五段活用動詞

語尾「う段」換成「え段」。

❷ 上下一段活用動詞

去「る」+「ろ」。

❸ カ行變格及サ行變格活用動詞

「くる」變成「こい」、「する」變成「しろ」、「せよ」。

	常體	命令形
五段活用動詞	書《か》く	書《か》け 寫！
	話《はな》す	話《はな》せ 說！
	読《よ》む	読《よ》め 讀！
上下一段活用動詞	起《お》きる	起《お》きろ 起床！
	食《た》べる	食《た》べろ 吃！
カ行變格及 サ行變格活用動詞	来《こ》る	来《こ》い 來！
	する	しろ 做！

このノートに書《か》け。寫在這筆記本上！

早《はや》く起《お》きろ。快起床！

明日《あした》、必《かなら》ず来《こ》い。明天一定要來！

もっと勉強《べんきょう》しろ。更用功點！

03 禁止形的角色與用法 N5

禁止形表說話者禁止對方做某事，動詞常體後接「な」。

	常體	禁止形
五段活用動詞	書《か》く	書《か》くな 不要寫
	話《はな》す	話《はな》すな 不要說
	飲《の》む	飲《の》むな 不要喝
上下一段活用動詞	見《み》る	見《み》るな 不要看
	食《た》べる	食《た》べるな 不要吃
カ行變格及 サ行變格活用動詞	来《く》る	来《く》るな 不要來
	する	するな 不要做

これはだれにも話《はな》すな。不要對任何人說！

テレビばかり見《み》るな。不要光看電視！

寒《さむ》いから外《そと》に出《で》るな。很冷不要外出！

5 其他表現

01 ～なさい　祈使句語尾(命令、要求、勸告)　N4

「～なさい」上接動詞連用形，表命令或指示、勸告，經常使用於父母對子女、老師對學生、大人對小孩。

早《はや》くここに来《き》なさい。快點來這邊！

ご飯《はん》を食《た》べる前《まえ》に手《て》を洗《あら》いなさい。吃飯前先把手洗乾淨！

お客《きゃく》さんが来《く》る前《まえ》に部《へ》屋《や》を掃除《そうじ》しなさい。客人來之前先去打掃房間。

TIP

>> 命令的強弱

下列句子皆有「快點做！」的意思，越下面命令的強度越弱。可的接助詞「よ」。

早《はや》くしろ（よ）。

早《はや》くしなさい（よ）。

早《はや》くして（よ）。

PART 12
授受表現

1 授受動詞當主要動詞

授與是授受表現中給予物品的表現。根據主詞的不同，使用的動詞也不同，須了解句子中誰是給予者、誰是接受者。

01 あげる　給予(我給他人)　N5

用於授與者對平輩或長輩的給予，對象後接「に」。

私《わたし》は友《とも》だちにお菓子《かし》をあげました。我給了朋友點心。

私《わたし》は妹《いもうと》にボールペンをあげました。我給了妹妹原子筆。

田中《たなか》さんは中山《なかやま》さんにプレゼントをあげました。
田中先生給了中山先生禮物。

TIP

>> やる

「やる」和「あげる」基本上意思相同，「やる」主要使用於餵食動物、為植物澆水，或給同輩、晚輩物品，但「あげる」比「やる」語感上更為鄭重。

私《わたし》は弟《おとうと》に本《ほん》をやりました。我給了弟弟書。

毎朝《まいあさ》、花《はな》に水《みず》をやります。每天早上澆花。

鳥《とり》にえさをやった。我餵了鳥。

02 くれる　給予(他人給我)　N5

「くれる」是用於家人、晚輩、平輩或朋友給我（或我的家人、情人、公司等與說話者有從屬關係的人、物），因此主語不是「我」而是「其他人」。

中村《なかむら》さんは私《わたし》に本《ほん》をくれました。中村先生給了我書。

田中《たなか》さんは妹《いもうと》にプレゼントをくれました。
田中先生送了我妹妹禮物。

A それ、山田《やまだ》さんのかばんですか。いいかばんですね。
那個是山田先生的包包嗎？很不錯耶！

B ええ。父《ちち》が私《わたし》にくれました。是的，我爸爸給我的。

03 もらう　收到　N5

用於從平輩或長輩那裡得到。請注意給予的對象所使用的助詞是「に」或「から」。

私《わたし》は友《とも》だちにめずらしい切手《きって》をもらいました。
我收到了朋友給的稀有郵票。

私《わたし》は父《ちち》に時計《とけい》をもらいました。我收到了爸爸給的時鐘。

そのネクタイはだれにもらいましたか。那條領帶是誰給的？

弟《おとうと》は今井《いまい》さんからプレゼントをもらいました。
弟弟收到了今井先生送的禮物。

TIP

>> あげる vs くれる vs もらう

授受表現主要由「給予者」、「接受者」、「物品」這三個關係構成。

- 我送了山田先生禮物。

私《わたし》（給予者）は山田《やまだ》さん（接受者）にプレゼント（物品）をあげました。

- 山田先生送了我禮物。

山田《やまだ》さん（給予者）は私《わたし》（接受者）にプレゼント（物品）をくれました。

- 我收到了山田先生送的禮物。

私《わたし》（接受者）は山田《やまだ》さん（給予者）にプレゼント（物品）をもらいました。

>> あげる vs くれる

從上述例句來看，須根據説話者的立場分別使用「あげる」和「くれる」，若是説話者為給予物品的立場時使用「あげる」，若是説話者為接受者的立場時則使用「くれる」。

>> くれる vs もらう

從上述例句來看，若主語為「我」時使用「もらう」，若主語為「其他人」時使用「くれる」。

2 授受動詞當輔助動詞

授受動詞當輔助動詞使用時，用來表示「行為、動作」的授受關係。以「行為、動作」給予者當主語，其給予方式和「給物品」用法相同。

01 ～てあげる　我幫～某人(做)～　N5

用於行為、動作給予者對平輩或第三者做某動作。

私《わたし》は友《とも》だちにプレゼントを買《か》ってあげました**。**

我買了禮物給朋友。

私《わたし》は山田《やまだ》さんの仕事《しごと》を手伝《てつだ》ってあげました**。**

我幫忙了山田先生的工作。

中山《なかやま》さんは田中《たなか》さんに辞書《じしょ》を貸《か》してあげました**。**

中山先生借了辭典給田中先生。

TIP

>> ～てやる

表達向平輩或晚輩做某個動作時使用。

私《わたし》は弟《おとうと》に鉛筆《えんぴつ》を買《か》ってやりました**。**我幫弟弟買了鉛筆。

テニスはぼくが教《おし》えてやる**よ。**我教你打網球吧。

02 ～てくれる　幫我(做了)～　N5

用於家人、晚輩、平輩或朋友給我（我的家人、情人、公司等）做了某事。

ジョンさんは私《わたし》に英語《えいご》を教《おし》えてくれました。
約翰先生教了我英語。

山田《やまだ》さんは妹《いもうと》に本《ほん》を貸《か》してくれました。
山田先生借給妹妹書。

A すてきなネクタイですね。どこで買《か》ったんですか。
領帶真好看，在哪裡買的？

B 母《はは》が誕生日《たんじょうび》にプレゼントしてくれたんです。
媽媽在我生日時送我的。

03 ～てもらう　請～幫我(做了)～　N5

用於平輩或長輩幫我做了某事。

私《わたし》はジョンさんに英語《えいご》を教《おし》えてもらいました。
請約翰先生教我英語。→ 約翰先生教了我英語。

分《わ》からないことは、先生《せんせい》に教《おし》えてもらいます。
請教老師我不知道的事情。→ 老師教我不知道的事情。

TIP

>> ～てくれる vs ～てもらう

「約翰先生教了我英語」此句在日語中有兩種表現方式：

➡ ジョンさんは私《わたし》に英語《えいご》を教《おし》えてくれました。（約翰先生教了我英語）

➡ 私《わたし》はジョンさんに英語《えいご》を教《おし》えてもらいました。（請約翰先生教我英語）

3 當主要動詞的敬語表現

授受動詞「あげる、くれる、もらう」會依給予者不同而使用不同的動詞。

行為者	常體	敬語
說話者	あげる 給予	さしあげる 給予［謙讓語］
他人	くれる 給予	くださる 給予［尊敬語］
說話者	もらう 收到	いただく 收到［謙讓語］

謙讓語是謙遜「說話者（自己）」或「己方人物」的行為，尊敬語是尊敬「聽者（對方）」或「出現於話題中人物」的行為。

01 さしあげる　給予

「さしあげる」是「あげる」的謙讓表現。

木村先生《きむらせんせい》にお花《はな》をさしあげました。給了木村老師花。

このネクタイは鈴木先生《すずきせんせい》にさしあげるつもりです。
打算把這個領帶送給鈴木老師。

それ、食《た》べてはいけないよ。お客《きゃく》さまにさしあげるものだから。
不能吃那個！那是要給客人吃的。

02 くださる　給予

「くださる」是「くれる」的尊敬語。

これは先生《せんせい》が私《わたし》にくださった辞書《じしょ》です。這是老師給我的辭典。

この本《ほん》は鈴木《すずき》先生《せんせい》がくださったものです。這本書是鈴木老師給的。

中村《なかむら》さんは私《わたし》に映画《えいが》のチケットをくださいました。
中村先生給了我電影票。

03 いただく　收到

「いただく」是「もらう」的謙讓表現，從輩分高的人那收到東西時使用。

私《わたし》は先生《せんせい》に辞書《じしょ》をいただきました。我收到了老師給的辭典。

この本《ほん》は村山《むらやま》さんからいただいたものです。
這本書是村山先生給我的。

妹《いもうと》は田中《たなか》先生《せんせい》からプレゼントをいただきました。
妹妹收到了田中老師送的禮物。

PART 12

4 當輔助動詞的敬語表現

01 ～てさしあげる　給予(前面的動作)　N5

對他人做了某動作的謙讓表現，對他人、或是輩分高的人施予好意時使用。但要特別注意若主語是自己，動作對象是長輩時用「～てさしあげる」和「～てあげる」有強調自己給對方恩惠的感覺，故應盡量避免。

高木《たかき》さんを駅《えき》まで送《おく》ってさしあげました。我送高木先生到車站。

山田先生《やまだせんせい》にペンを貸《か》してさしあげました。我借了山田老師一支筆。

02 ～てくださる　給予(前面的動作)　N5

他人（主要是輩分高的人）對自己做某動作的尊敬表現。

この写真《しゃしん》は先生《せんせい》が撮《と》ってくださいました。這張照片是老師幫我照的。

山田先生《やまだせんせい》は、私《わたし》の話《はなし》をよく聞《き》いてくださいました。

山田老師仔細地聽了我的話。

田中《たなか》さんは車《くるま》で私《わたし》を駅《えき》まで送《おく》ってくださいました。

田中先生開車載我到車站。

03 ～ていただく　收到(前面的動作)　N5

從他人（特別是輩分高的人）獲得幫忙時使用的謙讓表現。

分《わ》からない言葉《ことば》を先生《せんせい》に教《おし》えていただきました。

請老師教了我不懂的詞彙。

中川先生《なかがわせんせい》に作文《さくぶん》を直《なお》していただきました。

請中川老師幫我訂正了作文。

私《わたし》は田中《たなか》さんに東京《とうきょう》を案内《あんない》していただきました。

請田中先生幫我導覽了東京。

PART 12

5 授受表現的應用表現

01 ～ください　請給我～　N5

向對方要求某東西時使用。「ください」可視為「くださる」的特殊命令形。

鉛筆《えんぴつ》を一本《いっぽん》ください。請給我一支鉛筆。

手紙《てがみ》をください。請給我信。

02 ～てください　請幫我～(做前面的動作)　N5

動詞的「て形」後接「ください」表達鄭重的請求。

この漢字《かんじ》の読《よ》み方《かた》を教《おし》えてください。請告訴我這個漢字的讀法。

ここにお名前《なまえ》と住所《じゅうしょ》を書《か》いてください。請幫我把名字和地址寫在這裡。

03 ～ないでください　請勿～　N5

禁止對方做某動作時的請求表現。

大《おお》きい声《こえ》で話《はな》さないでください。請勿大聲喧嘩。

風邪《かぜ》のときはお風呂《ふろ》に入《はい》らないでください。感冒時請勿泡澡。

04 ～させてください　請讓我～(做前面的動作)　N4

動詞的使役形後接「～てください」，請求對方的允許。

その仕事《しごと》は私《わたし》にやらせてください。請讓我做那個工作。

少《すこ》し考《かんが》えさせてください。請讓我考慮一下。

05 ～させていただく　請容我～(做前面的動作)　N3

動詞的使役形後接「～ていただく」，表由於對方的允許使自己得到恩惠。

お先《さき》に帰《かえ》らせていただきます。請容我先回去了。

ここでもう少《すこ》し待《ま》たせていただきたいのですが。
我想在這多待一下子。

PART 13
被動形

1 被動形

01 被動形

N4

被動句為接受動作的一方當主語時使用。

先生《せんせい》が田中《たなか》さんをほめた。老師稱讚了田中同學。

同樣內容的句子用被動的形式表達則如下：

田中《たなか》さんは先生《せんせい》にほめられた。田中同學被老師稱讚了。

02 被動形用法

N4

❶ 五段活用動詞

語尾「う段」換成「あ段」+「れる」。

❷ 上下一段活用動詞

去語尾「る」+「られる」。

❹ カ行變格及サ行變格活用動詞

「くる」變成「こられる」、「する」變成「される」。

	常體	被動形
五段活用動詞	呼《よ》ぶ 叫	呼《よ》ばれる 被叫
	押《お》す 推	押《お》される 被推
	踏《ふ》む 踩	踏《ふ》まれる 被踩
	作《つく》る 製作	作《つく》られる 被製作
	しかる 責罵	しかられる 挨罵、被罵
上下一段活用動詞	いじめる 欺負	いじめられる 被欺負
	ほめる 稱讚	ほめられる 被稱讚
カ行變格及 サ行變格活用動詞	来《く》る 來	来《こ》られる 來 （自動詞，表受害或困擾）
	する 做	される 被做（某動作）
	招待《しょうたい》する 邀請	招待《しょうたい》される 被邀請

2 被動形的基本表現

PART 13

01 直接被動句

N4

以他動詞的對象（人或動物）當主語的被動句，大部分可改成主動句。

先生《せんせい》が田中《たなか》さんをほめた。老師稱讚田中同學。[主動句]

田中《たなか》さんは先生《せんせい》にほめられた。田中同學被老師稱讚。[被動句]

田中《たなか》さん	は	先生《せんせい》	に	ほめられた
接收動作的人	は	做動作的人	に	他動詞的被動形

但主語為「我」的情況下，則經常被省略。

またかさをなくして母《はは》にしかられた。（しかる → しかられる）

又弄丟雨傘被媽媽罵了。

友《とも》だちの結婚式《けっこんしき》に招待《しょうたい》されました。（招待《しょうたい》する → 招待《しょうたい》される）

被邀請去朋友的婚禮。

私《わたし》は母《はは》にしかられました。（しかる → しかられる）

我被媽媽訓斥了一頓。

私《わたし》は祖母《そぼ》に育《そだ》てられました。（育《そだ》てる → 育《そだ》てられる）

我被奶奶養育長大（奶奶養育了我）。

私《わたし》は母《はは》に起《お》こされました。（起《お》こす → 起《お》こされる）

我被媽媽叫醒了（媽媽叫醒了我）。

02 間接被動句 N4

主語的所有物或身體的一部分受到其他人的行為影響時所使用的被動式。主語必須為「人」或「所有者」，而非「身體的一部分」或「所有物」。

犬《いぬ》は山田《やまだ》さんの手《て》をかんだ。狗咬了山田先生的手。[主動句]

山田《やまだ》さんは犬《いぬ》に手《て》をかまれた。○ 山田先生被狗咬了手。[被動句]

山田《やまだ》さんの手《て》は犬《いぬ》にかまれた。×

間接被動句的結構如下所示。
主語為「我」的情況下，則經常被省略。

山田《やまだ》さん	は	犬《いぬ》	に	手《て》	を	かまれた
被動主語	は	被動對象	に	所有物、身體的一部分	を	他動詞的被動形

電車《でんしゃ》の中《なか》で、となりの人《ひと》に足《あし》を踏《ふ》まれました。
在電車上被旁邊的人踩到了腳。

私《わたし》はどろうぼに財布《さいふ》を盗《ぬす》まれた。我被小偷偷走了錢包。

だれかに本《ほん》を持《も》って行《い》かれた。
書被某人拿走了。

花子《はなこ》は先生《せんせい》に絵《え》をほめられた。花子的畫被老師稱讚了。

私《わたし》は子《こ》どもにケータイを壊《こわ》された。
我的手機被小孩給弄壞了。

03 受害被動句

N4

被動句中主語受到損害時稱為「受害被動句」，用來表達「損害」、「難為」、「遺憾」、「不悅」等情緒，多為自動詞的被動句。

夕《ゆう》べ友《とも》だちが来《き》て、テストの勉強《べんきょう》ができなかった。

夕《ゆう》べは友《とも》だちに来《こ》られて、テストの勉強《べんきょう》ができなかった。

昨晚朋友來害我無法準備考試。

受害被動句的句子組成如下：

友《とも》だち	に	来《こ》られる
被動對象	に	自動詞的被動形 或他動詞的被動形

忙《いそが》しいとき、社員《しゃいん》に休《やす》まれて困《こま》っています。

忙碌時員工休息讓我很困擾。

会社《かいしゃ》の帰《かえ》りに雨《あめ》に降《ふ》られて、大変《たいへん》でした。

回來公司的路上下了雨很狼狽。

電車《でんしゃ》の中《なか》で子《こ》どもに泣《な》かれた。孩子在電車上哭了。（讓我很為難）

どろぼうに入《はい》られて私《わたし》は困《こま》った。被小偷闖入讓我很頭痛。

家《いえ》の前《まえ》にトラックをとめられて、困《こま》った。

家門口停了一輛卡車讓我很困擾。

TIP

受害被動句經常使用自動詞，直譯會不自然，應依據上下文意做解釋。（以下皆有造成說話者困擾的意思）

父《ちち》に死《し》なれる。失去了父親。／父親去世了。

雨《あめ》に降《ふ》られる。下了雨。

友《とも》だちに来《こ》られる。朋友來。

子《こ》どもに泣《な》かれる。孩子哭。

社員《しゃいん》が休《やす》まれる。員工休息。

04 非生物的被動句 N4

非生物的被動句是指主語是非關個人利害或抽象事物受到某動作影響的被動句。做動作的不是特定人物，大部分是組織或團體，但經常不會出現在句子中。

このお酒《さけ》はイギリスで作《つく》られた。這瓶酒是英國製造的。[強調場所]

石油《せきゆ》は外国《がいこく》から輸入《ゆにゅう》されています。

石油從國外進口。[強調場所]

トルストイの小説《しょうせつ》は今《いま》も愛《あい》されています。

托爾斯泰的小說至今仍受歡迎。[強調對象]

このビルは20年前《にじゅうねんまえ》に建《た》てられました。

這棟大樓是20年前建設的。[強調時間]

このいすは木《き》で作《つく》られました。這張椅子是木頭做的。[強調材料]

電話《でんわ》はメウッチによって発明《はつめい》された。電話是穆齊發明的。[強調動作主語]

TIP

非生物被動句必須明確表達進行動作的主語時並不是用「～に」而是用「～によつて」，主要用在表達發現、發明、創作等內容。

アメリカ大陸《たいりく》はコロンブスによって発見《はっけん》された。

美洲大陸是由哥倫布發現的。

このすばらしい曲《きょく》はベートーベンによって作曲《さっきょく》された。

這首優美的曲子是由貝多芬作曲的。

3 被動形的相關事項

01 ～(ら)れる與～てもらう N4

「～（ら）れる」和「～てもらう」雖然是表達接收某動作，但依內容而有所差異。「れる／られる」有不悅、遺憾等語意，而「てもらう」常有受益、感謝等語意。

山田《やまだ》さんは部長《ぶちょう》に仕事《しごと》を頼《たの》まれて忙《いそが》しそうです。○

山田先生被部長委託工作好像很忙。[不悅、遺憾]

山田《やまだ》さんは部長《ぶちょう》に仕事《しごと》を頼《たの》んでもらって忙《いそが》しそうです。×

昨日《きのう》間違《まちが》い電話《でんわ》に起《お》こされて、その後《あと》なかなか眠《ねむ》れなかった。○

昨天被打錯的電話吵醒後便難以入眠。[不悅、遺憾]

昨日《きのう》間違《まちが》い電話《でんわ》に起《お》こしてもらって、その後《あと》なかなか眠《ねむ》れなかった。×

両親《りょうしん》に結婚《けっこん》を反対《はんたい》されて困《こま》っている。○

父母反對結婚讓我為難。[不悅、遺憾]

両親《りょうしん》に結婚《けっこん》を反対《はんたい》してもらって困《こま》っている。×

壊《こわ》れた自転車《じてんしゃ》を友《とも》だちに直《なお》された。×

壊《こわ》れた自転車《じてんしゃ》を友《とも》だちに直《なお》してもらった。○

朋友幫我修好了故障的自行車。[感謝、受益]

02 ～(ら)れる的其他用法 N4

助動詞「～（ら）れる」不只表達「被動」，也有「可能、尊敬、自發」的意思。後接「～（ら）れる」表達「可能、尊敬、自發」的用法跟被動的用法相同，但需注意五段活用動詞的「可能形」在現代口語中會使用不同的形態。

❶ 被動：被～

表受到某種利害關係、動作影響。

友《とも》だちの結婚式《けっこんしき》に招待《しょうたい》される。被邀請去朋友婚宴。

難《むずか》しい問題《もんだい》が出《だ》される。碰上困難的問題。

❷ 可能：可以～

表可能。

「読《よ》む、書《か》く」等五段活用動詞語尾換成「あ段」＋可能意思的「れる」。但是口語會話不使用「読《よ》まれる、書《か》かれる」的形態，而是使用「読《よ》める、書《か》ける」這樣的形態。此外サ行變格活用動詞「する」的可能動詞為「できる」。

学校《がっこう》まで５分《ごふん》で行《い》かれる。

五分鐘就可以到學校。（現代口語需說成 行《い》ける）

私《わたし》は辛《から》いものが食《た》べられます。我可以吃辣的食物。

❸ 尊敬：敬語表現

敬語表現之一，表達對他人的尊敬之意。

日本語《にほんご》はどこで勉強《べんきょう》されましたか。您在哪裡學日語呢？

これは田中先生《たなかせんせい》が書《か》かれた本《ほん》です。這是田中老師寫的書。

❹ 自發：自然而然地覺得

表達某動作自然而然地流露或表現出來。

故郷《こきょう》のことが思《おも》い出《だ》される。（自然而然地）想到了我的故鄉。

家族《かぞく》のことが案《あん》じられる。不禁擔心家人的事。

PART 14
使役形與使役被動形

1 使役形
2 使役被動形

PART 14

1 使役形

01 使役形 N4

指示或允許他人做某動作的文法稱為使役形，使役助動詞為「（さ）せる」。

生徒《せいと》たちが本《ほん》を読《よ》む。學生們讀書。[敘述句]

單純表達學生們讀書，若改成使役句如下：

先生《せんせい》は生徒《せいと》たちに本《ほん》を読《よ》ませる。老師讓學生們讀書。[使役句]

表老師讓學生們讀書，「老師使學生某件事（讀書）」的意思。

02 使役形用法 N4

❶ 五段活用動詞

語尾「う段」換「あ段」＋「せる」。

❷ 上下一段活用動詞

去語尾「る」＋「させる」。

❸ カ行變格及サ行變格活用動詞

「くる」變成「こさせる」、「する」變成「させる」。

	常體	使役形
五段活用動詞	書《か》く 寫	書《か》かせる 使～寫
	話《はな》す 說	話《はな》させる 使～說
	待《ま》つ 等	待《ま》たせる 使～等
	遊《あそ》ぶ 玩	遊《あそ》ばせる 使～玩
	読《よ》む 讀	読《よ》ませる 使～讀
	乗《の》る 搭乘	乗《の》らせる 使～搭乘
上下一段活用動詞	見《み》る 看	見《み》させる 使～看
	食《た》べる 吃	食《た》べさせる 使～吃
	調《しら》べる 調查	調《しら》べさせる 使～調查
カ行變格及 サ行變格活用動詞	来《く》る 來	来《こ》させる 使～來
	する 做	させる 使～做

TIP

>> 着《き》せる・見《み》せる・似《に》せる

「着《き》せる（讓～穿），見《み》せる（讓～看），似《に》せる（使～相似）」動詞本身已有使役的意思，故不用成使役形。

03 使役句 N4

主動句改使役句時主動句中的主語會換成使役對象，他動詞使役句助詞用「に」，自動詞使役句助詞用「を」表示。

❶ 自動詞使役句 N5

使役句的述語是「自動詞」時，主動句的「主語」用「を」表示。也就是說，下方例句的「子《こ》ども＋が」會變成「子《こ》ども＋を」的形態。

子《こ》どもが遊《あそ》ぶ。孩子玩耍。

私《わたし》は子《こ》どもを遊《あそ》ばせる。我讓孩子玩耍。（使役句）

下列句子是日常中較常使用的自動詞使役句：

私《わたし》は公園《こうえん》で子《こ》どもを遊《あそ》ばせた。我讓孩子在公園玩耍。

子《こ》どもを買《か》い物《もの》に行《い》かせたんですが、少《すこ》し心配《しんぱい》です。

我讓孩子去某東西，但我有點擔心。

小《ちい》さい子《こ》どもを一人《ひとり》で遊《あそ》ばせるのはよくない。

讓小孩子獨自一人玩耍不太好。

けんかして、弟《おとうと》を泣《な》かせてしまった。因為吵架讓弟弟哭了。

お母《かあ》さんが子《こ》どもに床《ゆか》の上《うえ》を歩《ある》かせます。

媽媽讓孩子在地板上走路。

TIP

>> 表達場所移動自動詞的使役表現

表達場所移動自動詞在場所後方加上「を」，為了避免「を」在句中重複而改為「に」。

子《こ》どもが部屋《へや》の中《なか》を歩《ある》く。孩子在房間內走路。[主動句]

子《こ》どもを部屋《へや》の中《なか》を歩《ある》かせる。讓孩子在房間內走路。[不自然的使役句]

子《こ》どもに部屋《へや》の中《なか》を歩《ある》かせる。讓孩子在房間內走路。[自然的使役句]

❷ 他動詞使役句 N4

使役句的述語是他動詞時，使役對象用「～に」表示。也就是「子ども＋が」會變成「子ども＋に」的形態。

子《こ》どもが野菜《やさい》を食《た》べる。 孩子吃蔬菜。

私《わたし》が子《こ》どもに野菜《やさい》を食《た》べさせる。 我讓孩子吃蔬菜。

先生《せんせい》は生徒《せいと》に漢字《かんじ》を書《か》かせました。老師讓學生們寫漢字。

お母《かあ》さんは子《こ》どもにお皿《さら》を洗《あら》わせました。

媽媽讓孩子洗碗。

この仕事《しごと》は彼《かれ》にやらせてみたらどうですか。

把這件工作交給他做如何？

2 使役被動形

01 使役被動形 N4

使役被動表使役他人做某事時，使役對象處於被動地位做某動作。「～（さ）せられる」有「被迫、不得不」的意思。

酒《さけ》を飲《の》む。喝酒。（主動句-自己喝酒）

酒《さけ》を飲《の》ませる。讓我喝酒。（使役句-別人讓我喝酒）

酒《さけ》を飲《の》ませられる。不得已喝酒。（使役被動句-雖是自己喝酒但被迫地喝）

02 使役被動形 N4

動詞的使役被動形為動詞使役形（～させる）加上被動的助動詞「られる」即可。

❶ 五段活用動詞

語尾「う段」換成「あ段」＋「せられる」。

❷ 上下一段活用動詞

去語尾「る」＋「させられる」。

❸ カ行變格及サ行變格活用動詞

「くる」變成「こさせられる」、
「する」變成「させられる」。

	常體	使役形	使役被動形
五段活用動詞	書《か》く	書《か》かせる	書《か》かせられる
	話《はな》す	話《はな》させる	話《はな》させられる
	待《ま》つ	待《ま》たせる	待《ま》たせられる
	遊《あそ》ぶ	遊《あそ》ばせる	遊《あそ》ばせられる
	読《よ》む	読《よ》ませる	読《よ》ませられる
	乗《の》る	乗《の》らせる	乗《の》らせられる
上下一段活用動詞	見《み》る	見《み》させる	見《み》させられる
	食《た》べる	食《た》べさせる	食《た》べさせられる
	調《しら》べる	調《しら》べさせる	調《しら》べさせられる
カ行變格及サ行變格活用動詞	来《く》る	来《こ》させる	来《こ》させられる
	する	させる	させられる

03 使役被動句 N4

使役被動句表動作的發生，無關自己的意志。在翻譯時無法直譯，依上下文意翻譯。

❶ 表被迫 N4

いやだと言《い》ったのに、母《はは》に病院《びょういん》へ行《い》かせられた。

即使說了不要，媽媽還是逼我去了醫院。

昨日《きのう》の飲《の》み会《かい》でお酒《さけ》をたくさん飲《の》ませられて頭《あたま》が痛《いた》い。

昨天公司聚餐上被強迫喝了很多酒，現在頭很痛。

私《わたし》は野菜《やさい》がきらいでしたが、よく母《はは》に野菜《やさい》を食《た》べさせられました。

我討厭蔬菜但是常被媽媽強迫我吃蔬菜。

私《わたし》は母《はは》に部屋《へや》の掃除《そうじ》をさせられました。

媽媽強迫我打掃房間。

彼《かれ》は先月本社《せんげつほんしゃ》から支社《ししゃ》へ転勤《てんきん》させられた。
他上個月從母公司被轉調去了分公司。

❷ 表自然發生 N3

楽《たの》しめる映画《えいが》もいいが、時《とき》には考《かんが》えさせられる映画《えいが》もいい。
雖然喜劇片很棒但偶爾也喜歡深度片。

あの店《みせ》は料理《りょうり》だけではなく、接客《せっきゃく》にも感心《かんしん》させられます。
那家店不只料理出色，待客之道也令人讚嘆。

04 使役被動形的縮約形 N4

使役被動形的縮約形可分為以下條件使用：

五段活用動詞的使役被動縮約形為語尾「う段」改「あ段＋される」。

- 常體：うたう 唱歌
- 使役形：うたわせる 使…唱歌
- 使役被動：うたわせられる 強迫使…唱歌
- 使役被動（縮約形）：うたわされる 強迫使…唱歌

子《こ》どものとき、私《わたし》はよく兄《あに》に泣《な》かせられました。
＝ 子《こ》どものとき、私《わたし》はよく兄《あに》に泣《な》かされました。
小時候我常常被哥哥弄哭。

事故《じこ》があったので電車《でんしゃ》の中《なか》で３０分《さんじゅっぷん》も待《ま》たせられた。
＝ 事故《じこ》があったので電車《でんしゃ》の中《なか》で３０分《さんじゅっぷん》も待《ま》たされた。
因為發生了事故在電車上等了整整30分鐘。

PART 15
假定條件

1 と
2 ば
3 たら
4 なら

1 と

假定條件表中文「～的話」，假設前述的情況發生就會產生後述的情況。條件表現可分為「と、ば、たら、なら」。「と、ば、たら、なら」使用非常頻繁，各有些微的差異，需要瞭解清楚。條件表現可以在某些狀況中共同使用，或單獨使用，建議將各自的基本用法整理後熟記重點。

01 と的接續方法 N4

詞類	接續形態	接續形態的例句
動詞	動詞的常體＋と	飲《の》む → 飲《の》むと 食《た》べる → 食《た》べると 来《く》る → 来《く》ると する → すると
形容詞	常體＋と	寒《さむ》い → 寒《さむ》いと 高《たか》い → 高《たか》いと
形容動詞	語幹＋だ＋と	きれいだ → きれいだと 暇《ひま》だ → 暇《ひま》だと
名詞	名詞＋だ＋と	雨《あめ》 → 雨《あめ》だと 学生《がくせい》 → 学生《がくせい》だと

02 と的用法 N4

確定條件、假定、必然的因果關係（包括習慣、恆常的邏輯關係）、發現等用法。

❶ 順接的假定條件

「と」表100%的事實或說話者的想法。

いつも使《つか》っているパソコンが壊《こわ》れると本当《ほんとう》に困《こま》ります。

每天使用的電腦壞掉的話真的會很困擾。

このお酒《さけ》はたくさん飲《の》むと、頭《あたま》が痛《いた》くなります。

這個酒喝多了頭會痛。

雨《あめ》が降《ふ》ると、試合《しあい》は中止《ちゅうし》になります。下雨的話比賽會中止。

あなたが今《いま》辞《や》めてしまうと、たいへん困《こま》ります。

你現在辭職的話我會非常困擾。

旅行《りょこう》に行《い》きたいが仕事《しごと》が忙《いそが》しいとなかなか難《むずか》しい。

雖然想去旅行，但工作忙的話會非常困難。

学生《がくせい》だと料金《りょうきん》が安《やす》くなります。若是學生的話費用會比較便宜。

❷ 必然的因果關係

表某條件成立時總會發生的事，也就是反覆地、重複地事情，像是習慣、法則、事實等。常和「必《かなら》ず（一定）、いつも（總是）」一起使用。

春《はる》になると、さくらの花《はな》が咲《さ》きます。到了春天櫻花就會開。[自然法則]

秋《あき》になると、木《こ》の葉《は》の色《いろ》が変《か》わります。

到了秋天樹葉的顏色就會改變。[自然法則]

1《いち》に2《に》を足《た》すと3《さん》になる。一加二等於三。[法則]

お金《かね》を入《い》れてボタンを押《お》すと、切符《きっぷ》が出《で》てきます。

投錢後按下按鈕，票就會出來。[必然的結果]

父《ちち》は毎朝《まいあさ》起《お》きると、新聞《しんぶん》を読《よ》みます。

爸爸每天早上起床就看報紙。[習慣]

この店《みせ》は平日《へいじつ》はすいていますが、週末《しゅうまつ》になるととても込《こ》みます。
這家店平日門可羅雀，但一到週末便高朋滿座。[傾向]

雪《ゆき》が降《ふ》るといつもバスが遅《おく》れてくる。一下雪公車就會晚來。[傾向]

あそこの角《かど》を左《ひだり》へ曲《ま》がると、銀行《ぎんこう》があります。
那個轉角左轉後有家銀行。[指路]

その道《みち》をまっすぐ行《い》くと小学校《しょうがっこう》があります。
那條路直走有個國小。[指路]

❸ 發現

和假定條件的用法不同，表做完某動作後發現了某事實。後句須使用過去式（た形）。

ドアを開《あ》けると、新聞《しんぶん》が落《お》ちていた。開了門發現報紙掉在地上。

ストーブをつけると、部屋《へや》が暖《あたた》かくなった。開了暖爐後房間變暖了。

朝《あさ》起《お》きて外《そと》を見《み》ると、雪《ゆき》が積《つ》もっていた。
早上起床後望向外面發現積雪了。

外《そと》に出《で》ると、強《つよ》い風《かぜ》が吹《ふ》いていた。外出後發現刮著強風。

TIP

>> 無法使用「～と」的情形

使用「～と」的句子後句不能為命令、委託、禁止、忠告、勸誘、希望等強調意志的表現。

春《はる》になると、さくらの花《はな》が咲《さ》きます。○ 到了春天櫻花就會開。

春《はる》になると、花見《はなみ》に行《い》くつもりです。×

後句為意志相關表現（希望、請求、命令等）時應使用「～たら」。

コンビニへ行《い》ったら、ジュースを買《か》ってきてください。
有去便利商店的話請買果汁回來。[請求]

仕事《しごと》が終《お》わったら、買《か》い物《もの》に行《い》きたいです。工作結束後想去購物。[希望]

映画《えいが》を見《み》るひまがあったら、勉強《べんきょう》しなさい。
有時間看電影不如去唸書。[命令]

2 ば

01 ば的接續方法

N4

❶ 動詞

五段活用動詞語尾「う段」換成「え段」+「ば」；上下一段活用動詞的語尾去「る」+「れば」；カ行變格及サ行變格活用動詞「くる」變成「くれば」、「する」變成「すれば」。

❷ 形容詞

形容詞語幹+「ければ」。

❸ 形容動詞與名詞

形容動詞語幹及名詞+「なら（ば）」,「ならば」可省略「ば」只使用「なら」。

詞類	接續方法	接續形態的例句
動詞	五段活用動詞 「う段」→「え段+ば」 上下一段活用動詞「る」→「れば」 カ行變格及サ行變格活用動詞 「くれば」、「すれば」	飲《の》む → 飲《の》めば 食《た》べる → 食《た》べれば 来《く》る → 来《く》れば する → すれば
形容詞	語幹+ければ	寒《さむ》い → 寒《さむ》ければ 高《たか》い → 高《たか》ければ
形容動詞	語幹+なら（ば）	きれいだ → きれいなら（ば） 暇《ひま》だ → 暇《ひま》なら（ば）
名詞	名詞+なら（ば）	雨《あめ》 → 雨《あめ》ならば 学生《がくせい》 → 学生《がくせい》ならば

02 ば的用法 N4

❶ 假定條件

假定條件是「ば」最具代表性的用法，中文為「～的話」的意思。假設尚未發生之事，若發生的話後方的事情也會發生，反之該事情未發生，後方的事情也不會發生的意思。

あなたが行《い》けば、私《わたし》も行《い》きます。你去的話我也去。

＝ あなたが行《い》かなければ、私《わたし》も行《い》きません。

你不去的話我也不去。

上句雖是肯定句「你去的話我也去」的意思，但用中文邏輯思考時同時也隱含了後句「你不去的話我也不去」的概念。

明日《あした》晴《は》れれば、出《で》かけましょう。明天是晴天的話就出門。

＝ 明日《あした》晴《は》れなければ、出《で》かけません。明天不是晴天的話就不出門。

安《やす》ければ買《か》いたいです。便宜的話就想買。

＝ 安《やす》くなければ買《か》いません。不便宜的話就不想買。

天気《てんき》がよければ買《か》い物《もの》に行《い》きます。もし雨《あめ》が降《ふ》れば出《で》かけません。

天氣好的話就去購物，如果下雨的話就不出門。

お金《かね》があれば、何《なん》でも買《か》えるだろう。有錢的話什麼東西都可以買到吧。

ゆっくり説明《せつめい》すれば分《わ》かるはずです。慢慢說明的話就可以理解才是。

今度《こんど》の土曜日《どようび》、ひまならば映画《えいが》に行《い》きませんか。

這個禮拜六有空的話要不要去看電影？

❷ 必然的因果關係

表自然法則或必然之事，同「と」的用法。

春《はる》になれば、さくらの花《はな》が咲《さ》きます。到了春天櫻花就會開。[自然法則]

1《いち》に2《に》を足《た》せば、3《さん》になる。一加二等於三。[法則]

お金《かね》を入《い》れれば、切符《きっぷ》が出《で》ます。投錢後票就會出來。[必然的結果]

たくさん食《た》べれば、太《ふと》ります。吃多會胖。[必然的結果]

03 ～ば～ほど　越～越～　N3

表另一事物隨著「～ば」所表示的事物成正比或反比變化。

この本《ほん》は読《よ》めば読《よ》むほどおもしろい。這本書越讀越有趣。

給料《きゅうりょう》は多《おお》ければ多《おお》いほどいいのだ。薪水是越多越好。

04 ～も～ば～も　又～又～、既～也～　N3

把類似或具有對照性的事項並列表達舉例之意。

本《ほん》もあればノートもあります。又有書又有筆記本。

今《いま》の私《わたし》にはお金《かね》もなければ遊《あそ》ぶ時間《じかん》もない。

我現在既沒錢也沒時間玩樂。

05 ～さえ～ば　只要～的話～　N2

表達只要符合前方條件，後方內容便成立。慣用句相當多，像是「天《てん》気《き》さえよければ（只要天氣好）」、「時間《じかん》さえあれば（只要有空）」這類簡單的句子可以背誦起來。

天気《てんき》さえよければ、よい旅行《りょこう》になるだろう。

只要天氣好的話就會是個愉快的旅行吧。

電話番号《でんわばんごう》さえ分《わ》かればいいので、住所《じゅうしょ》は書《か》かなくてもいいです。

只要知道電話號碼就行了，不寫地址也沒關係。

06 ～ばこそ　正因為～才～

N1

強調原因或理由。

君《きみ》の将来《しょうらい》を考《かんが》えればこそ、忠告《ちゅうこく》するのだ。
正因為考慮你的將來才給予忠告的。

会社《かいしゃ》はよい社員《しゃいん》がいればこそ発展《はってん》するものだ。
正因為公司有好的員工才有發展。

07 ～ばそれまでだ　～就完了

N1

表達前方內容成立的話一切就結束了的意思。「それまでだ」前方可用「～ば」，或用「～と、～たら、～なら」。

いくらお金《かね》や名誉《めいよ》があっても、死《し》んでしまえばそれまでだ。
再怎麼有錢有名譽，死了的話就完了。

どんなにいい機械《きかい》があっても、使《つか》い方《かた》が分《わ》からなければそれまでだ。
即使擁有再好的機器，若是不知道使用方法也是沒用。

3 たら

01 たら的接續用法 N4

「～たら」可接動詞、形容詞、形容動詞及名詞，以「～た、～たり」的形態使用。

詞類	接續方法	接續形態的例句
動詞	動詞的た形＋たら（だら） （て, た, たり的連接形態）	飲《の》む → 飲《の》んだら 食《た》べる → 食《た》べたら 来《く》る → 来《き》たら する → したら
形容詞	語幹＋かったら	寒《さむ》い → 寒《さむ》かったら 高《たか》い → 高《たか》かったら
形容動詞	語幹＋だったら	きれいだ → きれいだったら ひまだ → ひまだったら
名詞	名詞＋だったら	雨《あめ》→雨《あめ》だったら 学生《がくせい》→学生《がくせい》だったら

02 たら的用法 N4

假定條件表現「～と、～ば、～たら、～なら」中「～たら」的使用範圍最廣，日常會話中最常使用，可用於假定或發現。

❶ 假定條件

假設尚未發生之事，有「如果～的話」之意，表意志、希望、勸誘等表現。

あなたが行《い》ったら、私《わたし》も行《い》きます。你去的話我也去。

もし明日《あした》雨《あめ》が降《ふ》ったら、どうしますか。如果明天下雨的話打算怎麼辦？

大学生《だいがくせい》になったら何《なに》がしたいですか。成為大學生之後想做什麼呢？

暇《ひま》があったら、ぜひ一度《いちど》遊《あそ》びに来《き》てください。有空的話請務必要來玩。

商品《しょうひん》の使《つか》い方《かた》が分《わ》からなかったら、いつでも聞《き》いてください。
不知道商品的使用方法的話隨時都可以發問。

❷ 動作的前後關係

表達前方動作已經完成後，後方的動作才發生時使用。有「之後」、「然後」之意，主要用於表達不久的將來發生的事。

家《いえ》に帰《かえ》ったら、まずシャワーを浴《あ》びます。回家之後就先洗澡。

仕事《しごと》が終《お》わったら、映画《えいが》を見《み》に行《い》くつもりです。
工作結束後我想去看電影。

ご飯《はん》を食《た》べたら、早《はや》く学校《がっこう》へ行《い》きなさい。吃完飯後就快去學校吧。

東京《とうきょう》に着《つ》いたら、電話《でんわ》してください。抵達東京後請打電話給我。

スーパーへ行《い》ったら、パンと牛乳《ぎゅうにゅう》を買《か》ってきてください。
去超市的話請買麵包和牛奶回來。

❸ 必然的因果關係

表達必然之事或自然法則時使用，同「と」用法。

春《はる》になったら、さくらの花《はな》が咲《さ》きます。
到了春天櫻花就會開。[自然法則]

1《いち》に2《に》を足《た》したら3《さん》になる。一加二等於三。[法則]

お金《かね》を入《い》れたら、切符《きっぷ》が出《で》ます。投錢後票就會出來。[必然的結果]

雪《ゆき》が降《ふ》ったらいつもバスが遅《おく》れてくる。
下雪的話公車總是會晚來。[習慣、傾向]

その道《みち》をまっすぐ行《い》ったら小学校《しょうがっこう》があります。

那條路直走有個國小。[事實]

私《わたし》は朝《あさ》起《お》きたら、まずラジオをつけてニュースを聞《き》きます。

我早上起床後會先打開收音機聽新聞。[習慣]

④ 發現

「～たら」表「發現」，做完了某動作後發現某事實，後句須使用過去式。

家《いえ》に帰《かえ》ったら小包《こづつみ》が届《とど》いていた。一回到家發現有包裹送達了。

ドアを開《あ》けたら新聞《しんぶん》が落《お》ちていた。開了門發現報紙掉在地上。

久《ひさ》しぶりにスーパーに行《い》ったら、セールをしていた。

去了好久沒去的超市發現正在促銷。

薬《くすり》を飲《の》んだらすぐに風邪《かぜ》が治《なお》った。吃了藥之後感冒就好了。

やってみたら意外《いがい》と簡単《かんたん》だった。做了發現出乎意料地簡單。

TIP

「發現」的用法除「～たら」也能使用「～と」，但會話中「たら」較常被使用。

窓《まど》を開《あ》けると、雨《あめ》が降《ふ》っていた。

≒ 窓《まど》を開《あ》けたら、雨《あめ》が降《ふ》っていた。打開窗後，雨下了下來。

うちへ帰《かえ》ると、友達《ともだち》から手紙《てがみ》が届《とど》いていた。

≒うちへ帰《かえ》ったら、友達《ともだち》から手紙《てがみ》が届《とど》いていた。

回到家後，發現朋友寫的信到了。

03 ～たらどうですか　～如何？　N4

輕鬆地給予對方提議或勸誘。

先生《せんせい》に相談《そうだん》したらどうですか。跟老師談談如何呢？

ちょっと休《やす》んだらどうですか。要不要稍微休息一下？

4 なら

01 なら的接續用法

N4

❶ 動詞、形容詞與名詞

「～なら」上接動詞、形容詞與名詞的常體。

❷ 形容動詞

「～なら」上接形容動詞的語幹。

動詞	動詞常體＋なら	飲《の》む → 飲《の》むなら 食《た》べる → 食《た》べるなら 来《く》る → 来《く》るなら する → するなら
形容詞	常體＋なら	寒《さむ》い → 寒《さむ》いなら 高《たか》い → 高《たか》いなら
形容動詞	語幹＋なら	きれいだ → きれいなら 暇《ひま》だ → 暇《ひま》なら
名詞	名詞＋なら	雨《あめ》 → 雨《あめ》なら 学生《がくせい》 → 学生《がくせい》なら

02 なら的用法 N4

❶ 假定條件

「～なら」的假定條件用法，是根據對方的談話內容或當時情況，向對方提出請求或勸告後句為意志、勸誘、命令等表現。

A 私《わたし》は、明日《あした》パーティーに行《い》くつもりですが、あなたも一緒《いっしょ》に行《い》きませんか。我明天打算去派對，你也要一起去嗎？

B ええ、あなたが行《い》くなら、私《わたし》も行《い》きたいです。
是的，你去的話我也想去。

C ちょっと、コンビニへ行《い》ってきます。我去一下便利商店。

D そう？ コンビニへ行《い》くならジュースを買《か》ってきてください。
是嗎？要去便利商店的話請幫我買果汁回來。

重《おも》い荷物《にもつ》があるなら車《くるま》で行《い》ったほうがいいですよ。
如果有沈重的行李開車去會比較好。

京都《きょうと》へ行《い》くなら新幹線《しんかんせん》が便利《べんり》ですよ。去京都搭新幹線的話較方便。

日本料理《にほんりょうり》を食《た》べるなら、やはり寿司《すし》ですね。
要吃日本料理的話壽司是首選。

暑《あつ》いなら、上着《うわぎ》を脱《ぬ》いでもいいですよ。熱的話可以脫外套。

❷ 動作的前後關係

強調後方句子所說的動作比前方接續「～なら」的動作更早成立。

日本《にほん》へ行《い》くなら、日本語《にほんご》を勉強《べんきょう》してください。
要去日本的話請先學習日語。

日本《にほん》へ行《い》ったら、日本語《にほんご》を勉強《べんきょう》してください。
去日本後請學習日語。

京都《きょうと》に行《い》くなら、観光地図《かんこうちず》を買《か》ってください。
要去京都的話請先買觀光地圖。

京都《きょうと》に行《い》ったら、観光地図《かんこうちず》を買《か》ってください。
去京都後請買觀光地圖。

請注意「～なら」並非所有後句都比前句早成立，要依上下文意判斷。

旅行《りょこう》に行《い》くなら、大《おお》きいかばんを買《か》っておいたほうがいい。
要去旅行的話先買大包包較好。
旅行《りょこう》に行《い》くなら、お土産《みやげ》を忘《わす》れないでください。
去旅行的話別忘了帶禮物。

❸ 開啟話題

主要接在名詞後方表把對方所提之事作為話題提出。

カメラなら日本製《にほんせい》がいい。說到相機還是日本製的最好。
新聞《しんぶん》ならここにあるよ。報紙的話這裡有。
田中《たなか》さんならできると思《おも》います。田中先生啊，我認為他做得到。

A もしもし。内田《うちだ》さん、いらっしゃいますか。
喂？請問內田先生在嗎？
B 内田《うちだ》ですか。内田《うちだ》ならもう出《で》かけましたけど。
內田嗎？內田啊，已經外出了。

03 ～ならいざしらず　如果是～就算了～　N1

「～ならいざしらず」表達因為不是前方所說的狀況因此無法接受後件的事情。

素人《しろうと》ならいざしらず、ベテランの君《きみ》がこんなミスをするとは。
如果是新手就算了，身為老手的你居然會犯這種失誤。

方向音痴《ほうこうおんち》ならいざしらず何度《なんど》も来《き》ているのに、

また道《みち》に迷《まよ》うなんて信《しん》じられない。

如果是路痴路就算了，但你都來過幾次了居然還會迷路，真是令人無法置信。

04 ～ならまだしも　如果是～就算了，但～　N1

後件表達難為或責罵。「まだしも」是「まだ」的強調表現。

こんないたずらは子《こ》どもならまだしも、もう大人《おとな》だから、

絶対《ぜったい》に許《ゆる》せない。

這種玩笑如果是孩子就算了，但都已經是大人了我無法原諒。

一度《いちど》だけならまだしも、何度《なんど》も嘘《うそ》をつくとは許《ゆる》せない。

如果只有一次就算了，但說了好幾次謊我無法原諒。

PART 16
可能形

1 可能形
2 可能形的應用表現

1 可能形

01 可能形用法 N4

動詞可能形表有能力做某事，中文為「能～、會～、可以～」。例如：「飲《の》む（喝）」變成「飲《の》める（可以喝）」、「食《た》べる（吃）」變成「食《た》べられる（可以吃）」。

	常體	可能形
五段活用動詞	書《か》く	書《か》ける 可以寫
	話《はな》す	話《はな》せる 可以說
	遊《あそ》ぶ	遊《あそ》べる 可以玩
	読《よ》む	読《よ》める 可以讀
	乗《の》る	乗《の》れる 可以搭
上下一段活用動詞	見《み》る	見《み》られる 可以看
	起《お》きる	起《お》きられる 可以起床
	食《た》べる	食《た》べられる 可以吃
カ行變格及サ行變格活用動詞	来《く》る	来《こ》られる 可以來
	する	できる 可以做

❶ 五段活用動詞

語尾「う段」換成「え段」+「る」。

❷ 上下一段活用動詞

去語尾「る」+「られる」。

❸ カ行變格及サ行變格活用動詞

「くる」變成「こられる」、「する」變成「できる」。

TIP

過去五段活用動詞若要使用可能形，需將原來的語尾換成「あ段」並+「れる」。現在省略後只要將語尾換成「え段」並+「る」即可。

常體	常體（以前）	常體（現在）
書《か》く	書《か》かれる	書《か》ける
話《はな》す	話《はな》される	話《はな》せる
遊《あそ》ぶ	遊《あそ》ばれる	遊《あそ》べる
読《よ》む	読《よ》まれる	読《よ》める
乗《の》る	乗《の》られる	乗《の》れる

02 可能形的錯誤用法 N4

❶ 帶有可能意思的動詞

「分《わ》かる（能理解）、聞《き》こえる（聽得見）、見《み》える（看得見）、慣《な》れる（能熟悉）」等動詞本身已經有能夠的意思，故無法使用可能形。

ジョンさんは日本語《にほんご》が全然《ぜんぜん》分《わ》かれません。✕

ジョンさんは日本語《にほんご》が全然《ぜんぜん》分《わ》かりません。○

約翰先生完全不懂日語。

今日《きょう》は天気《てんき》がいいから、星《ほし》がよく見《み》えられます。✕

今日《きょう》は天気《てんき》がいいから、星《ほし》がよく見《み》えます。○

今天天氣很好星星看得很清楚。

❷ 主語為非生物時

非生物主語的句子中無法使用動詞可能形。

このかばんは大《おお》きくて、たくさん入《はい》られます。✕

このかばんは大《おお》きくて、たくさん入《はい》ります。〇

這個包包很大可以裝很多東西。

パソコンが壊《こわ》れて動《うご》けなくなってしまいました。✕

パソコンが壊《こわ》れて動《うご》かなくなってしまいました。〇

電腦故障變得無法運作了。

03 他動詞的可能形 N4

他動詞的可能形為動作對象名詞後方的助詞「を」改「が」使用。

私《わたし》は日本語《にほんご》の新聞《しんぶん》が読《よ》めます。我會看日語報紙。

仕事《しごと》がたくさんあってなかなか帰《かえ》れない。工作很多很難回家。

私《わたし》はさしみが食《た》べられます。我可以吃生魚片。

昨日《きのう》よく寝《ね》られたから、今日《きょう》は気分《きぶん》がいいです。

昨天好好睡了一覺所以今天心情很好。

朝《あさ》なかなか起《お》きられません。早上很難起床。

彼《かれ》は車《くるま》の運転《うんてん》ができます。他會開車。

中村《なかむら》さんは用事《ようじ》があって来《こ》られないそうです。

中村先生說有事無法來。

漢字《かんじ》は読《よ》むことはできますが、書《か》くことはできません。

我會讀漢字但是不會寫。

A 中村《なかむら》さんはお酒《さけ》が飲《の》めますか。中村先生會喝酒嗎？

B ええ、好《す》きですよ。是的，我喜歡。

2 可能形的應用表現

01 ～ことができる　可以～、會～　N4

動詞可用可能形或用動詞常體後方加上「ことができる」變成可能形。例如「飲《の》む（喝）」的可能形「飲《の》める」就是在動詞常體後方加上「～ことができる（可以～）」變成「飲《の》むことができる」。

お酒《さけ》を飲《の》むことができる。＝ お酒《さけ》が飲《の》める。會喝酒。

あなたは漢字《かんじ》を読《よ》むことができますか。你會讀漢字嗎？

木村《きむら》さんは英語《えいご》を話《はな》すことができます。木村先生會說英語。

私《わたし》は自転車《じてんしゃ》に乗《の》ることができます。我會騎自行車。

02 可能形＋ようになる　可以了～、會了～　N4

動詞可能形下接「～ようになる」表示以前不會的事情現在會了。

カタカナが書《か》けるようになりました。我會寫片假名了。

子《こ》どもが１歳《いっさい》になって歩《ある》けるようになりました。
孩子成長到一歲會走路了。

日本語《にほんご》が少《すこ》し話《はな》せるようになりました。我會說一點日語了。

TIP

>> 習慣、反覆的動作

動詞常體後方加「～ようになる」代表某動作反覆進行逐漸變成習慣。

このごろ朝早《あさはや》く目《め》が覚《さ》めるようになりました。最近老是一大早就醒來了。

彼《かれ》もやっとまじめに勉強《べんきょう》するようになりました。他好不容易認真唸書了。

03 可能形＋ものなら　可以～的話　N2

動詞可能形後接「～ものなら」表希望實現某件事但事與願違的意思，常與「～たい（想要）」等希望表現一起使用。

子《こ》どものころに戻《もど》れるものなら戻《もど》りたい。
可以回到小時候的話我想回去。

行《い》けるものならヨーロッパに行《い》って見《み》たい。
可以去歐洲旅行的話我就想去看看。

休《やす》めるものなら休《やす》みたいが、仕事《しごと》がたくさんあって休《やす》めない。
可以休息的話我也想休息，但是工作很多無法休息。

PART 17
樣態與推測

1 そうだ
2 ようだ
3 らしい
4 だろう・でしょう・かもしれない・みたいだ

1 そうだ

助動詞「そうだ」有表對某事物觀察後的推測以及聽說、傳聞這兩種用法，會依接續型態不同而有不同意思，例如：

雨《あめ》が降《ふ》りそうだ。好像會下雨。[樣態]
雨《あめ》が降《ふ》るそうだ。聽說會下雨。[傳聞]

01 樣態的そうだ N4

❶ 接續方法

「樣態」表說話者根據自己的所見所聞而做判斷。

動詞	動詞連用形＋そうだ	雨《あめ》が降《ふ》りそうだ 好像會下雨
形容詞	語幹＋そうだ	寒《さむ》そうだ 好像會很冷
形容動詞	語幹＋そうだ	ひまそうだ 好像會很閒
名詞	―	―

TIP

>> いい與ない

形容詞中的「いい（よい）」與「ない」的樣態表現為去語尾「い」改「さ」＋「そうだ」。如「よさそうだ」、「なさそうだ」。

いい/よい → よさそうだ

ない → なさそうだ

❷ 否定表現

詞類	常體	肯定表現	否定表現
動詞	降《ふ》る	降《ふ》りそうだ 好像會下雨	降《ふ》りそうにない 好像不會下雨
	終《お》わる	終《お》わりそうだ 好像會結束	終《お》わりそうにない 好像不會結束
形容詞	高《たか》い	高《たか》そうだ 好像會很貴	高《たか》くなさそうだ 高《たか》そうではない 好像不會很貴
	おいしい	おいしそうだ 好像會很好吃	おいしくなさそうだ おいしそうではない 好像不會很好吃
形容動詞	まじめだ	まじめそうだ 好像會很認真	まじめではなさそうだ まじめそうではない 好像不會很認真
	ひまだ	ひまそうだ 好像會很閒	ひまではなさそうだ ひまそうではない 好像不會很閒

▶ 形容詞與形容動詞

形容詞語幹接「～くなさそうだ」或「～そうではない」，主要使用「～くなさそうだ」；形容動詞語幹接「～ではなさそうだ」或「～そうではない」。

このお菓子《かし》はあまりおいしくなさそうだ

＝ このお菓子《かし》はあまりおいしそうではない。
這個點心好像不好吃。

あの人《ひと》はまじめではなさそうだ。

＝ あの人《ひと》はまじめそうではない。那個人好像不老實。

▶ 動詞

接在動詞後方的「そうだ」的否定表現為「～そうにない、～そうもない、～そうにもない」。

雨《あめ》は降《ふ》りそうではない。✕

雨《あめ》は降《ふ》りそうにない。＝ 雨《あめ》は降《ふ》りそうもない。

＝ 雨《あめ》は降《ふ》りそうにもない。好像不會下雨。

❸ 注意事項

▶ 名詞無法接續「そうだ」

名詞欲使用推測或樣態的表現時，以「ようだ」代替「そうだ」。

あの人《ひと》は会社員《かいしゃいん》そうだ。✕

あの人は会社員《かいしゃいん》のようだ。○ 那個人好像是公司職員。

▶ 因為是推測現在或不久的未來，故不使用過去式。

今《いま》にも雨《あめ》が降《ふ》り出《だ》しそうな天気《てんき》ですね。好像馬上就會下雨的天氣。

棚《たな》の上《うえ》の物《もの》が落《お》ちそうだ。架子上的東西好像要掉下來了。

テーブルの上《うえ》においしそうなケーキがある。

桌子上有塊看起來很好吃的蛋糕。

公園《こうえん》で子《こ》どもたちが楽《たの》しそうに遊《あそ》んでいる。

公園裡的孩子好像正玩得很開心。

簡単《かんたん》そうな問題《もんだい》から始《はじ》めましょう。先從看起來簡單的問題開始吧！

この椅子《いす》はとても丈夫《じょうぶ》そうですね。這把椅子看起來很堅固。

02 傳聞的そうだ N4

表從他人那聽來的消息或間接聽說的消息轉達給他人，轉達聽說的消息來源時經常使用「～によると、～によれば（聽誰說）」。「そうだ」用法如下表：

動詞	常體＋そうだ	雨《あめ》が降《ふ》るそうだ 聽說會下雨
形容詞	語幹＋い＋そうだ	寒《さむ》いそうだ 聽說會很冷
形容動詞	語幹＋だ＋そうだ	ひまだそうだ 聽說會很閒
名詞	名詞＋だ＋そうだ	学生《がくせい》だそうだ 聽說是學生

天気予報《てんきよほう》によると、明日《あした》は雨《あめ》が降《ふ》るそうだ。天氣預報說明天會下雨。

山田《やまだ》さんは来週中国《らいしゅうちゅうごく》へ行《い》くそうだ。聽說山田先生下週去中國。

友《とも》だちの話《はなし》によると、あの映画《えいが》はとてもおもしろいそうだ。

聽朋友說那部電影非常有趣。

村上《むらかみ》さんの話《はなし》では、北海道《ほっかいどう》の夏《なつ》は湿度《しつど》が低《ひく》いのでさわやかだそうだ。

聽村上先生說北海道的夏天濕度很低非常清爽。

園子《そのこ》さんのお父《とう》さんは大学《だいがく》の先生《せんせい》だそうだ。

聽說園子小姐的父親是位大學老師。

新《あたら》しい先生《せんせい》はとてもやさしい方《かた》だそうです。

聽說新老師是位非常溫柔的人。

2 ようだ

「ようだ」用於表達比喻、舉例或推測等多種用法。用法如下：

動詞	常體＋ようだ	雨《あめ》が降《ふ》るようだ 好像會下雨
形容詞	～い＋ようだ	寒《さむ》いようだ 好像很冷
形容動詞	～な＋ようだ	ひまなようだ 好像很閒
名詞	名詞＋の＋ようだ	学生《がくせい》のようだ 好像是學生

此外「～ようだ」的否定表現為「～ないようだ」。「～ようだはない」為錯誤用法。

01 推測 N4

表說話者對事物外表的印象或自己的感覺來敘述過去、現在、未來事情的預測性判斷。

私《わたし》の留守《るす》の間《あいだ》にだれか来《き》たようだ。我不在家的時候好像誰來過了。

人《ひと》がたくさん集《あつ》まっている。何《なに》か事故《じこ》があったようだ。
很多人聚在一起，好像發生了什麼事故。

熱《ねつ》もあるし、咳《せき》も出《で》る。どうも風邪《かぜ》をひいたようだ。
發燒又咳嗽，似乎感冒了。

今日《きょう》は昨日《きのう》より暖《あたた》かいようだ。今天似乎比昨天溫暖。

このお風呂《ふろ》、ぬるいようです。這個洗澡水似乎溫溫的。

あの人《ひと》はお医者《いしゃ》さんのようです。那個人好像是醫生。

02 比喻

N4

表將事物的狀態、性質、形狀及動作的形態比喻成其他事物，中文意思為「就像」，常和副詞「まるで」或「あたかも」一起使用。

この景色《けしき》はきれいで、まるで絵《え》のようだ。
這裡的景色美得就像一幅畫。

ここは夜《よる》でも昼間《ひるま》のように明《あか》るいですね。這裡晚上也像白天一樣明亮。

仕事《しごと》が山《やま》のようにあって、このまま帰《かえ》ることはできない。
工作堆積如山無法就這樣回家。

みんな子《こ》どものように楽《たの》しく歌《うた》っている。大家像孩子一樣開心地唱著歌。

試験《しけん》に合格《ごうかく》できて、まるで夢《ゆめ》のようです。考試合格了就像夢一樣。

まだ春《はる》なのに、今日《きょう》は夏《なつ》のように暑《あつ》いです。
明明還是春天但今天熱得像夏天一樣。

03 舉例

N4

具體舉例的表現方式，使用「名詞+の+ような（～和～一樣）（後接名詞）」、「名詞+の+ように（～和～一樣）（後接名詞以外其他詞性或句子）」的形態。

コーヒーのような熱《あつ》いものが飲《の》みたいです。
想喝和咖啡一樣熱騰騰的東西。

スキーのような冬《ふゆ》のスポーツが好《す》きだ。我喜歡類似滑雪的冬季運動。

東京《とうきょう》のような大都市《だいとし》は生活費《せいかつひ》が高《たか》い。像東京一樣的大都市生活費很貴。

彼《かれ》のように優秀《ゆうしゅう》な人材《じんざい》はいない。
沒有和他一樣的優秀人才（他是非常優秀的人才）。

チョコレートのような甘《あま》いものはたくさん食《た》べないほうがいいですよ。
像巧克力一樣的甜食少吃為妙。

04 ～ように　為了～、讓～　N3

表為達成某目的，說話者做某動作。常與自動詞、可能動詞、動詞否定形一起使用。

❶ 動作的目的

合格《ごうかく》できるように、一生懸命勉強《いっしょうけんめいべんきょう》しています。
為了考試合格正努力唸書中。

涼《すず》しい風《かぜ》が入《はい》るように窓《まど》を開《あ》けておく。
打開窗戶讓涼爽的風吹進來。

子《こ》どもにも分《わ》かるようにやさしい言葉《ことば》で説明《せつめい》する。
為了讓孩子們理解而使用簡單的話說明。

熱《ねつ》が下《さ》がるように注射《ちゅうしゃ》をしてもらった。為了退燒而請人打了針。

時間《じかん》に遅《おく》れないように家《いえ》を出《で》た。為了避免遲到而先離開家。

❷ 勸告

向對方表示忠告或勸告。

開始時刻《かいしじこく》に遅《おく》れないようにしてください。請不要遲到。

テレビを見《み》すぎないように注意《ちゅうい》しましょう。
請注意不要看太多電視。

室内《しつない》では、タバコを吸《す》わないようにしてください。
請勿在室內吸菸。

風邪《かぜ》を引《ひ》かないように気《き》をつけてください。
請小心不要感冒。

後《うし》ろの人《ひと》にもよく見《み》えるように字《じ》を大《おお》きく書《か》いてください。
請將字體寫大一點讓後面的人也可以清楚看到。

05 ～ようになる　變(得)～逐漸能～　N4

動詞可能形後接「～ようになる」表從不可能的狀態變成可能的狀態。

英語《えいご》が話《はな》せるようになりました。變得會說英語了。

一週間練習《いちしゅうかんれんしゅう》して少《すこ》し運転《うんてん》できるようになりました。

練習一週後現在會開車了。

何度《なんど》も話《はな》し合《あ》ううちに、お互《たが》いを理解《りかい》できるようになった。

經過幾次的談話，彼此可以互相理解了。

テレビで紹介《しょうかい》されたおかげで、店《みせ》に客《きゃく》がたくさん来《く》るようになった。

多虧電視的介紹，店裡的客人變多了。

スキーなんて簡単《かんたん》ですよ。だれでもすぐできるようになります。

滑雪很簡單，無論誰都可以馬上學會。

06 ～ようにする　決定～、儘可能～　N4

常體後接「～ようにする」表說話者努力使其動作成立。

彼《かれ》とはもう二度《にど》と会《あ》わないようにした。決定不和他見面。

合格《ごうかく》するまでゲームはしないようにする。決定到合格為止都不打電動。

旅行《りょこう》に行《い》きたいので、お金《かね》をためるようにしています。

因為想去旅行決定要存錢。

ダイエットのために、できるだけ食《た》べないようにしています。

為了減肥決定盡可能不吃。

暇《ひま》なときは、近《ちか》くの公園《こうえん》を散歩《さんぽ》して、体《からだ》を動《うご》かすようにしている。

儘可能有空時到附近的公園散步動動身體。

外食《がいしょく》が多《おお》いので、なるべく野菜《やさい》を多《おお》く食《た》べるようにしている。

因為經常外食，儘可能多吃點蔬菜。

3 らしい

使用助動詞「らしい」有「推測」和「傳聞」之意。

動詞	常體＋らしい	雨《あめ》が降《ふ》るらしい 好像會下雨
形容詞	常體＋らしい	寒《さむ》いらしい 好像很冷
形容動詞	語幹＋らしい	ひまらしい 好像很閒
名詞	名詞＋らしい	学生《がくせい》らしい 好像是學生

01 推測

N4

「らしい」表根據某客觀的事實或跡象對某事進行推斷。和「ようだ」的意思相近，但「ようだ」是以自己的感覺或體驗判斷的，而「らしい」則是從外部聽說或從外部獲得的客觀事實，從而判斷時使用，因此「らしい」可以說是客觀性的推測。

田中《たなか》さんは、数学《すうがく》があまり得意《とくい》ではないらしい。

≒ 田中《たなか》さんは、数学《すうがく》があまり得意《とくい》ではないようだ。

田中先生好像數學不太好。

道路《どうろ》が濡《ぬ》れている。昨夜《ゆうべ》、雨《あめ》が降《ふ》ったらしい。

≒ 道路《どうろ》が濡《ぬ》れている。昨夜《ゆうべ》、雨《あめ》が降《ふ》ったようだ。

道路都濕了，昨晚好像下雨了。

部屋《へや》の電気《でんき》が消《き》えている。だれもいないらしい。

≒ 部屋《へや》の電気《でんき》が消《き》えている。だれもいないようだ。

房間的燈關著，好像沒有人在。

TIP

>> ようだ vs らしい

「らしい」比起以自身的經驗更常在以他人的經驗做判斷時使用，因此醫師在診療患者時若使用「らしい」，就像在轉達他人的話語一樣，會給人不負責任的感覺。

風邪《かぜ》を引《ひ》いたようですね。薬《くすり》を出《だ》しましょう。 ○ 好像是感冒了，我開藥給你。

風邪《かぜ》を引《ひ》いたらしいですね。薬《くすり》を出《だ》しましょう。 ×

02 傳聞 N4

助動詞「らしい」被用作傳聞的意思時，可代替「そうだ」。但是「そうだ」常用於有消息來源的傳聞，而「らしい」可用於沒有消息來源的傳聞。

今日《きょう》は、雪《ゆき》が降《ふ》るらしい。

≒ **今日《きょう》は、雪《ゆき》が降《ふ》るそうだ。** 聽說今天會下雪。

新聞《しんぶん》によると、近《ちか》くバス代《だい》が上《あ》がるらしい。

≒ **新聞《しんぶん》によると、近《ちか》くバス代《だい》が上《あ》がるそうだ。**

新聞說公車費馬上就會上漲了。

木村《きむら》さんは中国語《ちゅうごくご》ができるらしいです。

聽說木村先生好像會中文。

山田《やまだ》さんは昨日《きのう》イギリスへ行《い》ったらしいです。

聽說山田先生昨天去了英國。

A **鈴木《すずき》さん、今日《きょう》は元気《げんき》がないね。** 鈴木同學，你今天好像沒什麼精神耶。

B **テストが悪《わる》くて、また先生《せんせい》に注意《ちゅうい》されたらしいよ。**

考試分數很差，似乎又被老師盯上了。

4 だろう・でしょう・かもしれない・みたいだ

01 ～だろう　～吧

N4

「～だろう」用於未來的事情或不確定的內容，依據自己的經驗或知識，給人主觀判斷的感覺，經常與「たぶん（大概）、きっと（一定）、おそらく（大概）、まさか（怎麼會）」一起使用。

動詞	常體＋だろう	雨《あめ》が降《ふ》るだろう 好像會下雨
形容詞	常體＋だろう	寒《さむ》いだろう 好像很冷
形容動詞	語幹＋だろう	暇《ひま》だろう 好像很閒
名詞	名詞＋だろう	学生《がくせい》だろう 好像是學生

この薬《くすり》を飲《の》めば、すぐ治《なお》るだろう。吃下這個藥馬上就會痊癒吧。

たぶん明日《あした》も寒《さむ》いだろう。明天大概也會很冷吧。

彼《かれ》はたぶん来《こ》ないだろう。他大概不會來了吧。

来年《らいねん》はきっと景気《けいき》が回復《かいふく》するだろう。明年經濟一定會復甦吧。

02 ～でしょう　～吧

N4

「～でしょう」是「～だろう」的敬體，同「～だろう」用法。

明日《あした》は晴《は》れるでしょう。明天應該會放晴吧。

彼《かれ》は今度《こんど》の試験《しけん》にたぶん合格《ごうかく》するでしょう。他這次考試大概會合格吧。

彼《かれ》はたぶん来《こ》ないでしょう。他大概不會來了。

このお菓子《かし》はきっとおいしいでしょう。這個餅乾一定很好吃。

03 ～だろうと思《おも》う　我認為～

N4

「～だろうと思《おも》う」說話者的想法比「～だろう」更強烈。「～だろう」的敬體是「～でしょう」，不能使用「～でしょうと思《おも》う」。

この製品《せいひん》は売《う》れないだろうと思《おも》う。我認為這個產品不會暢銷。

彼《かれ》はこの計画《けいかく》には反対《はんたい》するだろうと思《おも》う。
我認為他會反對這個計畫。

これで問題《もんだい》ないだろうと思《おも》います。我認為這樣不會有任何問題。

今度《こんど》の試験《しけん》はやさしいだろうと思《おも》います。我認為這次考試會很容易。

TIP

說話者的推測從上至下確定性愈高。

これで問題《もんだい》ないだろう。這樣不會有問題吧。

これで問題《もんだい》ないだろうと思《おも》う。我認為這樣不會有問題。

これで問題《もんだい》ないと思《おも》う。我認為這樣沒有問題。

04 ～かもしれない　也許～ N4

「～かもしれない」表說話者當時的一種可能推測。比起「～だろう」較不確定、實現的可能性較低。經常和「說不定」意思的副詞「もしかすると、もしかしたら、ひょっとすると、ひょっとしたら」一起使用。「～かもしれない」的敬體為「～かもしれません」。

動詞	常體＋かもしれない	雨《あめ》が降《ふ》るかもしれない 也許會下雨
形容詞	常體＋かもしれない	寒《さむ》いかもしれない 也許會很冷
形容動詞	語幹＋かもしれない	暇《ひま》かもしれない 也許會很閒
名詞	名詞＋かもしれない	学生《がくせい》かもしれない 也許是學生

明日《あした》は雨《あめ》が降《ふ》るかもしれない。明天也許會下雨。

彼《かれ》はこの意見《いけん》に反対《はんたい》するかもしれない。他也許會反對這個意見。

彼女《かのじょ》はまだ来《き》ていない。間違《まちが》ったバスに乗《の》ったかもしれない。

她還沒來，也許搭錯了公車。

彼女《かのじょ》はすべてのことを知《し》っているかもしれません。

她也許全都知情。

彼《かれ》の話《はなし》はもしかすると本当《ほんとう》かもしれません。

他說的話也許是事實。

05 ～みたいだ　好像～

N4

「～みたいだ」是「～ようだ」的口語表現，主要使用於日常會話，亦可省略「だ」使用。

動詞	常體＋みたいだ	雨《あめ》が降《ふ》るみたいだ 好像會下雨
形容詞	常體＋みたいだ	寒《さむ》いみたいだ 好像會很冷
形容動詞	語幹＋みたいだ	無理《むり》みたいだ 好像很勉強
名詞	名詞＋みたいだ	学生《がくせい》みたいだ 好像是學生

田中君《たなかくん》は今日《きょう》、元気《げんき》がないみたいだね。

田中君今天好像沒什麼精神。[推測]

この服《ふく》、私《わたし》にはちょっと大《おお》きいみたいだ。

這件衣服對我來說好像有點大。[推測]

電車《でんしゃ》は到着《とうちゃく》が遅《おく》れるみたいだ。電車好像誤點了。[推測]

彼女《かのじょ》はテストの点《てん》が悪《わる》くてショックを受《う》けたみたいだ。

她因為考試分數很差好像受到了打擊。[推測]

みんな子《こ》どもみたいに楽《たの》しく歌《うた》っている。

大家都像是孩子一樣開心地唱著歌。[比喻]

試験《しけん》に合格《ごうかく》できて、まるで夢《ゆめ》みたいだ。考試合格了好像作夢一樣。[比喻]

東京《とうきょう》みたいな大都市《だいとし》は生活費《せいかつひ》が高《たか》い。

像東京這樣的大都市生活費很貴。[舉例]

彼《かれ》みたいに優秀《ゆうしゅう》な人材《じんざい》はいない。沒有像他一樣優秀的人才。[舉例]

PART 18
敬語

1 敬語

❶ 敬語

敬語是說話者對談話對象或話題中的人物依其身分地位、親疏關係所採取的尊敬表現，常用於公司上司或客戶等。

その本《ほん》、読《よ》んだ？ 你讀了那本書嗎？[常體]

その本《ほん》、読《よ》みましたか。你讀了那本書嗎？[鄭重語]

その本《ほん》、お読《よ》みになりましたか。您讀了那本書嗎？[尊敬語]

上述三個句子在對話中給人的語感不同，越下面的尊敬程度越強烈。

❷ 敬語的分類

▶ 丁寧語

表對談話對象表示恭敬，語氣較鄭重，又稱敬體。

▶ 尊敬語

表尊敬談話對象或出現於話題中人物的行為動作。

▶ 謙讓語

表謙遜自己或己方人物（家人、任職公司、所屬團體等）的行為、動作。

2 丁寧語

丁寧語是鄭重地向對方表達敬意時使用，又稱敬體，是句子或會話中最常接觸到的形態。

01 ～です / ～ます　是／做　N5

是最基本的敬語表現。

これは本《ほん》です。這是書。

この店《みせ》のパンはおいしいです。這家店的麵包好吃。

中村《なかむら》さんは歌《うた》が上手《じょうず》です。中村先生很會唱歌。

ここに本《ほん》があります。這裡有書。

映画《えいが》を見《み》ます。看電影。

デパートで買《か》い物《もの》をします。 在百貨公司購物。

02 お / ご　N5

接頭語「お」或「ご」表達鄭重且高雅的感覺。

❶ 和語接「お」

お酒《さけ》 酒　お茶《ちゃ》 茶　お金《かね》 錢　お花《はな》 花　お天気《てんき》 天氣　お皿《さら》 盤子

❷ 漢語接「ご」

ご家族《かぞく》 家族　ご近所《きんじょ》 鄰居　ご婦人《ふじん》 婦人　ご老人《ろうじん》 老人　ご本《ほん》 書

❸ 例外

雖然是漢語但不接「ご」而接「お」的詞。

お電話《でんわ》 電話　お料理《りょうり》 料理　お食事《しょくじ》 用餐　お会計《かいけい》 結帳
お勉強《べんきょう》 唸書

03 ござる N3

「ござる」是「ある」的敬體，語氣較鄭重，雖接近「謙讓語」的意思，但文法分類為「丁寧語」。

❶ ある ➡ ござる

お忘《わす》れ物《もの》はございませんか。沒有忘了拿的物品嗎？

社長《しゃちょう》のかばんはあそこにございます。社長的包包在那裡。

❷ ～である ➡ ～でござる

山田《やまだ》でございます。どうぞよろしくお願《ねが》いいたします。
我是山田，請多多指教。

入《い》り口《ぐち》はこちらでございます。入口在這裡。

❸ ～てある ➡ ～てござる

お申込《もうしこ》みに必要《ひつよう》な申請書《しんせいしょ》は受付《うけつけ》にご用意《ようい》してございます。
申請所需的申請書放在櫃台上。

書類《しょるい》はあちらに置《お》いてございます。文件放在那裡。

3 尊敬語

「尊敬語」表尊敬談話對象或出現於話題中人物的行為、動作。

01 お＋動詞連用形＋になる / ご＋漢語＋になる N4

做～

是動詞連用形的應用表現中最基本的尊敬表現，也可應用於動詞連用形之外表達動作的「漢語」。

この本《ほん》は山田先生《やまだせんせい》がお書《か》きになりました。這本書是山田老師寫的。

先生《せんせい》はお出《で》かけになりました。老師外出了。

どうぞ、おかけになってください。請，坐吧。

社長《しゃちょう》が会議《かいぎ》でご紹介《しょうかい》になった本《ほん》を読《よ》んで感動《かんどう》した。
讀了社長在會議中介紹的書深受感動。

多《おお》くの方《かた》がこのサービスをご利用《りよう》になりました。很多人使用這個服務。

そこまでご心配《しんぱい》にならなくても、いいと思《おも》います。
我認為不用擔心那麼多也沒關係。

TIP

「ご＋漢語＋になる」亦可用為「漢語＋なさる」。

そこまでご心配《しんぱい》にならなくても、いいと思《おも》います。

＝ そこまで心配《しんぱい》なさらなくても、いいと思《おも》います。
我認為不用擔心那麼多也沒關係。

田中先生《たなかせんせい》は研究《けんきゅう》の結果《けっか》をご発表《はっぴょう》になりました。

＝ 田中先生《たなかせんせい》は研究《けんきゅう》の結果《けっか》を発表《はっぴょう》なさいました。田中老師發表了研究的結果。

02 ~(ら)れる　做～ N4

「～（ら）れる」表達對動詞主語的敬意，「～（ら）れる」除了有尊敬的用法外，亦有被動和可能的用法，需從文句的意思中區分判斷。

先生《せんせい》は何時《なんじ》に戻《もど》られますか。老師幾點回來？

先生《せんせい》は明日《あした》アメリカに行《い》かれます。老師明天去美國。

お客《きゃく》さまはどこに座《すわ》られますか。客人坐哪裡？

日本語《にほんご》はどれぐらい勉強《べんきょう》されましたか。日語學了多少了？

A 木村《きむら》さん、もうこの本《ほん》を読《よ》まれましたか。

木村先生，你已經讀過這本書了嗎？

B ええ、読《よ》みました。是的，讀過了。

TIP

>> 五段活用動詞

語尾「う段」換成「あ段」＋「れる」。

>> 上下一段活用動詞

去語尾「る」＋「られる」。

>> カ行變格及サ行變格活用動詞

「くる」變成「こられる」、「する」變成「される」。

03 お＋動詞連用形＋ください / ご＋漢語＋ください　請～ N4

「お＋連用形＋ください」是要求對方做某個動作時使用的尊敬表現，比「～てください」有更強烈的尊敬之意。

そちらで少々《しょうしょう》お待《ま》ちください。請在那邊稍等一下。

どうぞこちらにお座《すわ》りください。別客氣，這邊請坐。

ご家族《かぞく》のみなさんによろしくお伝《つた》えください。請代我向您的家人問好。

パーティーにぜひご参加《さんか》ください。請務必來參加派對。

細《こま》かいお金《かね》をご用意《ようい》ください。請準備零錢。

どうぞ遠慮《えんりょ》なくご使用《しよう》ください。請別客氣儘管使用。

04 特殊的尊敬表現

❶ 尊敬的敬語動詞

使用動詞尊敬表現時並非一定用「お＋動詞連用形 ＋になる」或「れる／られる」的形式，像「来《く》る（來）、行《い》く（去）、いる（有）、食《た》べる（吃）、見《み》る（看）」等動詞則使用特別的變化方式來表達尊敬之意，這種動詞稱為敬語動詞，這種敬語動詞在日常生活中經常被使用，建議牢記。

明日《あした》はどこかへいらっしゃいますか。明天要去哪裡嗎？

山田先生《やまだせんせい》は大阪《おおさか》からおいでになりました。

山田老師從大阪來了。

近《ちか》くにお越《こ》しになったときは、ぜひお立《た》ち寄《よ》りください。

如果有到附近請一定要來拜訪。

あの映画《えいが》はもうご覧《らん》になりましたか。您已經看過那部電影了嗎？

先生《せんせい》は何《なに》を召《め》し上《あ》がりますか。老師要吃什麼？

この花《はな》の名前《なまえ》をご存《ぞん》じですか。您知道這朵花的名字嗎？

先生《せんせい》は何《なん》とおっしゃいましたか。老師說了什麼嗎？

コーヒーと紅茶《こうちゃ》とどちらになさいますか。您要咖啡還是紅茶呢？

A 長野先生《ながのせんせい》は今《いま》どちらですか。長野老師現在在哪裡？

B 先生《せんせい》は研究室《けんきゅうしつ》にいらっしゃいます。老師在研究室裡。

普通動詞	特殊尊敬動詞
いる 有	いらっしゃる おいでになる
行《い》く 去	いらっしゃる おいでになる お越《こ》しになる
来《く》る 來	いらっしゃる おいでになる お越《こ》しになる お見《み》えになる
する 做	なさる
言《い》う 說	おっしゃる
食《た》べる 吃 飲《の》む 喝	召《め》し上《あ》がる
見《み》る 看	ご覧《らん》になる
知《し》っている 知道	ご存《ぞん》じだ、ご存《ぞん》じになる
くれる 給	くださる
寝《ね》る 睡	お休《やす》みになる
着《き》る 穿	お召《め》しになる
年《とし》をとる 年齡增長	お年《とし》を召《め》す
気《き》に入《い》る 滿意、喜歡	お気《き》に召《め》す
風邪《かぜ》を引《ひ》く 感冒	お風邪《かぜ》を召《め》す

❷ 尊敬的名詞 N1

像「お休《やす》み（休息）、お仕事《しごと》（工作）、ご住所《じゅうしょ》（住址）、ご氏《し》名《めい》（名字）」在名詞詞頭加「お」或「ご」讓名詞本身含有尊敬之意。

▶ 接頭語「お、ご、貴《き》、尊《そん》、高《こう》」詞頭

詞頭「お」和「ご」中，「お」主要接和語，「ご」接漢語。

お	**お名前《なまえ》** 名字　**お仕事《しごと》** 工作、職業　**お休《やす》み** 休息、休假
ご	**ご住所《じゅうしょ》** 地址　**ご氏名《しめい》** 姓名　**ご職業《しょくぎょう》** 職業
貴《き》	**貴社《きしゃ》** 貴司　**貴校《きこう》** 貴校　**貴兄《きけい》** 您（對長輩或同輩的書信用語） **貴職《きしょく》** 您（尊稱公務員的書信用語）
尊《そん》	**ご尊父《そんぷ》** 令尊　**ご尊顔《そんがん》** 尊容　**ご尊家《そんけ》** 尊府
高《こう》	**ご高評《こうひょう》** 指教　**ご高配《こうはい》** 關照　**ご高説《こうせつ》** 高見

▶ 特殊的尊敬名詞

令嬢《れいじょう》 千金　令息《れいそく》 公子　芳名《ほうめい》 芳名　御社《おんしゃ》 貴司

明日《あす》御社《おんしゃ》にうかがいます。明天將拜訪貴司。

こちらにお名前《なまえ》とご住所《じゅうしょ》をご記入《きにゅう》ください。

請在此填入名字及住址。

先日《せんじつ》内田《うちだ》さんのご令嬢《れいじょう》がご結婚《けっこん》されました。

不久前內田先生的千金結婚了。

4 謙讓語

01 お＋動詞連用形＋する / お＋漢語＋する 做～ N4

謙讓語表謙遜自己或己方人物（家人、任職公司、所屬團體等）的行為、動作，例如：「お＋動詞連用形＋する」、「お＋漢語＋する」。

私《わたし》にできることはお手《て》伝《つだ》いします。我能力所及的事我會幫忙您。

この書類《しょるい》は私《わたし》が田中部長《たなかぶちょう》にお渡《わた》しします。
這份文件我會轉交給田中部長。

これは林先生《はやしせんせい》にお借《か》りした本《ほん》です。這是我向林老師借來的書。

図書館《としょかん》の利用方法《りようほうほう》をご案内《あんない》します。我為您介紹圖書館的使用方法。

このコピー機《き》の使《つか》い方《かた》をご説明《せつめい》します。
我為您說明這個影印機的使用方法。

メールまたは電話《でんわ》でご連絡《れんらく》します。我會用電子郵件或是電話聯絡您。

TIP

>> 「お＋動詞連用形＋する」 vs 「お＋動詞連用形＋いたす」

句子的意思雖然相同，但「いたす」是「する」的謙讓動詞，「お＋動詞連用形＋いたす」語氣更恭敬。

荷物《にもつ》をお持《も》ちします。

≒ 荷物《にもつ》をお持《も》ちいたします。我幫您提行李。

スタッフがお客様《きゃくさま》をお席《せき》までご案内《あんない》します。

≒ スタッフがお客様《きゃくさま》をお席《せき》までご案内《あんない》いたします。
工作人員將為您帶位。

02 ～させていただく　請讓我(做)～　N2

使役形「～（さ）せる」後接「～ていただく」表達向對方徵求自己或己方人物動作的許可，語氣較為恭敬。

今日《きょう》は、先《さき》に帰《かえ》らせていただきます。今天我先回去了。

これから会議《かいぎ》を始《はじ》めさせていただきます。現在開始會議。

賞品《しょうひん》の発送《はっそう》につきましては、メールで連絡《れんらく》させていただきます。

有關獎品的配送將用電子郵件聯絡您。

もう一度《いちど》予定《よてい》を確認《かくにん》させていただきます。讓我再次確認行程。

03 特殊的謙讓表現

❶ 特殊的謙讓動詞

不以「お＋動詞連用形＋する（いたす）」的形式表達謙讓，而使用特殊變化的動詞，這種動詞稱為特殊的謙讓動詞。

昨日《きのう》はずっと家《いえ》におりました。昨天一直在家裡。

明日《あした》またまいります。明天我會再來。

妹《いもうと》は来月《らいげつ》アメリカへまいります。妹妹下個月去美國。

それは私《わたし》がいたします。那個我來做。

私《わたし》は田中《たなか》と申《もう》します。我叫做田中。

毎日運動《まいにちうんどう》しているので何《なん》でもおいしくいただいております。

我每天運動所以任何東西都覺得很好吃。

先生《せんせい》、ちょっとうかがいたいことがありますが。

老師，我有事情想要請教您。

明日《あした》、何時《なんじ》にお宅《たく》にうかがえばよろしいでしょうか。

明天幾點拜訪府上好呢？

パーティーで山田先生《やまだせんせい》にお目《め》にかかりました。
在派對上見到了山田老師。

それについては何《なに》も存《ぞん》じません。對那件事一無所知。

普通動詞	特殊謙讓動詞
いる 在	おる
行《い》く 去	まいる
来《く》る 來	まいる
する 做	いたす
言《い》う 說	もうす・もうしあげる
食《た》べる 吃 飲《の》む 喝	いただく
聞《き》く 問	うかがう
聞《き》く 聽	うかがう・拝聴《はいちょう》する
見《み》る 看	拝見《はいけん》する
借《か》りる 借	拝借《はいしゃく》する
知《し》る 知道	存《ぞん》じる
思《おも》う 認為	存《ぞん》じる
会《あ》う 見面	お目《め》にかかる
あげる 給	さしあげる
もらう 收	いただく
受《う》ける 接收	承《うけたまわ》る
見《み》せる 展現	お目《め》にかける・ご覧《らん》に入《い》れる
分《わ》かる 理解	承知《しょうち》する・かしこまる
もらう 收	いただく・賜《たまわ》る・頂戴《ちょうだい》する
訪《たず》ねる 拜訪	うかがう・あがる

② 謙讓的名詞 N1

名詞的謙讓表現是上接含有謙讓之意的接頭語，讓名詞本身變成具有謙讓之意的名詞。

▶ 詞頭「小《しょう》、愚《ぐ》、拙《せつ》、弊《へい》、拝《はい》」

小《しょう》	小生《しょうせい》 小生、敝人（降低自己的話） 小品《しょうひん》 小物 小店《しょうてん》 敝店 小著《しょうちょ》 敝著作
愚《ぐ》	愚見《ぐけん》 拙見 愚考《ぐこう》 拙見 愚息《ぐそく》 犬子／小女 愚妻《ぐさい》 內人
拙《せつ》	拙著《せっちょ》 敝著作 拙作《せっさく》 拙作 拙宅《せったく》 寒舍
弊《へい》	弊社《へいしゃ》 敝公司 弊店《へいてん》 敝店 弊校《へいこう》 敝校
拝《はい》	拝見《はいけん》 拜見 拝借《はいしゃく》 借 拝聴《はいちょう》 恭聽 拝読《はいどく》 拜讀

「拝見《はいけん》（拜見）、拝借《はいしゃく》（借）、拝聴《はいちょう》（恭聽）、拝読《はいどく》（拜讀）」後接「する」變成動詞。

拙著《せっちょ》をお読《よ》みいただき、ありがとうございます。

感謝閱讀敝著作。

この度《たび》、弊社《へいしゃ》では新製品《しんせいひん》を発売《はつばい》することとなりました。

這次敝公司販賣了新產品。

▶ 特殊的謙讓名詞

卑見《ひけん》 愚見　　粗品《そしな》 薄禮

卑見《ひけん》を述《の》べさせていただきます。請讓我敘述我的愚見。

ご来場《らいじょう》のお客様《きゃくさま》にはもれなく粗品《そしな》をプレゼントいたします。

將致贈來訪貴賓每人一份薄禮。

PART 19
助動詞

1 助動詞

01 助動詞的性質

❶ 附屬語

不單獨使用，經常用於自立語後方。

❷ 活用語

後接用言（動詞、形容詞、形容動詞）或其他助動詞，語尾有活用形變化分語幹和語尾。

❸ 添加意思

用來添加句中的意思，如：否定、斷定、過去、完成、推測、抑制、希望、尊敬等意思。

02 助動詞的分類

助動詞的活用形態可分為五種，如下表：

分類	助動詞	意思	例句
動詞型活用（以る結尾）	たがる	希望	子《こ》どもがお菓子《かし》を食《た》べたがる。 孩子想要吃點心。
	（さ）せる	使役	子《こ》どもに野菜《やさい》を食《た》べさせる。 讓孩子吃蔬菜。
	（ら）れる	被動	友《とも》だちの結婚式《けっこんしき》に招待《しょうたい》される。 獲邀參加朋友的婚宴。
		可能	私《わたし》は辛《から》いものが食《た》べられる。 我可以吃辣。
		尊敬	これは田中先生《たなかせんせい》が書《か》かれた本《ほん》だ。 這是田中老師寫的書。
		自發	故郷《こきょう》のことが思《おも》い出《だ》される。 讓人不由地想到故鄉。
形容詞型活用（以い結尾）	ない	否定	甘《あま》いものは食《た》べない。 不吃甜食。
	たい	希望	水《みず》が飲《の》みたい。 想喝水。
	らしい	推測	玄関《げんかん》にだれか来《き》たらしい。 玄關那好像有人來了。
形容動詞型活用（以だ結尾）	だ	斷定	これは私《わたし》の本《ほん》だ。 這是我的書。
	そうだ	様態	今《いま》にも雨《あめ》が降《ふ》りそうだ。 好像馬上就要下雨了。
	そうだ	傳聞	明日《あした》は晴《は》れるそうだ。 聽說明天是晴天。
	ようだ	推測	今日《きょう》は昨日《きのう》より暖《あたた》かいようだ。 今天好像比昨天溫暖。

無活用形變化	（よ）う	意志	もうちょっと頑張《がんば》ろう。 再加油一下吧！
		勸誘	一緒《いっしょ》に食《た》べよう。 一起吃吧！
		推測	もうすぐ日《ひ》が暮《く》れよう。 馬上就要日落了吧。
	まい	否定的意志	あんなところへは二度《にど》と行《い》くまい。 不會再來那種地方了。
		否定的推測	明日《あした》雨《あめ》は降《ふ》るまい。 明天應該不會下雨。
特殊型活用	です	鄭重的斷定	あの方《かた》が数学《すうがく》の先生《せんせい》です。 那位是數學老師。
	ます	鄭重	本《ほん》を読《よ》みます。 讀書。
	た	過去完成	昨日《きのう》は寒《さむ》かった。昨天很冷。 宿題《しゅくだい》が終《お》わった。完成了作業。
	ぬ	否定	それは許《ゆる》されぬことだ。 那是不被容許的事情。
	べし	義務	約束《やくそく》は守《まも》るべし。 應該要遵守約定才對。

推測是沒有根據的判斷，推定則是有確實根據的推論，因此「（よ）う、だろう（斷定的助動詞「だ」的推測形）」用於推測，而「ようだ、らしい」用於推定。但是在本書一律把這兩個助動詞廣義分類為「推測」。

「（よ）う」的推測例句「もうすぐ日《ひ》が暮《く》れよう（馬上就要日落了吧）」在日常中會話則使用「もうすぐ日《ひ》が暮《く》れるだろう」。

2 助動詞的活用

01 ～だ N5

助動詞「だ」表斷定，活用與形容動詞相同，「だ」的活用形如下：

常體	だ		
未然形	だろ	う	学生《がくせい》だろう 應該是學生吧
連用形	だっ で	た ある	学生《がくせい》だった（曾經）是學生 学生《がくせい》である 是學生
終止形	だ	ー	学生《がくせい》だ 是學生
連體形	(な)	ので / のに	学生《がくせい》なので 因為是學生
假定形	なら	ば	学生《がくせい》なら（ば） 如果是學生
命令形	ー		

❶ 連體形後方不接名詞，只接「の、ので、のに」。

明日《あした》は試験《しけん》なのだ。明天要考試。

明日《あした》試験《しけん》なので、家《いえ》で勉強《べんきょう》する。明天要考試，所以在家唸書。

明日《あした》試験《しけん》なのに、勉強《べんきょう》しない。即使明天要考試還是不唸書。

❷ 假定形的「なら」即使不接「ば」也可表達假定條件。

02 ～ない

N5

助動詞「ない」表否定之意，「ない」活用方式同形容詞。。

常體	ない		
未然形	なかろ	う	使《つか》わなかろう 應該不使用吧
連用形	なかっ なく	た なる	使《つか》わなかった 不曾使用 使《つか》わなくなる 不被使用
終止形	ない	ー	使《つか》わない 不使用
連體形	ない	とき	使《つか》わないとき 不使用時
假定形	なけれ	ば	使《つか》わなければ 不使用的話
命令形	ー		

03 ～です

N5

「です」表判斷之意，是助動詞「だ」的敬體。「です」是敬語的一種，屬特殊型活用。

常體	です		
未然形	でしょ	う	学生《がくせい》でしょう 應該是學生吧
連用形	でし	た	学生《がくせい》でした（曾經）是學生
終止形	です	ー	学生《がくせい》です 是學生
連體形	です	ので	学生《がくせい》ですので 因為是學生
假定形	ー		
命令形	ー		

與「だ」相同，連體形後方不接名詞只接「ので、のに」。

明日《あした》試験《しけん》ですので、家《いえ》で勉強《べんきょう》します。明天要考試，所以在家唸書。

明日《あした》試験《しけん》ですのに、勉強《べんきょう》しません。即使明天要考試還是不唸書。

04 ～ます N5

「ます」是用來表鄭重，屬特殊型活用。

常體	ます		
未然形	ませ ましょ	ん う	飲《の》みません 不喝 飲《の》みましょう 喝
連用形	まし	た	飲《の》みました 喝了
終止形	ます		飲《の》みます 喝
連體形	ます	とき	飲《の》みますとき 喝的時候
假定形	ますれ	ば	飲《の》みますれば 喝的話
命令形	ませ		お飲《の》みくださいませ 請喝

❶「ます」的命令形「ませ」只能接「特殊型五段動詞」。

いらっしゃる ➡ いらっしゃいませ

ください ➡ くださいませ

❷ 特殊型五段動詞「ござる」、「いらっしゃる」、「くださる」、「なさる」、「おっしゃる」後接「ます」時分別為「ございます」、「いらっしゃいます」、「くださいます」、「なさいます」、「おっしゃいます」。

05 ～た

N5

助動詞「た」用來表達過去或完成，屬特殊型活用。

常體	た		
未然形	たろ	う	見《み》たろう 會看吧
連用形	—		
終止形	た	—	見《み》た 看了
連體形	た	とき	見《み》たとき 看的時候
假定形	たら	ば	見《み》たら（ば） 看的話
命令形	—		

「た」的假定形「たら」通常不接「ば」直接單獨使用。

五段活用動詞中以「ぐ、ぬ、ぶ、む」結尾的動詞後接「た」時會改成濁音「だ」的形態。

急《いそ》ぐ ➡ 急《いそ》いだ　　死《し》ぬ ➡ 死《し》んだ
呼《よ》ぶ ➡ 呼《よ》んだ　　飲《の》む ➡ 飲《の》んだ

06 ～たい

N5

「たい」表說話者自己的希望，「たい」活用方式同形容詞。

常體	たい		
未然形	たかろ	う	飲《の》みたかろう 會想喝
連用形	たかっ たく	た ない	飲《の》みたかった（曾經）想喝 飲《の》みたくない 不想喝
終止形	たい	ー	飲《の》みたい 想喝
連體形	たい	とき	飲《の》みたいとき 想喝的時候
假定形	たけれ	ば	飲《の》みたければ 想喝的話
命令形	ー		

07 ～たがる N4

表達「希望」的第三者之意志，「たがる」活用方式同動詞。

常體	たがる		
未然形	たがら	ない	行《い》きたがらない 不想去
連用形	たがり たがっ	ます た	行《い》きたがります 想去 行《い》きたがった（曾經）想去
終止形	たがる	ー	行《い》きたがる 想去
連體形	たがる	とき	行《い》きたがるとき 想去的時候
假定形	たがれ	ば	行《い》きたがれば 想去的話
命令形	ー		

08 ～そうだ (樣態) N4

樣態「そうだ」表說話者根據自己的所見所聞而做出的一種判斷。

常體	そうだ		
未然形	そうだろ	う	暇《ひま》そうだろう 好像很閒
連用形	そうだっ そうで そうに	た ある なる	暇《ひま》そうだった（曾經）很閒 暇《ひま》そうである 很閒（書面體） 暇《ひま》そうになる 好像會很閒
終止形	そうだ		暇《ひま》そうだ 很閒
連體形	そうな	とき	暇《ひま》そうなとき 很閒的時候
假定形	そうなら	ば	暇《ひま》そうならば 很閒的話
命令形	—		

09 ～そうだ (傳聞) N4

傳聞「そうだ」表從他人那聽來的消息或間接聽說的消息轉達給他人。

常體	そうだ		
未然形	—		
連用形	そうで	ある	雨《あめ》が降《ふ》るそうである 聽說會下雨
終止形	そうだ		雨《あめ》が降《ふ》るそうだ 聽說會下雨
連體形	—		
假定形	—		
命令形	—		

10 ～ようだ N4

表比喻、舉例、推測（不確定的斷定）之意，與形容動詞活用方式相同。

常體	ようだ		
未然形	ようだろ	う	分《わ》かるようだろう 好像能理解
連用形	ようだっ ようで ように	た ある なる	分《わ》かるようだった 好像理解了 分《わ》かるようである 好像理解了（書面體） 分《わ》かるようになる 好像能理解了
終止形	ようだ	—	分《わ》かるようだ 好像理解了
連體形	ような	とき	分《わ》かるようなとき 好像理解的時候
假定形	ようなら	ば	分《わ》かるようなら（ば） 好像理解的話
命令形	—		

11 ～らしい N4

助動詞「らしい」表根據某客觀事實或跡象對某人、某事進行推斷的「推測」。「らしい」與形容詞活用方式相同。

常體	らしい		
未然形	—		
連用形	らしかっ らしく	た —	思《おも》っているらしかった 好像是在思考了 思《おも》っているらしく 好像是正在思考～
終止形	らしい	—	思《おも》っているらしい 好像是正在思考
連體形	らしい	とき	思《おも》っているらしいとき 好像是在思考的時候
假定形	らしけれ	ば	思《おも》っているらしければ 好像是在思考的話
命令形	—		

12 ～(さ)せる N4

「（さ）せる」為使役動詞，指示或允許某人做某動作或行為時使用，「せる」上接「五段活用動詞」，「させる」上接「上下一段活用動詞」。

常體	せる	させる		
未然形	せ	させ	ない	食《た》べさせない 不讓他吃
連用形	せ	させ	ます	食《た》べさせます 讓他吃
終止形	せる	させる	ー	食《た》べさせる 讓他吃
連體形	せる	させる	とき	食《た》べさせるとき 讓他吃的時候
假定形	せれ	させれ	ば	食《た》べさせれば 讓他吃的話
命令形	せろ せよ	させろ させよ	ー	食《た》べさせろ / 食《た》べさせよ 讓他吃吧

13 ～(ら)れる N4

「（ら）れる」表被動、可能、尊敬、自發，「（ら）れる」活用同「（さ）せる」。

❶ 用法

▶ 被動

表本身處於被動地位，而受他人指使來做某動作。

先生《せんせい》にほめられる。被老師稱讚。

▶ 可能

表達能夠做某事之意。

辛《から》いものが食《た》べられる。我可以吃辣。

▶ 尊敬

表對他人的行為、動作尊敬。

この本《ほん》は先生《せんせい》が書《か》かれた。這本書是老師寫的。

▶ 自發

表達自然而然地流露某種心情、想法。

昔《むかし》のことが思《おも》い出《だ》される。想起過往的日子。

❷ 活用

常體	れる	られる		
未然形	れ	られ	ない	笑《わら》われない 沒有被笑
連用形	れ	られ	ます	笑《わら》われます 被笑
終止形	れる	られる	－	笑《わら》われる 被笑
連體形	れる	られる	とき	笑《わら》われるとき 被笑的時候
假定形	れれ	られれ	ば	笑《わら》われれば 被笑的話
命令形	れろ れよ	られろ られよ	－	笑《わら》われろ（笑《わら》われよ） 被笑吧

「れる」上接「五段活用動詞」，「られる」上接「上下一段活用動詞」，被動、可能、尊敬、自發中，只有「被動」的意思時可以使用命令形。

14 ～(よ)う N4

❶ 用法

▶ 意志

表達說話者的意志或決心。

今日《きょう》は疲《つか》れたから、早《はや》く寝《ね》よう。今天很累早點睡吧。

▶ 勸誘

邀請對方做某個行動時使用。

一緒《いっしょ》に帰《かえ》ろう。一起回去吧！

▶ 推量

表不明確的判斷或預測。

明日《あした》は晴《は》れよう。明天會放晴吧！

❷ 活用

常體	う	よう	
未然形		－	
連用形		－	
終止形	う	よう	お茶《ちゃ》を飲《の》もう。喝茶吧 ハンバーガーを食《た》べよう。吃漢堡吧 勉強《べんきょう》しよう。唸書吧 また来《こ》よう。下次再來吧
連體形	（う）	（よう）	
假定形		－	
命令形		－	

15 ～まい N3

「まい」表否定推量與否定意志，「まい」屬活用形變化。

❶ 用法

▶ 否定的推量

表「～ないだろう（不會吧）」之意。

夜空《よぞら》がきれいだから、明日《あした》雨《あめ》は降《ふ》るまい。

夜空很美所以明天應該不會下雨吧。

❶ 用法

▶ 否定的推量

表「～ないだろう（不會吧）」之意。

夜空《よぞら》がきれいだから、明日《あした》雨《あめ》は降《ふ》るまい。

夜空很美所以明天應該不會下雨吧。

▶ 否定的意志

表達「～ないつもりだ（不打算～）」之意。

こんなまずいレストランには二度《にど》と来《く》るまい。
這麼難吃的餐廳我再也不會來第二次了。

❷ 活用

常體	まい		
未然形	—		
連用形	—		
終止形	まい	—	言《い》うまい 不會說、不會說
連體形	（まい）	こと・もの	言《い》うまいことだ 必須不說的事情
假定形	—		
命令形	—		

用於連體形時「まい」後方僅可接「こと」或「もの」等形式名詞。

16 ～ぬ N2

「ぬ」表否定，屬特殊型活用。
終止形或連體形時「ん」可代替「ぬ」。

常體	ぬ		
未然形	—		
連用形	ず	—	行《い》かず 不去
終止形	ぬ / ん	—	行《い》かぬ / 行《い》かん 不去
連體形	ぬ / ん	とき	行《い》かぬとき / 行《い》かんとき 不去的時候
假定形	ね	ば	行《い》かねば 不去的話
命令形	—		

17 ～べし

N2

表當然、義務或命令等屬特殊型活用。

常體	べし		
未然形	べから	ず ざる	するべからず / すべからず 不行做～ するべからざる / すべからざる 不能～（後接名詞）
連用形	べく （べかり）	–	するべく / すべく 為了
終止形	べし	–	するべし / すべし 必須做
連體形	べき （べかる）	とき	するべき / すべき 必須做～（後接名詞）
假定形	–	–	–
命令形	–		

上表未列出的「～べければ」表達「好像是〔推測〕」、「因為〔原因〕」，是現代口語中不使用的表現。

3 助動詞的應用表現

01 ～べきだ / ～べきではない 應該要～、不應該～ N2

後接動詞常體表「那樣做是應該的」或「不應當那樣做的」。

約束《やくそく》したからには守《まも》るべきだ。既然約定了就必須遵守。

自分《じぶん》の言動《げんどう》に対《たい》して責任《せきにん》をとるべきだ。應該對自己的言行負責。

職業《しょくぎょう》や学歴《がくれき》で人《ひと》を判断《はんだん》するべきではない。

不應該用職業或學歷判斷人。

暴力行為《ぼうりょくこうい》は、絶対《ぜったい》に許《ゆる》すべきではない。絕對不可以原諒暴力行為。

02 ～べからず 不行做～ N1

後接動詞常體表禁止，「するべからず（不行做～）」亦可用「すべからず」來表達。

関係者《かんけいしゃ》以外《いがい》立《た》ち入《い》るべからず。相關人員以外的人士禁止進入。

ここにゴミを捨《す》てるべからず。請勿在此丟垃圾。

03 ～べからざる　不能～、不可以～ N1

後接名詞表不能或不可。「するべからざる（不能～）」亦可用「すべからざる」來表達。

彼《かれ》のとった行動《こうどう》は許《ゆる》すべからざる行為《こうい》だ。

他的所作所為是無法原諒的行為。

生《い》き物《もの》にとって、水《みず》は欠《か》くべからざるものだ。

對生物來說，水是不可或缺的東西。

04 ～べく　為了～ N1

表達目的，是古語表現。

志望校《しぼうこう》に合格《ごうかく》するべく頑張《がんば》っています。

為了能夠考上志願學校正努力著。

問題点《もんだいてん》を改善《かいぜん》すべく努力《どりょく》しております。

為了改善問題點而努力中。

05 ～べくもない　不可能～ N1

表「做不到～」或「不可能～」，是現代口語不太使用的表現。

今《いま》の実力《じつりょく》では大学合格《だいがくごうかく》など望《のぞ》むべくもない。

以現在的實力要考上大學是不可能的。

土地《とち》が高《たか》い都会《とかい》では、家《いえ》などそう簡単《かんたん》に手《て》に入《はい》るべくもない。

要在地價貴的都市中買房不是那麼簡單的事。

06 ～ぬ / ～ん　不～　N1

「ぬ」表否定，終止形或連體形則以「ん」代替「ぬ」。

そんなことは知《し》らぬ。＝ そんなことは知《し》らん。不知道那種事。

ここに入《はい》ってはならぬ。＝ ここに入《はい》ってはならん。不可以進入這裡。

07 ～ねば　若不～(不行)　N1

「ぬ」的假定形，表義務、必須。

問題《もんだい》の解決《かいけつ》を急《いそ》がねばならない。不快點解決問題不行。

本会《ほんかい》の会員《かいいん》は会費《かいひ》を納付《のうふ》せねばならない。

本會會員必須繳納會費。

08 ～ではあるまいし　又不是～　N1

後接否定表現，表「又不是～」、「不該是～」等忠告或批評。

専門家《せんもんか》ではあるまいし、そんなこと分《わ》かるわけないだろう。

又不是專家沒理由會知道那些不是嗎？

平日《へいじつ》ではあるまいし、日曜日《にちようび》の朝《あさ》まで6時《ろくじ》に起《お》きたくない。

又不是平日，不想在禮拜天早上六點起床。

09 ～(よ)うが～まいが / ～(よ)うと～まいと N1

無論～

表達不管做或是不做，後方內容都會發生。

全員《ぜんいん》集《あつ》まろうが集《あつ》まるまいが、予定《よてい》どおりに会議《かいぎ》を行《おこな》う。

無論全員是否到齊都按預定進行會議。

君《きみ》がこの計画《けいかく》に賛成《さんせい》しようとしまいと、

私《わたし》はこの計画《けいかく》をやり通《とお》すつもりだ。

無論你贊不贊成這個計畫，我都打算進行這個計畫到最後。

10 ～(よ)うか～まいか 要不要～ N1

表猶豫是否該做某個決定時使用。

今度《こんど》の旅行《りょこう》に参加《さんか》しようかしまいか、迷《まよ》っている。

我正在猶豫要不要參加這次的旅行。

高《たか》いので買《か》おうか買《か》うまいか決《き》めかねている。

因為很貴我無法決定要不要買。

PART 20
副詞

1 副詞

01 副詞的角色

副詞是自立語，不活用。基本上修飾用言（動詞、形容詞、形容動詞）或其他副詞，副詞擔任修飾名詞或扮演接續詞的角色。

今日《きょう》はおおいに飲《の》みましょう。今天盡情地喝吧。（修飾動詞）

富士山《ふじさん》は日本《にほん》でいちばん高《たか》い。富士山是日本最高的山。（修飾形容詞）

ご飯《はん》をかなりたくさん食《た》べた。吃了相當多的飯。（修飾形容動詞）

この映画《えいが》はだいぶ昔《むかし》に見《み》た。很久以前看過這部電影。（修飾名詞）

02 副詞的種類

副詞根據其用法，原則上可分為「敘述副詞」、「程度副詞」、「狀態副詞」這三種。

❶ 敘述副詞

主要用來幫助敘述，通常句末都有呼應關係，也可稱為「陳述副詞」。

多分《たぶん》～だろう 大概～吧　まるで～ようだ 宛如
もし～なら 如果的話　ぜひ～ください 請務必
決《けっ》して～ない 絕不

ぜひ遊《あそ》びに来《き》てください。請務必要來玩。

❷ 程度副詞

主要用來表示某種狀態的程度，通常以修飾形容詞或形容動詞較多。

とても 非常　かなり 相當　たくさん 很多
少《すこ》し 很少　もっと 更加

試験《しけん》はとても難《むずか》しかった。考試非常難。

❸ 狀態副詞

主要是用來敘述人物、事物的情緒或狀態，通常以修飾動詞較多。

ゆっくり 慢慢地　のんびり 從容不迫地　すぐに 馬上
どんどん 漸漸地　わくわく 興奮地

山道《やまみち》をゆっくり歩《ある》く。慢慢地走山路。

2 敘述副詞

主要用來幫助敘述，通常句末都有呼應關係，也可稱為「陳述副詞」或「呼應副詞」。

01 全部否定的副詞

表否定或與否定、消極的語氣呼應，表達完全否定某件事。

少《すこ》しも 一點也　　ちっとも 一點也　　なかなか 相當　　全然《ぜんぜん》 完全
まったく 完全（不）　　決《けっ》して 絕對　　到底《とうてい》 無論如何
一向《いっこう》に 完全　　さっぱり 完全（不）

もうすぐ試験《しけん》なのに、まだ全然《ぜんぜん》勉強《べんきょう》していない。
馬上就要考試了，但到現在還完全沒唸書。

ご親切《しんせつ》はいつまでも決《けっ》して忘《わす》れません。您的好意我絕對永遠不會忘。

この機械《きかい》は古《ふる》いので少《すこ》しも役《やく》に立《た》たない。
這機器太舊了，所以一點也派不上用場。

薬《くすり》を飲《の》んでもちっともよくならない。即使吃了藥也沒好一點。

当初《とうしょ》予定《よてい》していたスケジュールには到底《とうてい》間《ま》に合《あ》わない。
當初預定的日程無論如何是趕不上了。

長引《ながび》く不況《ふきょう》で、景気《けいき》回復《かいふく》の兆《きざ》しは一向《いっこう》に見《み》えない。
長期不景氣下完全不見經濟復甦的跡象。

彼《かれ》の言《い》っていることがさっぱり分《わ》からない。我完全不知道他在說什麼。

バスがなかなか来《こ》ない。公車老是不來。

02 部分否定的副詞

表否定或與否定、消極的語氣相呼應表達不全部否定某件事。

あまり（不）怎麼　必《かなら》ずしも（不）一定　めったに 幾乎（不）、很少
ろくに 好好地　それほど（不）那麼　大《たい》して（不）怎麼
あながち（不）一定　一概《いちがい》に 一律　さほど（不）那麼

さしみはあまり好《す》きではない。我不怎麼喜歡生魚片。

金持《かねも》ちが必《かなら》ずしも幸《しあわ》せだとは限《かぎ》らない。有錢人不一定幸福。

仕事《しごと》が忙《いそが》しくてろくに休《やす》みも取《と》れない。工作很忙無法好好地休息。

試験《しけん》は大《たい》して難《むずか》しくなかった。考試沒有那麼困難。

映画館《えいがかん》にはめったに行《い》かない。我幾乎不去電影院。

輸出金額《ゆしゅつきんがく》は前年《ぜんねん》に比《くら》べてさほど増加《ぞうか》していない。
出口金額和前年比起來沒有增加太多。

この目標《もくひょう》もあながち不可能《ふかのう》ではない。這個目標也不是不可能。

どちらがいいとは一概《いちがい》に言《い》えない。無法一概地說哪個好。

03 希望或祈求的副詞

於表達說話者自己的希望或是委託、拜託對方時使用的副詞，後接「～たい（想要）、～てほしい（希望）、～てください（請幫我）」等。

ぜひ 務必　どうか 請
どうぞ 請　なにとぞ 務必
なんとか 無論如何　どうしても 無論如何

どうぞよろしくお願《ねが》いします。請務必多多指教。

どうかお許《ゆる》しください。敬請見諒。

なにとぞご了承《りょうしょう》ください。敬請見諒。

なんとか今日中《きょうじゅう》に仕事《しごと》を終《お》わらせたい。無論如何都想在今天內完成工作。

どうしても成功《せいこう》させたい。無論如何都想要成功。

04 與樣態、推量呼應的副詞

與「そうだ、ようだ、らしい」一起使用的副詞。

今《いま》にも 馬上　さも 非常　いかにも 確實　どうやら 看來
どうも 總覺得　まるで 好像　あたかも 宛如

彼女《かのじょ》は今《いま》にも泣《な》き出《だ》しそうだった。她看起來好像馬上就要哭了。

子《こ》どもたちはさもおいしそうに食《た》べはじめた。
孩子們好像非常好吃似地吃了起來。

いかにも痛《いた》そうだ。好像確實很痛。

明日《あした》はどうも雨《あめ》になりそうだ。明天總覺得好像會下雨。

どうやら道《みち》を間違《まちが》えたようだ。看來好像走錯了路。

あのお母《かあ》さんと娘《むすめ》はまるで姉妹《しまい》のようだ。那個媽媽跟女兒好像姐妹一樣。

今日《きょう》は日差《ひざ》しが暖《あたた》かくてあたかも春《はる》のようだ。
今天陽光很溫暖宛如春天一樣。

05 與だろう呼應的副詞

與「～だろう、～でしょう」一起使用的副詞。

多分《たぶん》 大概　おそらく 恐怕　さぞ 想必
きっと 一定、肯定　果《は》たして 究竟　まさか 難道

小林《こばやし》さんならきっと成功《せいこう》するだろう。
如果是小林先生的話一定會成功的吧。

彼女《かのじょ》はたぶん来《こ》ないだろう。她大概不會來了吧。

専門家《せんもんか》であったらおそらく知《し》っているだろう。
如果是專家的話大概會知道吧。

果《は》たして今後《こんご》どうなっていくのだろう。究竟今後會變得如何呢？

タバコが体《からだ》に悪《わる》いことを知《し》らない人《ひと》はまさかいないだろう。
應該沒有人會不知道香菸對身體有害吧。

試験《しけん》に合格《ごうかく》できて、さぞうれしいことだろう。
考試合格的話想必會很高興的吧。

06 與かもしれない呼應的副詞

もしかすると / もしかしたら 說不定
ひょっとすると / ひょっとしたら 說不定

ひょっとしたら、彼《かれ》は嘘《うそ》をついているのかもしれない。
說不定他在說謊。

もしかしたら時間《じかん》を間違《まちが》えたのかもしれない。說不定記錯了時間。

07 與順接假定條件呼應的副詞

與「～ば、～たら、～なら」一起使用的副詞。

もし 如果　もしも 如果　仮《かり》に 假設　万一《まんいち》 萬一

もし雨《あめ》が降《ふ》ったらどうしよう。如果下雨怎麼辦？

もしも私《わたし》に翼《つばさ》があったなら、あなたの家《いえ》に飛《と》んで行《い》くのに。

如果我有翅膀的話就會飛到你家去。

仮《かり》にそれが事実《じじつ》であれば、大《おお》きな問題《もんだい》に違《ちが》いない。

假設那是事實的話，絕對會是個大問題。

万一《まんいち》行《い》けなくなったら電話《でんわ》します。萬一不能去的話我會打電話給你。

08 與逆接假定條件表現呼應的副詞

與「～ても」一起使用的副詞。

仮《かり》に～ても 即使　いくら～ても 不管怎樣

いかに～ても 不管怎樣　どんなに～ても 不管怎樣

たとえ～ても 即使　よしんば～ても 即使

今更《いまさら》～ても 事到如今

目標《もくひょう》のために、いくら苦《くる》しくても最後《さいご》まで頑張《がんば》る。

為了達成目標，不管再怎麼痛苦也要努力到最後。

どんなに才能《さいのう》があっても、努力《どりょく》なしでうまくなることはない。

不管再怎麼有才能，不努力也是枉然。

かりに招待《しょうたい》されても出席《しゅっせき》する気《き》はない。即使受到邀請也不想要參加。

今更後悔《いまさらこうかい》してもしょうがない。事到如今後悔也沒有用。

たとえ本当《ほんとう》だとしても証拠《しょうこ》がない。即便是事實也沒有證據。

よしんば失敗《しっぱい》してもあなたに迷惑《めいわく》はかけません。

即使失敗了也不會給你添麻煩。

09 與斷定表現呼應的副詞

表明確的判斷。

絶対《ぜったい》 絕對　必《かなら》ず 務必

きっと 一定　きまって 一定

約束《やくそく》は絶対《ぜったい》守《まも》ります。絕對要遵守約定。

今日中《きょうじゅう》には必《かなら》ずご連絡《れんらく》いたします。今日內務必會聯絡您。

あの二人《ふたり》は会《あ》うときまってけんかをする。那兩人只要見面一定會吵架。

TIP

>> 必《かなら》ず vs きっと vs ぜひ

「必《かなら》ず、きっと、ぜひ」雖然都解釋為「一定」，但須注意實際使用狀況有些差異。

● 必《かなら》ず 肯定、一定

用於沒有例外100%肯定。

必《かなら》ず成功《せいこう》してみせる。一定要成功。[決心]

安全速度《あんぜんそくど》を必《かなら》ず守《まも》りましょう。請一定要遵守安全速限。[義務]

● きっと 肯定、一定

「きっと」用於確信的推測，但比「必《かなら》ず」不確定。

彼《かれ》ならきっと成功《せいこう》するだろう。如果是他的話一定會成功的。[確信]

明日《あした》はきっと晴《は》れるだろう。明天一定會放晴。[推斷]

● ぜひ 一定、務必

與「～てほしい（希望）、～てください（請幫我）、～たい（想要）」等的請求或希望表現一起使用。

今度《こんど》ぜひ私《わたし》の家《いえ》に遊《あそ》びに来《き》てください。下次務必來我家玩。[請求]

大学《だいがく》にぜひ合格《ごうかく》したい。希望一定要考上大學。[希望]

3 程度副詞

主要是用來表示某種狀態的程度，通常以修飾形容詞或形容動詞較多。

01 強調程度的副詞 (1)

表強調某狀態的程度。

とても 很　本当《ほんとう》に 真的　大変《たいへん》 非常　非常《ひじょう》に 非常
大《おお》いに 十分地　ずいぶん 非常
はなはだ 很、非常　極《きわ》めて 非常、極其　大層《たいそう》 非常、極為
すこぶる 非常　ごく 非常、極其

祖父《そふ》は耳《みみ》が少《すこ》し不自由《ふじゆう》ながら、体《からだ》は非常《ひじょう》に元気《げんき》です。
爺爺耳朵雖然有點不好，但是身體非常健康。

久《ひさ》しぶりに会《あ》ったんだから、今夜《こんや》はみんなで大《おお》いに飲《の》みましょう。
好久不見了，今晚盡情地喝吧！

12月《じゅうにがつ》になってずいぶん寒《さむ》くなりましたね。 12月天氣變得非常冷。

彼《かれ》の態度《たいど》ははなはだ不愉快《ふゆかい》だった。 他的態度很不悅。

この実験《じっけん》は失敗《しっぱい》する可能性《かのうせい》が極《きわ》めて高《たか》い。 這個實驗的失敗可能性極高。

彼《かれ》は大層《たいそう》驚《おどろ》いたようだった。 他似乎大吃一驚。

成績《せいせき》がすこぶる悪《わる》い。 成績非常差。

この薬《くすり》はごくまれに副作用《ふくさよう》がある。 這個藥有極罕見的副作用。

02 強調程度的副詞 (2)

表強調某狀態的程度。

なかなか 相當地、非常　かなり 相當地、非常　だいぶ 相當地、非常
けっこう 相當地、非常　相当《そうとう》 相當地、非常　よほど 相當地、非常

なかなかおもしろい映画《えいが》ですね。是部相當有趣的電影喔！

3月《さんがつ》になり、だいぶ暖《あたた》かくなりました。到了三月天氣變得很溫暖。

ここは冬《ふゆ》は零度以下《れいどいか》になる日《ひ》もけっこう多《おお》い。
這裡冬天時常變成零度以下。

あの人《ひと》は相当《そうとう》お金持《かねも》ちらしい。聽說那個人相當有錢。

彼《かれ》はよほど疲《つか》れているのか、会議《かいぎ》の最中《さいちゅう》に居眠《いねむ》りを始《はじ》めた。
他看起來好像非常疲憊，在會議進行途中開始打瞌睡了。

03 強調數量程度的副詞 (1)

すっかり 完全　すべて 全部　全部《ぜんぶ》 全部
そっくり 全部　残《のこ》らず 毫無保留地、全部　みんな / みな 全部

これで今日《きょう》の仕事《しごと》は全部《ぜんぶ》終《お》わった。這樣一來今天這些工作全部都完成了。

彼《かれ》は自分《じぶん》の知《し》っている情報《じょうほう》を残《のこ》らず話《はな》してくれた。
他把自己知道的資訊毫無保留地講了出來。

もらった給料《きゅうりょう》をそっくり使《つか》ってしまった。領到的薪水全部都用光了。

家《いえ》に着《つ》いたときには、すっかり日《ひ》が暮《く》れていた。
到家的時候已經完全日落了。

04 強調數量程度的副詞 (2)

いっぱい 很多　うんと 非常、極為　十分《じゅうぶん》 充分地
たくさん 很多　たっぷり 充分地、滿滿地　少《すく》なからず 不少、很多
ほとんど 幾乎、大部分　大概《たいがい》 大概、大部分　大体《だいたい》 大致上、大部分
大抵《たいてい》 大致上、大部分　ほぼ 幾乎、大部分

このビルの完成《かんせい》にはほぼ3年《さんねん》かかるらしい。
蓋好這棟樓似乎要耗費三年的時間。

通勤《つうきん》には大体《だいたい》一時間《いちじかん》かかります。通勤大約要花一小時。

休《やす》みの日《ひ》はたいてい家《いえ》で過《す》ごすことが多《おお》い。
休假日大致上都在家中度過。

彼《かれ》はそのニュースを聞《き》いて少《すく》なからず驚《おどろ》いた。
他聽到那個消息嚇了一大跳。

1ヶ月前《いっかげつまえ》より体重《たいじゅう》がうんと増《ふ》えた。體重比一個月前增加了非常多。

レポートはほとんど終《お》わった。報告幾乎完成了。

05 強調數量程度的副詞 (3)

多少《たしょう》 稍微　少《すこ》し 一點　ちょっと 少許　わずか 才、不過
せいぜい 頂多　たった 勉強、只　やや 一點

道《みち》が込《こ》んでいるので、多少《たしょう》遅《おく》れるかもしれない。
道路被堵住了，可能會稍微遲到也說不定。

彼《かれ》とはたった一度《いちど》会《あ》っただけだ。和他只有一面之緣而已。

夏休《なつやす》みはせいぜい5日《いつか》くらいしかないだろう。暑假頂多五天而已吧。

学校《がっこう》は家《いえ》からわずか10分《じゅっぷん》の距離《きょり》である。家裡到學校不過才10分鐘的距離。

今日《きょう》の約束《やくそく》、少《すこ》し遅《おく》れるかもしれません。今天的約會可能會晚一點到。

4 狀態副詞

主要是用來敘述人物、事物的情緒或狀態，通常以修飾動詞較多。

▶ 派生詞（詞類的轉換）

大《おお》きい 大的 → 大《おお》きく 很大地

まじめだ 認真 → まじめに 認真地

思《おも》う 想 → 思《おも》わず 不經意地

▶ 擬聲語與擬態語

ざあざあ 嘩啦嘩啦地[擬聲語]

にこにこ 笑嘻嘻地[擬態語]

はらはら 提心吊膽[擬態語]

01 修飾動作的副詞

一生懸命《いっしょうけんめい》 拼命地　こつこつ（と）一點一點地　せっせと 拼命勤勞地

あくせく 倔強地、忙碌地　さっさと 趕緊、迅速地

てきぱき 乾脆俐落地　ばりばり 順利地　はきはき 爽快地

試験《しけん》に合格《ごうかく》するために、みんな一生懸命《いっしょうけんめい》勉強《べんきょう》している。
為了考試合格大家拼命地唸書。

こつこつと努力《どりょく》すれば、やがて成功《せいこう》するでしょう。
一點一點地努力的話到最後應該會成功吧！

あくせく働《はたら》いてお金《かね》を稼《かせ》ぐ。忙碌地工作賺錢。

さっさと家《いえ》へ帰《かえ》ろう。趕緊回家吧！

仕事《しごと》をてきぱきと片《かた》づける。俐落地完成工作。

元気《げんき》よく真《ま》っ先《さき》に手《て》を挙《あ》げ、はきはきと答《こた》える。

有朝氣地率先舉手，爽快地回答問題。

朝《あさ》から晩《ばん》までせっせと働《はたら》く。從早到晚拼命地工作。

02 表達無意識或自發性的副詞

思《おも》わず 不由自主地、不經意地、無意識地

うっかり 不留神地、沒注意地、不小心地

知《し》らず知《し》らず 不知不覺地、無意識地

ひとりでに 自行地、自然而然地　自《おの》ずと / 自《おの》ずから 自然地、自動地

母《はは》からの手紙《てがみ》を読《よ》んでいるうちに、思《おも》わず涙《なみだ》がこぼれた。

讀著媽媽的來信眼淚不由自主地流了下來。

大切《たいせつ》な約束《やくそく》をうっかり忘《わす》れてしまった。不小心忘記了重要的約定。

彼女《かのじょ》の悲《かな》しい身《み》の上話《うえばなし》を聞《き》いて、知《し》らず知《し》らず涙《なみだ》を流《なが》していた。

聽完她悲慘的身世，我不知不覺地流下了眼淚。

ドアがひとりでに開《ひら》いた。門自動打開了。

時《とき》が来《く》れば、おのずから分《わ》かる。時機到了自然會知道。

03 表心情愉快的副詞

ほくほく 眉開眼笑地　　わくわく 興奮地
うきうき 高高興興地

彼《かれ》は宝《たから》くじに当《あ》たってほくほくしている。他中了彩券眉開眼笑地。

うれしい知《し》らせに胸《むね》がわくわくする。開心的消息讓人內心雀躍。

夏休《なつやす》みを前《まえ》にみんなうきうきしている。暑假當前大家都好高興。

04 表不安和不悅的副詞

どきどき 心情七上八下地或期待
ぴりぴり 神經兮兮地　　はらはら 忐忑不安地（擔心）
いらいら 心神不寧地（焦躁）
びくびく 膽戰心驚地（害怕）　　かんかん 大發雷霆地（生氣）

緊張《きんちょう》して、胸《むね》がどきどきしている。因為緊張，心情七上八下地。

大《おお》きい犬《いぬ》を見《み》てびくびくしている。看見大型狗感到膽戰心驚。

子《こ》どもたちが道《みち》でボール遊《あそ》びをしているので、見《み》ていてはらはらした。
看到孩子們在路上玩球感到忐忑不安。

渋滞《じゅうたい》で車《くるま》が進《すす》まず、いらいらした。
因為交通堵塞，車無法前進而感到心神不寧。

彼《かれ》がこの話《はなし》を聞《き》いたら、かんかん怒《おこ》るはずだ。
他如果聽了這番話一定會大發雷霆。

05 表頻率和次數的副詞

いつも 總是　始終《しじゅう》 始終、總是　しょっちゅう 總是、經常
絶《た》えず 不停地　常《つね》に 總是　しきりに 屢次、不停地
たびたび 常常　しばしば 經常
たまに 偶爾、有時　ときどき 偶爾　よく 經常
ちょくちょく 常常

田中《たなか》さんはいつも会社《がいしゃ》まで何《なに》で行《い》きますか。
田中先生總是怎麼去公司（搭什麼交通工具去公司）的呢？

妹《いもうと》は何《なに》かを選《えら》ぶとき、始終《しじゅう》迷《まよ》っている。
妹妹選擇任何東西時總是猶豫不決。

彼女《かのじょ》はしょっちゅう遅刻《ちこく》をする。她經常遲到。

天候《てんこう》は絶《た》えず変化《へんか》するので、明日《あした》のことさえ予測《よそく》できない。
天氣不停地變化，連明天的天氣都無法預測。

あの人《ひと》は常《つね》に努力《どりょく》を怠《おこた》らないので、尊敬《そんけい》されている。
那個人總是努力不懈怠，因此獲得許多敬仰。

彼《かれ》は、バスの車内《しゃない》でしきりに電話《でんわ》をかけていた。
他在公車上不停地打電話。

このような事件《じけん》はしばしば起《お》きる。這種事件經常發生。

彼《かれ》は思《おも》い出《で》のその地《ち》をたびたび訪《たず》ねている。他常常拜訪回憶中的該地。

たまに主人《しゅじん》と一緒《いっしょ》に買《か》い物《もの》に行《い》くことがあります。
偶爾和老公一起去購物。

ときどき海外出張《かいがいしゅっちょう》に行《い》く。偶爾去海外出差。

私《わたし》は一人《ひとり》暮《ぐ》らしなのでよく外食《がいしょく》をする。我一個人住因此經常外食。

友達《ともだち》がちょくちょく遊《あそ》びに来《く》る。朋友常常來玩。

PART 21
接續詞

1 接續詞
2 順接接續詞
3 逆接接續詞
4 添加接續詞
5 並列接續詞
6 說明接續詞
7 轉換接續詞
8 選擇接續詞

1 接續詞

01 接續詞的角色

接續詞扮演著單字與單字、句子與句子之間連接的角色，根據其意思分成順接、逆接、並列、添加、選擇等類型。

ランチにはコーヒーまたはジュースがつきます。
午餐提供咖啡或果汁。

問題《もんだい》に柔軟《じゅうなん》かつ迅速《じんそく》に対応《たいおう》する。靈活且迅速地處理問題。

今日《きょう》は一日中忙《いちにちじゅういそが》しかった。だからとても疲《つか》れている。
今天忙了一整天，所以非常疲累。

この本《ほん》はおもしろいだけでなく、また役《やく》に立《た》つ。
這樣不只有趣而且實用。

02 依接續詞來源分類

接續詞和「しかし」或「ないし」一樣，雖有接續詞本身的用法，但大部分可從其他詞類衍生而來。

❶ 從助詞而來的接續詞

けれども 但是	が 但是	でも 但是
ところで（改變話題）對了	ところが 但是	だから 所以

② 從指示語而來的接續詞，或指示語與助詞複合的接續詞

そこで 所以　　それで 所以　　そのため 因此
それに 而且　　そして 然後　　それでも 即使
それなのに 但卻　　それ 那個

③ 從副詞而來的接續詞，或副詞與助詞複合的接續詞

また 並且　　または 或者　　ただし 但是　　もっとも 不過
すなわち 也就是說　　なぜなら 因為

④ 從動詞而來的接續詞，或動詞與助詞複合的接續詞

したがって 因此　　つまり 也就是說、總之　　すると 於是
要《よう》するに 總之

⑤ 從名詞而來的接續詞，或名詞與助詞的複合的接續詞

ゆえに 因此　　ちなみに 順帶一提

2 順接接續詞

01 だから　因此、所以　N4

前述表原因或理由，後述表結果或結論，這種表現方式稱為順接。「だから」強調前後句之間明確的因果關係，在會話中經常使用。「だから」的鄭重表現為「ですから」。

急《いそ》いでいます。だから、早《はや》くしてください。
趕時間，所以請快點。

A　エアコンが壊《こわ》れたんです。冷氣故障了。

B　だから、こんなに暑《あつ》いんですね。所以才這麼熱啊！

02 したがって　因此　N2

「だから」表說話者主觀的判斷，而「したがって」則是表達客觀的因果關係。因此「したがって」給人較為生硬的感覺，經常用於書面文章或演說等。

あの人《ひと》はお金《かね》をたくさん持《も》っている。したがってお金《かね》には困《こま》らない。
那個人有很多錢，因此不會苦惱沒錢。

山《やま》田《だ》教授《きょうじゅ》はお休《やす》みです。したがって本日《ほんじつ》は休講《きゅうこう》になります。
山田教授休息，因此今天停課。

03 そのため　因此　N3

表因果關係的接續詞，但後件為表「客觀的事實」的結果。

朝《あさ》から雨《あめ》が降《ふ》った。そのため、遠足《えんそく》は来週《らいしゅう》に延期《えんき》になった。

從早上就開始下雨，因此遠足延到了下個星期。

家《いえ》の前《まえ》に大《おお》きなビルが建《た》った。そのため、私《わたし》の家《いえ》はいつも暗《くら》い。

家門前蓋了一棟巨大的大樓，因此我家總是很暗。

04 それで　所以　N4

「それで」表客觀的原因和結果，後述為事實而非命令或指示。和「そのため」的意思相近，會話中「それで」可省略成「で」。

昨日《きのう》は飲《の》み過《す》ぎた。それで今日《きょう》は頭《あたま》が痛《いた》い。

昨天喝太多了，所以今天頭很痛。

雨《あめ》が激《はげ》しくなってきた。それで、試合《しあい》は中止《ちゅうし》された。

雨勢變大了，所以比賽中止了。

05 そこで　所以　N2

「そこで」表因果關係，前述表事物的狀況，後述表對該狀況所發生的動作或行為。

玄関《げんかん》のベルが鳴《な》った。そこで、私《わたし》はドアを開《あ》けた。

玄關響起門鈴聲，所以我開了門。

転勤《てんきん》することになった。そこで新《あたら》しい部屋《へや》を探《さが》している。

我被調職了，所以正在找新的房間。

06 それゆえ 所以、因此 N1

前述表事件原因，後述表事件結果。「ゆえに」較常使用，「それゆえ」常用於論文或演說，向對方強調「為什麼必須那樣做」、「為什麼變成那樣」。

彼女《かのじょ》は大変親切《たいへんしんせつ》だった。それゆえ、誰《だれ》にでも愛《あい》されていた。

她非常親切，因此受大家喜愛。

日本《にほん》は島国《しまぐに》である。それゆえ海運業《かいうんぎょう》が盛《さか》んである。

日本是島國，因此海運很興盛。

07 すると 於是、結果 N4

表根據條件或狀況使用的接續詞。前述為事件的條件，後述為前述條件成立後所發生的結果。

ドアを開《あ》けた。すると、涼《すず》しい風《かぜ》が入《はい》ってきた。

門開了，於是涼爽的風吹了進來。

テレビをつけた。すると、サッカーの試合《しあい》をしていた。

電視打開了，結果正在播足球比賽。

3 逆接接續詞

表後述出現的事態與前述預想的結果相反。

01 しかし 但是 N4

「しかし」表前後敘述的結果對立，是最具代表性的逆接接續詞。

一生懸命《いっしょうけんめい》勉強《べんきょう》した。しかし成績《せいせき》はよくなかった。

拼命唸了書，但是成績卻不好。

ここは空気《くうき》がきれいだ。しかし、駅《えき》から遠《とお》くて通勤《つうきん》に不便《ふべん》だ。

這裡空氣很清新，但是離車站很遠通勤不方便。

02 けれども 但是 N4

比「しかし」更口語，有「けれど／けど／だけど」等多種表現方式。

急《いそ》いで駅《えき》まで走《はし》った。けれども、電車《でんしゃ》は出《で》た後《あと》だった。

急忙跑去了車站，但是電車卻已經開走了。

とても安《やす》い。けれども、品質《ひんしつ》はあまりよくない。

非常便宜，但是品質不怎麼好。

03 だが 但是～ N3

「だが」比「けれども」更生硬，比「しかし」更口語，可省略為「が」。「ですが」是「だが」的鄭重表現。

実験《じっけん》はまた失敗《しっぱい》した。だが、私《わたし》はあきらめない。
實驗又失敗了，但是我不會放棄。

旅行《りょこう》に行《い》きたい。だが、今《いま》は時間《じかん》がない。
想去旅行，但是現在沒時間。

04 それなのに 但卻～ N2

表說話者的遺憾、驚訝等心情的逆接表現。

彼《かれ》は、今日《きょう》までに私《わたし》の本《ほん》を返《かえ》すと約束《やくそく》した。
それなのにまだ返《かえ》してくれない。
他約好今天前把書還給我，但是卻還沒還來。

ちゃんと宿題《しゅくだい》をした。それなのに、家《いえ》に置《お》き忘《わす》れてしまった。
好好做了作業，但是卻忘在家裡了。

05 それでも 即使、但是 N2

和「しかし」一樣，表即使有前述的情況，但是後述的結果不同於說話者預期的結果。「それでも」可省略為「でも」，「でも」主要用於會話中。

彼《かれ》は疲《つか》れていたが、それでも私《わたし》の仕事《しごと》を手伝《てつだ》ってくれた。
即使他很疲憊，還是幫忙了我的工作。

今《いま》の仕事《しごと》はとても厳《きび》しい。でも、好《す》きな仕事《しごと》なので頑張《がんば》るつもりだ。
現在的工作非常辛苦，但是因為是喜歡的工作所以打算努力去做。

06 ところが 但是 N2

「ところが」表前述與後述預想的情況或現實不一致，後述表現既定的事實。

急《いそ》いで駅《えき》に行《い》った。ところが強《つよ》い雨《あめ》で電車《でんしゃ》は止《と》まっていた。
急忙去了車站，但是因為大雨電車停止運行。

うちのチームが勝《か》つと思《おも》っていた。ところが簡単《かんたん》に負《ま》けてしまった。
我以為我們小組會贏，但是卻輸得一蹋糊塗。

07 それが 但是 N2

同「ところが」表意外的逆接表現。

午前中《ごぜんちゅう》はよく晴《は》れていた。それが午後《ごご》から急《きゅう》に雨《あめ》が降《ふ》り出《だ》した。
中午前非常晴朗，但是下午突然開始下起雨來。

学生時代《がくせいじだい》はのんびりしていた。それが、就職《しゅうしょく》してからは仕事《しごと》に追《お》われる日《ひ》となってしまった。
學生時代過得很輕鬆，但就業後每天疲於工作。

4 添加接續詞

用於列舉同類事物的接續詞。

01 それに　而且　N4

用於列舉同類事物，前件敘述的事態為重點。

彼女《かのじょ》は英語《えいご》もできるし、それにフランス語《ご》もできる。
她會說英語還會說法語。

この店《みせ》は安《やす》い。それに味《あじ》がいい。這家店很便宜，味道也很好。

02 そのうえ　而且　N3

用於列舉同類事件，將相同事物不斷添加或進一步詳細說明。

雨《あめ》が降《ふ》っている。そのうえ風《かぜ》も吹《ふ》き出《だ》した。
正在下雨，而且還開始颳風。

彼女《かのじょ》はかわいらしく、そのうえ、とても親切《しんせつ》だ。
她很可愛，而且還非常親切。

03 しかも　而且

N2

就某事將相同或相近的條件不斷添加的表達。後述的事態為重點。

この商品《しょうひん》は品質《ひんしつ》がいい。しかも安《やす》い。此商品品質很好，而且還很便宜。

プラスチックは丈夫《じょうぶ》で、しかも軽《かる》い。塑膠很堅固而且還很輕。

04 そして　還有

N4

用於列舉事物。再添加事項。

彼《かれ》は映画《えいが》や舞台《ぶたい》、そしてドラマで幅広《はばひろ》く活躍《かつやく》している。

他廣泛活躍於電影、舞台劇，還有電視劇中。

読書《どくしょ》は知識《ちしき》だけでなく感動《かんどう》、そして感性《かんせい》を養《やしな》うものだ。

讀書不只是知識，還能培養感動和感受性。

05 それから　還有

N4

用於列舉同類事物，列舉名詞時表同時，沒有時間的先後順序。比「そして」更口語。

会社《かいしゃ》の前《まえ》に銀行《ぎんこう》がある。それから郵便局《ゆうびんきょく》もある。

公司前面有銀行還有郵局。

そばを4《よっ》つ、うどんを2《ふた》つ、それからビールを2本《にほん》お願《ねが》いします。

請給我蕎麥麵四碗、烏龍麵兩碗，還有啤酒兩罐。

TIP

>> それから的其他意思：然後

表前後件動作按著時間的順序發生。

顔《かお》を洗《あら》って、それからご飯《はん》を食《た》べた。洗完臉後吃了飯。

家《いえ》のドアの鍵《かぎ》をかけた。それから家《いえ》を出《で》た。鎖好家裡的門然後出了門。

5 並列接續詞

表對等並列前後句子時使用。

01 また 並且 N3

與前件敘述的事物有關，再附加說明或其他事物，有「並列」與「添加」的語意。

彼《かれ》は政治家《せいじか》であり、また企業家《きぎょうか》でもある。他是政治家也是企業家。

父《ちち》は毎日《まいにち》、朝刊《ちょうかん》に目《め》を通《とお》す。また、夕方《ゆうがた》になると夕刊《ゆうかん》を開《ひら》く。
爸爸每天閱讀早報，而傍晚打開晚報。

02 及《およ》び 以及 N1

用於陳述相同或類似事物，「おとび」和「並《なら》びに」用法相近。

当施設内《とうしせつない》では飲食及《いんしょくおよ》び喫煙《きつえん》は禁止《きんし》されている。
該設施內禁止飲食及吸菸。

商品《しょうひん》のご注文《ちゅうもん》は、電話及《でんわおよ》び葉書《はがき》で受《う》け付《つ》けております。
接受透過電話及明信片訂購商品。

03 並《なら》びに　以及　N1

進一步列舉與前面相同的人事物。

会長《かいちょう》並《なら》びにご出席《しゅっせき》の皆様《みなさま》、本日《ほんじつ》はありがとうございました。

會長及各位蒞臨來賓，今天非常感謝。

お申《もう》し込《こ》みの際《さい》は、住所《じゅうしょ》・氏名《しめい》、並《なら》びに年齢《ねんれい》を明記《めいき》してください。

申請時請清楚填寫地址、姓名及年齡。

TIP

>> および vs ならびに

並列各種內容時，連接狹義的意思時使用「及《およ》び」、連接廣義的意思時使用「並《なら》びに」。舉例來説，有「りんご（蘋果）、みかん（橘子）、チーズ（起司）」

- 狹義中相同種類

  りんご及《およ》びみかんの値段《ねだん》があがる。

  蘋果和橘子的價格上漲。（在「水果」狹隘的範圍中並列蘋果和橘子）

- 廣義中相同種類

  りんご及《およ》びみかん並《なら》びにチーズの値段《ねだん》が上《あ》がる。

  蘋果、橘子和起司的價格上漲。（在「食物」廣大的範圍中並列水果[蘋果和橘子]和加工食品[起司]）

04 かつ　並且　N1

敘述某事物同時具備兩種狀態。

この本《ほん》はおもしろく、かつ役《やく》に立《た》つ。這本書有趣又實用。

東京《とうきょう》は政治《せいじ》の中心《ちゅうしん》であり、かつ経済《けいざい》の中心《ちゅうしん》でもある。

東京是政治的中心並且是經濟的中心。

6 說明接續詞

補充說明或補足前述的事物內容或事態，各內容簡單整理如下：

▶ 簡要說明

後述為更直接了當或更具體表達前述事物的內容，「すなわち、つまり、要するに」等屬於這類型。

▶ 補充說明

後述為前述事物內容或事態的補充說明，「なお、なぜなら、ちなみに」等屬於這類型。

▶ 例外說明

後述為前述事物內容或事態的例外說明，「ただし、もっとも」等屬於這類型。

01 すなわち　也就是說　N2

後述的內容為更直接了當或更具體地表達前述的事物。

参加者《さんかしゃ》の名前《なまえ》は、五十音《ごじゅうおん》、すなわち「あかさた」順《じゅん》に書《か》いてあります。

參加者的姓名以五十音，也就是以「あかさた」順序來寫。

日本《にほん》の気候《きこう》は、四季《しき》、すなわち春夏秋冬《しゅんかしゅうとう》に分《わ》けられる。

日本的氣候分為四季，也就是春夏秋冬。

02 つまり　也就是說

N2

用於省略說明，直接說最後的結論。

理科系《りかけい》の科目《かもく》、つまり数学《すうがく》や物理《ぶつり》などの成績《せいせき》はあまりよくない。

理科科目，也就是數學、物理等，成績不太好。

ここに現住所《げんじゅうしょ》，つまり今《いま》住《す》んでいる所《ところ》を書《か》いてください。

這裡請寫上現居地址，也就是現在住的地方。

03 要《よう》するに　總而言之

N2

歸納前件的敘述內容，提出自己的結論或確認對方的結論。

朝《あさ》、起《お》きたら地面《じめん》が濡《ぬ》れていた。

要《よう》するに、夜中《よなか》に雨《あめ》が降《ふ》ったということだ。

早上起床後發現地面是濕的，總之在夜裡下了雨。

A　この会議《かいぎ》は半年《はんとし》ごとに開《ひら》かれます。這個會議每半年開一次。

B　要《よう》するに、1年《いちねん》に2回《にかい》ということですね。

總之就是一年開兩次的意思對吧。

TIP

>> すなわち vs つまり vs 要《よう》するに

「すなわち」有「換句話說」的意思，即將前述的內容用不同的方式再講一次；「つまり」和「要《よう》するに」則有「簡單來說」的意思，強調總結全部內容。然而這三個接續詞在日文中經常用做同一個意思相互替用，為了避免句子單調可分別使用「すなわち、つまり、要するに」這三個接續詞。

04 なぜなら　因為　N3

表說明理由，後述常為「～からだ（因為～）」等斷定說明。

私《わたし》は連休《れんきゅう》にはあまり出《で》かけません。

なぜならどこも込《こ》んでいるからです。

我連假不太出門，因為去哪都人擠人。

私《わたし》は英語《えいご》を勉強《べんきょう》している。なぜならアメリカに留学《りゅうがく》したいからだ。

我在學英語，因為想去美國留學。

05 なお　還有、然後　N2

表前述的話題結束後，補充說明後述事物內容。

これでテストは全部終《ぜんぶお》わりです。なお、結果《けっか》は１週間後《いっしゅうかんご》に発表《はっぴょう》します。

這下子全考完了，然後結果會在一週後公布。

見学会《けんがくかい》の参加費《さんかひ》は無料《むりょう》です。なお、昼食《ちゅうしょく》は各自《かくじ》の負担《ふたん》となります。

參加參觀會是免費的，然後午餐則是各自負擔。

06 ただし　但是　N2

指後述為前述事物內容或事態的例外說明。

入場料《にゅうじょうりょう》は無料《むりょう》。ただし、子《こ》どもに限《かぎ》る。入場費免費，但僅限於孩童。

みんな集合《しゅうごう》すること。ただし、病気《びょうき》のものは除《のぞ》く。

全體集合，但病患除外。

07 ちなみに　附帶一提　N1

表陳述完前述的主要內容後，附帶說明後述的追加說明內容。

燃《も》えるゴミの収集日《しゅうしゅうび》は火曜日《かようび》、金曜日《きんようび》です。ちなみに燃《も》えないゴミの日《ひ》は水曜日《すいようび》です。

可燃垃圾回收日是星期二和星期五，附帶一提，不可燃垃圾回收日是星期三。

今年《ことし》の新入社員《しんにゅうしゃいん》は去年《きょねん》より１０人少《じゅうにんすく》ないです。ちなみに去年《きょねん》の新入社員《しんにゅうしゃいん》の数《かず》は８０人《はちじゅうにん》でした。

今年新進員工比去年少了十人，附帶一提，去年新進員工數是八十人。

08 もっとも　但是、不過　N2

表針對前述的內容，後述提出部分的糾正說明。

明日《あした》は体育祭《たいいくさい》を行《おこな》います。もっとも雨《あめ》が降《ふ》れば中止《ちゅうし》です。

明天舉辦運動會，但是如果下雨的話就取消。

趣味《しゅみ》はつりです。

もっとも趣味《しゅみ》といっても年《ねん》に２《に》、３回《さんかい》しかできませんが。

興趣是釣魚，不過雖說是興趣，一年也不過釣個兩三次而已。

7 轉換接續詞

01 それでは 那麼 N4

表宣布轉換新話題的開始或舊話題結束。「それでは」可省略成「では」。

A 先生《せんせい》、教室《きょうしつ》の掃除《そうじ》は終《お》わりました。 老師，教室打掃完了。

B それでは、帰《かえ》ってもけっこうです。 那麼大家可以回去了。

時間《じかん》になりました。では、そろそろ始《はじ》めましょう。
時間到了，那麼現在馬上開始吧！

02 ところで 話說、對了～ N2

表轉變話題時的用句，常用於疑問句。

みなさん。おはようございます。ところで、今日《きょう》は何《なん》の日《ひ》か、知《し》っていますか。
大家早，話說知道今天是什麼日子嗎？

もうそろそろ秋《あき》ですね。ところで、仕事《しごと》の方《ほう》はうまくいっていますか。
快要秋天了，話說工作順利嗎？

03 さて　那麼

N2

表要轉換話題或要採取下一步行動。

ニュースを終《おわ》ります。さて、次《つぎ》は天気予報《てんきよほう》です。

新聞到這結束了，那麼接下來是天氣預報。

さて、次《つぎ》に討論《とうろん》に入《はい》ります。那麼再來進入討論吧！

TIP

>> さて vs ところで

兩者皆為轉換話題的接續詞，但可從與前方內容有無關聯性來看差異。「さて」前後敘述的話題內容有關聯，「ところで」前後敘述的話題內容無關。

以上《いじょう》、天気予報《てんきよほう》でした。さて、次《つぎ》に、交通情報《こうつうじょうほう》をお伝《つた》えします。

以上是天氣預報。那麼接下來將轉達交通資訊。

今日《きょう》の仕事《しごと》は終《お》わりましたね。ところで、お腹《なか》はすいていませんか。

今天的工作結束了。話說，肚子不餓嗎？

8 選擇接續詞

表前後述的內容之間無論選擇哪個都可以。

01 または　或者　N4

表前後述的內容之間無論選擇哪個都可以。

この料理《りょうり》は塩《しお》または醤油《しょうゆ》で味《あじ》を付《つ》けてください。
這道料理請用鹽或醬油調味。

荷物《にもつ》は入《い》り口《ぐち》の棚《たな》または窓側《まどがわ》の棚《たな》においてください。
行李請放在入口的架子或窗邊的架子。

02 それとも　或者、還是　N3

提出兩種選擇，或自己猶豫不決時詢問對方。

飲《の》み物《もの》はコーラにしますか。それともジュースにしますか。
飲料要可樂嗎？或著要果汁呢？

歩《ある》いて行《い》きましょうか。それとも車《くるま》で行《い》きましょうか。
要走路去嗎？還是要搭車去？

03 あるいは　或、或者 N2

提出兩種選擇，而任選一選項都可以（都成立）。和「もしくは」用法相近。

九州《きゅうしゅう》へ行《い》くには新幹線《しんかんせん》、あるいは飛行機《ひこうき》が便利《べんり》です。

去九州搭新幹線或飛機比較方便。

怒《おこ》っている時《とき》、あるいは酔《よ》っている時《とき》は、
絶対《ぜったい》にメールを送《おく》ってはいけません。

生氣時或喝醉時絕對不可以發送郵件。

04 もしくは　或、或者 N1

兩種選項中任選一方，選擇哪一個都可以。和「または」用法相近。

個人情報《こじんじょうほう》の収集《しゅうしゅう》、利用《りよう》にあたっては、
本人《ほんにん》もしくは家族《かぞく》の同意《どうい》が必要《ひつよう》である。

個人資料的收集、使用需要本人或是家人的同意。

結果《けっか》は葉書《はがき》もしくはメールで通知《つうち》いたします。

結果會透過明信片或郵件通知。

TIP

>>「または」「もしくは」在同個句子一起使用的情形

一般來說「または」和「もしくは」在使用上沒有太大的區別，但使用於法律相關的句子時必須明確的區分，選項差異性小的使用「もしくは」，而兩種不同性質的選項中做選擇時使用「または」。

弁護士《べんごし》または親族《しんぞく》もしくは配偶者《はいぐうしゃ》などが、申請書類《しんせいしょるい》の提出《ていしゅつ》などの手続《てつづ》きを行《おこな》うことができる。

辯護律師或親戚或配偶等可進行提出申請文件等程序。

同質性強的「家人」或「配偶」以「もしくは」連接，同質性弱的大範圍「辯護律師」與「家人（親戚、配偶）」則以「または」連接。

05 ないし 到、或者 N1

「ないし」表兩種選項的選擇，用法與「または」或「もしくは」相近。

申告書類《しんこくしょるい》は持参《じさん》ないし郵送《ゆうそう》のこと。申報表親送或是郵寄。

この仕事《しごと》は、週《しゅう》2日《ふつか》ないし3日《みっか》勤務《きんむ》することになっている。

這工作每週做2到3天。

PART 22 助詞I

1 助詞

助詞是附屬語，本身不能單獨使用且不活用，和自立語（有獨立意思的語句）或是包含自立語的語句接在一起時，表達文法上的關係或意義。助詞的分類，有格助詞、副助詞、接續助詞、終助詞等。

❶ 格助詞

主要和名詞或代名詞等的體言接在一起，表達句子跟句子之間的關係。

が　で　に　を　と　の　へ　や　より　から

❷ 副助詞

副助詞可以和各種語句接在一起，扮演補充或增添句子的意義。

は　も　か　でも　まで　こそ　しか　だけ
ばかり　くらい　ほど　など　さえ　ずつ　とか

❸ 接續助詞

接於用言（動詞、形容詞、形容動詞）後面，用來表前後兩語句間的順接、逆接關係。

が　から　ば　と　て　ても　ので
けれど　し　たり　ながら

❹ 終助詞

主要是添加在句尾，用來表示說話者主觀意志（如：感嘆、疑問、叮嚀、禁止等）。

な　か　の　よ　ぞ　とも　ね　わ　さ

TIP

>>注意事項

- 「は」和名詞接在一起表達主題時，經常被誤認為是格助詞，但其實是副助詞。
- 助詞並非只屬於格助詞、副助詞、接續助詞、終助詞其中一個用法，舉例來說「が」或「から」雖然是格助詞，但有時也帶有「が（雖然）」或「から（因為）」等接續助詞的意思。
- 在本書中的「助詞（I）」說明格助詞相關的句型，「助詞（II）」說明副助詞相關的句型，「助詞（III）」說明接續助詞和終助詞相關的句型。

2 格助詞

主要和名詞或代名詞等的體言接在一起，表達句子和句子之間的關係（如：主格、目的格、所有格等）。日語中格助詞的用法大分為下列四種：

❶ 主格

接在名詞後方表達動作、性質、狀態的主語。

が　の

私《わたし》が行《い》きます。我會去。

私《わたし》の読《よ》んだ本《ほん》。我讀的書

❷ 連體修飾格

修飾或限定後方所接的體言（名詞）。

の

私《わたし》の本《ほん》　我的書。

❸ 連用修飾格

修飾後方所接的用言，也就是修飾動詞、形容詞以及形容動詞，表動作、對象、目的、手段、時間、地點等。

を　に　へ　で　と　より　から

本《ほん》を読《よ》む。讀書。

学校《がっこう》で勉強《べんきょう》する。在學校唸書。

会社《かいしゃ》に行《い》く。去公司。

❹ 並列

並列或列舉前後的內容。

と　や

本《ほん》とノートを買《か》う。買書和筆記本。

パンや果物《くだもの》を食《た》べる。吃麵包或水果。

3 が

❶ 句子的主語。N5

雨《あめ》が降《ふ》っています。正在下雨。

先生《せんせい》が書《か》いた本《ほん》を読《よ》みました。讀了老師寫的書。

明日《あした》友《とも》だちがうちに来《き》ます。明天朋友要來家裡。

❷ 希望、能力、好惡的對象。N5

接在「**好**《す》**きだ**（喜歡）、**きらいだ**（討厭）、**上手**《じょうず》**だ**（熟練）、**下手**《へた》**だ**（生疏）、**ほしい**（想要）、**得意**《とくい》**だ**（拿手）、**苦手**《にがて》**だ**（不拿手）」等希望、能力、好惡的表現後方。

熱《あつ》いコーヒーが飲《の》みたい。想喝熱咖啡。[希望]

田中《たなか》さんは英語《えいご》が上手《じょうず》ですか。田中先生的英語好嗎？[能力]

私《わたし》はさしみが好《す》きではない。我不喜歡生魚片。[好惡]

❸ 知覺的對象。N4

表達知覺的對象，和「**分**《わ》**かる**（知道、理解）、**見**《み》**える**（看見）、**聞**《き》**こえる**（聽到）」等動詞一起使用。

言葉《ことば》の意味《いみ》が分《わ》からない。不知道話的意思。

遠《とお》くに山《やま》が見《み》える。看見遠方的山。

歌《うた》が聞《き》こえる。聽到歌曲。

❹ 可能動詞的對象。N4

彼《かれ》は英語《えいご》が読《よ》める。他會唸英文。

カタカナが書《か》ける。會寫片假名。

彼《かれ》は車《くるま》の運転《うんてん》ができます。他會開車。

4 で

❶ 動作的場所。 N5

デパートで買《か》い物《もの》をします。在百貨公司購物。

父《ちち》は郵便局《ゆうびんきょく》で働《はたら》いています。爸爸在郵局上班。

天気《てんき》がいいから、外《そと》でテニスをしましょう。天氣好所以去外面打網球吧。

❷ 理由或原因。 N5

風邪《かぜ》で学校《がっこう》を休《やす》みました。因為感冒沒去學校。

台風《たいふう》で木《き》が倒《たお》れました。颱風把樹都吹倒了。

大《おお》きな地震《じしん》でたくさんの家《いえ》が壊《こわ》れました。大地震讓很多房子都毀了。

❸ 手段、方法、工具或材料等。 N5

木《き》で椅子《いす》を作《つく》ります。用木頭做椅子。

名前《なまえ》を鉛筆《えんぴつ》で書《か》いてください。請用鉛筆寫名字。

友《とも》だちと電話《でんわ》で話《はな》しました。和朋友用電話交談。

❹ 動作或狀態的主體。 N4

自分《じぶん》でやります。我來做。

家族《かぞく》みんなで旅行《りょこう》に行《い》く。家人一起去旅行。

委員会《いいんかい》でレポートをまとめる。委員會彙整報告。

❺ 動作或作用的期限、限度或基準。 N4

あと10分《じゅっぷん》で5時《ごじ》ですよ。再過十分鐘就五點鐘了。

この料理《りょうり》は簡単《かんたん》だから、5分《ごふん》でできます。這道料理很簡單五分鐘就可以完成。

試験《しけん》は明日《あした》で終《お》わります。考試明天結束。

3《みっ》つで500円《ごひゃくえん》です。三個共五百日圓。

5 に

01 ～に 在、對(誰)、為了

❶ 存在的場所。 N5

机《つくえ》の上《うえ》に本《ほん》がある。桌上有書。

父《ちち》は部屋《へや》にいます。爸爸在房間裡。

銀行《ぎんこう》の前《まえ》に病院《びょういん》があります。銀行前面有醫院。

❷ 動作執行的時間。 N5

今日《きょう》は朝《あさ》5《ご》時《じ》に起《お》きました。今天早上五點起床。

毎朝《まいあさ》何時《なんじ》に家《いえ》を出《で》ますか。每天早上幾點出門？

金曜日《きんようび》に会議《かいぎ》があります。星期五有會議。

❸ 目的地或動作的歸著點。 N5

明日《あした》公園《こうえん》に行《い》きます。明天去公園。

家《いえ》に電話《でんわ》する。打電話回家。

電車《でんしゃ》に乗《の》った。搭了電車。

❹ 動作或作用的對象。 N5

友《とも》だちに話《はな》す。和朋友講話。

田中《たなか》さんに電話《でんわ》をかけました。打了電話給田中先生。

先生《せんせい》に相談《そうだん》する。和老師商談。

❺ 上接動詞連用形或動作名詞，表達動作或作用的目的。 N5

映画《えいが》を見《み》に行《い》く。去看電影。

外国《がいこく》に旅行《りょこう》に行《い》きます。去國外旅行。

デパートへ買《か》い物《もの》に行《い》きました。去百貨公司購物。

❻ **變化的結果。** N5

春《はる》になる。春天到了。

部屋《へや》がきれいになる。房間變乾淨了。

新《あたら》しい車《くるま》に変《か》える。換新車了。

❼ **比較、比例的基準。** N4

1日《いちにち》に3回薬《さんかいくすり》を飲《の》んでください。請一天吃三次藥。

一週間《いっしゅうかん》に2回水泳《にかいすいえい》をします。一週游兩次泳。

彼女《かのじょ》はお母《かあ》さんに似《に》ている。她長得像她媽媽。

02 ～によると　根據～ N4

表傳聞的出處或推測的依據。

天気予報《てんきよほう》によると、明日《あした》は雨《あめ》が降《ふ》るそうだ。
根據天氣預報說明天會下雨。

研究《けんきゅう》によると、若《わか》い人《ひと》ほど健康《けんこう》には無関心《むかんしん》であるという。
根據研究指出越年輕的人對健康越不關心。

03 ～にかかわらず　無論 N3

表達無論前件的條件或狀況為何，一律執行後件的動作。

参加《さんか》の有無《うむ》にかかわらず、必《かなら》ず返事《へんじ》をください。
無論參加與否，請一律回覆。

この店《みせ》は曜日《ようび》にかかわらず、いつも込《こ》んでいる。
這家店無論星期幾總是人滿為患。

04 ～にかわって　代替　N3

表替代原本的東西或代理誰時使用。

手紙《てがみ》にかわってメールがよく使《つか》われるようになった。
電子郵件代替了信件被廣泛地使用。

社長《しゃちょう》にかわって内山部長《うちやまぶちょう》があいさつをした。
內山部長代替社長打了招呼。

05 ～にかけては　在～方面　N3

表「關於某件事」，後述多接對人的技術或能力的評價。

車《くるま》の運転《うんてん》にかけてはかなりの自信《じしん》がある。在汽車駕駛方面相當有信心。

店《みせ》は小《ちい》さいけど、味《あじ》にかけてはどこにも負《ま》けません。
店面雖小但在味道方面絕不輸人。

06 ～に関《かん》して　關於　N3

表「有關～」、「關於～」，比「～について」更鄭重的說法。

この件《けん》に関《かん》しては、現在調査中《げんざいちょうさちゅう》です。關於這件事現在正在調查中。

発表《はっぴょう》の内容《ないよう》に関《かん》して、何《なに》か質問《しつもん》はありませんか。
關於發表的內容有任何問題嗎？

07 ～に比《くら》べて　比起　N3

表與前述相比，後述的差異。

ひらがなに比《くら》べてカタカナは覚《おぼ》えにくい。

比起平假名，片假名更難記。

去年《きょねん》に比《くら》べて、今年《ことし》の冬《ふゆ》はかなり寒《さむ》い。比起去年，今年冬天非常冷。

08 ～に加《くわ》えて　再加上　N3

表前述事物說明到此處結束，添加補充後述。

雨《あめ》に加《くわ》えて風《かぜ》も強《つよ》くなってきた。雨勢再加上風勢也增強了。

電車代《でんしゃだい》に加《くわ》えて、バス代《だい》もあがってしまった。

電車費再加上公車費也上漲了。

09 ～にしたがって　隨著　N3

表隨著前述所說的動作或作用的進展，而發生後述的變化。

医学《いがく》が進歩《しんぽ》するにしたがって平均寿命《へいきんじゅみょう》が延《の》びた。

隨著醫學進步，平均壽命也隨之延長了。

工業化《こうぎょうか》が進《すす》むにしたがって、公害問題《こうがいもんだい》が発生《はっせい》した。

隨著工業化的進展，汙染問題也隨之產生。

10 ～にしては　就～而言　N3

表後述與說話者預期結果不同的逆接表現。

彼《かれ》は日本人《にほんじん》にしては漢字《かんじ》が分《わ》からない。就身為日本人而言，他卻不懂漢字。

彼《かれ》はタクシーの運転手《うんてんしゅ》にしては道《みち》を知《し》らない。

就身為計程車駕駛而言，他卻不認得路。

11 ～にすぎない　只是、不過是　N3

表「只是～」，有「這並不重要」的語氣。

会議《かいぎ》の参加者《さんかしゃ》は、わずか10名《じゅうめい》にすぎない。會議參加者不過才十人。

ただの風邪《かぜ》にすぎないので、心配《しんぱい》しないでください。

不過是單純的感冒而已請不用擔心。

12 ～に違《ちが》いない / ～相違《そうい》ない　肯定～、一定～　N3

表說話者以某事為根據，做出非常肯定的判斷，有「沒錯一定會那樣」的意思。「～に相違《そうい》ない」常用於書面語，用於口語時會給人誇張的感覺。

今回《こんかい》もあのチームが優勝《ゆうしょう》するに違《ちが》いない。

這次那隊也一定會獲勝。

彼女《かのじょ》はそれについて知《し》っているに違《ちが》いない。

她肯定知道那件事。

予算《よさん》がないので、この計画《けいかく》の実行《じっこう》は困難《こんなん》に相違《そうい》ない。

因為沒有預算，要實行這個計畫肯定有困難。

そこには何《なに》か深《ふか》い理由《りゆう》があるに相違《そうい》ない。
那肯定有什麼很複雜的原因。

13 ～に対《たい》して　對於、截然不同地　N3

❶ 對於：對象、對方

お客《きゃく》さんに対《たい》してそんな言葉《ことば》を使《つか》ってはいけません。
不可以對客人說那種話。

みんながあの事件《じけん》に対《たい》して関心《かんしん》を持《も》っている。
大家都對那個事件抱持關切。

❷ 截然不同地、相反地：相比、比較

ひらがなは音《おと》だけを表《あらわ》すのに対《たい》して、漢字《かんじ》は意味《いみ》も表《あらわ》しています。
平假名表達聲音，而漢字則表達意思。

木《き》の家《いえ》は地震《じしん》に強《つよ》いのに対《たい》して、火事《かじ》には弱《よわ》い。
用木頭蓋的房子較耐地震但不耐火災。

14 ～について　關於　N3

表敘述某主題時，其談及或所想的內容。

彼《かれ》は車《くるま》が好《す》きで、車《くるま》についてよく知《し》っている。
他喜歡車所以對車很了解。

あなたの国《くに》の習慣《しゅうかん》について教《おし》えてください。
請告訴我關於你國家的習慣。

15 ～にとって　對～而言　N3

多接人或組織後，表「從其立場來看」，後述為判斷或評價的內容。

この政策《せいさく》はほとんどの国民《こくみん》にとってあまり役《やく》に立《た》たない。
這個政策對大部分的國民而言沒有什麼幫助。

この古《ふる》い時計《とけい》は私《わたし》にとって、何《なに》よりも大切《たいせつ》なものだ。
這個老舊的手錶對我而言珍貴無比。

16 ～によって　根據(依據、手段)、根據(情況)　N3

雖然主要用來表達原因、方法等，如下例所示後述為前述內容的結果。

ちょっとした不注意《ふちゅうい》によって、大《おお》きな事故《じこ》が起《お》きる。
由於一個不注意，發生了重大的事故。

交通事故《こうつうじこ》によって、道路《どうろ》が込《こ》んでいる。由於交通事故導致道路壅塞。

意見《いけん》の対立《たいりつ》は話《はな》し合《あ》いによって解決《かいけつ》した方《ほう》がいい。
意見對立時用討論解決比較好。

この店《みせ》は曜日《ようび》によってメニューが変《か》わります。
這家店根據星期幾的不同會改變菜單。

人《ひと》によって、考《かんが》え方《かた》が違《ちが》う。想法因人而異。

アメリカはコロンブスによって発見《はっけん》された。美國是哥倫布發現的。

レポートの作成者《さくせいしゃ》による説明《せつめい》が行《おこな》われた。由報告的撰寫者來說明。

17 ～にあたって / ～にあたり　～之際

N2

前述表做某事的時間或狀況，後述表事件開始後所做的內容或事態。和「～に際《さい》して」用法類似。

ビル建設《けんせつ》にあたって、住民《じゅうみん》との話《はな》し合《あ》いが行《おこな》われた。
大樓建設之際開始和居民討論。

製品《せいひん》を開発《かいはつ》するにあたり、市場調査《しじょうちょうさ》が行《おこな》われた。
產品開發之際開始了市場調查。

18 ～において　在

N2

表動作的場所或時間，可換成助詞「で」。

本日《ほんじつ》の会議《かいぎ》は、2階《にかい》の大会議室《だいかいぎしつ》において行《おこな》われます。
今天的會議在二樓大會議室舉行。

山田君《やまだくん》はスピーチ大会《たいかい》において優勝《ゆうしょう》した。山田君在辯論比賽中獲勝了。

19 ～に応《おう》じて　依據、按照

N2

前述表某事態的狀況，後述表變化結果。

所得《しょとく》に応《おう》じて税金《ぜいきん》を払《はら》うことになっている。
按照所得多寡繳納稅金。

消費者《しょうひしゃ》のご希望《きぼう》に応《おう》じて商品《しょうひん》を生産《せいさん》していきます。
依據消費者的需求生產商品。

20 ～に限《かぎ》って 僅限於 N2

❶ 限定

表示「只、只有」的意思，強調限定的意思。

先着《せんちゃく》１００《ひゃく》名《めい》に限《かぎ》り、プレゼントを差《さ》し上《あ》げます。

限前一百名贈送禮品。

本日《ほんじつ》に限《かぎ》って、全商品３割引《ぜんしょうひんさんわりびき》にさせていただきます。

只限今日全部商品打七折。

❷ 強調

有「只要做某件事就會～」的意思，強調限定的狀況時使用。

ドライブに出《で》かけようと思《おも》う時《とき》に限《かぎ》って、雨《あめ》が降《ふ》る。

只要想出去兜風就會下雨。

急《いそ》いでいる時《とき》に限《かぎ》って、電車《でんしゃ》が遅《おく》れたりすることがある。

只要趕時間時就會遇到電車誤點的情況。

21 ～に限《かぎ》らず 不限於、不只 N2

表不局限於前面的敘述內容，也包含到後述的內容。

このゲームは子《こ》どもに限《かぎ》らず、大人《おとな》にも人気《にんき》がある。

這個遊戲不只小孩也深受大人喜愛。

コンビニに限《かぎ》らず、２４時間営業《にじゅうよじかんえいぎょう》する店《みせ》が増《ふ》えている。

不只有便利商店，二十四小時營業的店家越來越多。

22 ～に決《き》まっている　一定會、肯定　N2

表說話者充滿自信的推測，有「一定會變成那樣」的斷定語意，會話中經常使用。

食事《しょくじ》は大勢《おおぜい》で食《た》べた方《ほう》がおいしいに決《き》まっている。
很多人一起吃飯肯定會比較好吃。

勉強《べんきょう》しなかったのだから試験《しけん》に落《お》ちるに決《き》まっている。
沒有唸書肯定會落榜。

23 ～に越《こ》したことはない　最好是　N2

多用於常識上的認知、理所當然的事。

試験《しけん》の前日《ぜんじつ》は早《はや》く寝《ね》るに越《こ》したことはない。考試前一天最好是早點睡。

高《たか》い点数《てんすう》が取《と》れるに越《こ》したことはないが、大切《たいせつ》なのは合格《ごうかく》することだ。
最好是拿到高分，但最重要的還是要合格。

24 ～にこたえて　回應　N2

表理解對方的狀況，並且採取相對應的行動。

皆《みな》さんの期待《きたい》にこたえて全力《ぜんりょく》で頑張《がんば》ります。
為了回應大家的期望，我必全力以赴。

皆様《みなさま》のご要望《ようぼう》にこたえて、夏《なつ》の感謝《かんしゃ》セールを行《おこな》います。
為回應大家的期望，實施夏季感謝折扣活動。

25 ～に際《さい》して　當～之際、當～的時候　N2

表前述事情發生之時。

空港《くうこう》では出発《しゅっぱつ》に際《さい》して、荷物検査《にもつけんさ》が行《おこな》われる。
在機場出發之際，檢查行李。

図書館《としょかん》のご利用《りよう》に際《さい》して、以下《いか》の点《てん》にご注意《ちゅうい》ください。
在使用圖書館之際，請注意以下內容。

26 ～に先立《さきだ》って／～に先立《さきだ》ち　在～之前　N2

表某事件的前後關係，用於敘述在前述事情之前做應做的事情，和「～にあたって、～に際《さい》して」用法類似，但「～に先立《さきだっ》って」先後順序最明確。

面接《めんせつ》に先立《さきだ》って書類選考《しょるいせんこう》を行《おこな》う。面試之前先實施書面資料選拔。
新製品《しんせいひん》の発売《はつばい》に先立《さきだ》ち、説明会《せつめいかい》を行《おこな》った。新產品販售前開了說明會。

27 ～にそって　沿著、按照　N2

大分為「平行、整齊」和「程序、流程」這兩種意思。要注意的是必須使用助詞「に」，不可以用「～をそって」。

❶ 沿著（平行、整齊）

大通《おおどお》りにそって高層《こうそう》ビルが並《なら》んでいる。大馬路兩旁高樓林立。
川《かわ》にそって、新《あたら》しい道路《どうろ》ができた。河邊蓋了新的道路。

❷ 按照（程序、流程）

政府《せいふ》の方針《ほうしん》にそって、税率《ぜいりつ》を引《ひ》き下《さ》げる。按照政府的方針降低稅率。

市《し》の方針《ほうしん》にそった街作《まちづく》りを進《すす》めていく。

按照市府的方針進行城鎮建設。

28 ～につき 因為、每一(單位基準) N2

❶ 原因：因為

表達原因，主要使用於公告內容或鄭重的書信。

定休日《ていきゅうび》につき、店《みせ》はお休《やす》みになります。店家因公休日而休業。

人気商品《にんきしょうひん》につき、品切《しなぎ》れの場合《ばあい》があります。

因為是人氣商品所以會有售罄的情況。

❷ 基準：每一

接在表數量的名詞後方，表示單位或間隔的基準。

飲《の》み会《かい》の会費《かいひ》は一人《ひとり》につき3,000円《さんぜんえん》です。

（應酬）聚餐費用每人三千日圓。

みかんは1《いち》キロにつき400円《よんひゃくえん》である。橘子每公斤四百日圓。

29 ～につれて 隨著 N2

表前述事態進展的同時，後述的事態也在進展，和「～にしたがって」、「～にともなって」用法類似。

年《とし》を取《と》るにつれて、体力《たいりょく》は低下《ていか》する。隨著年紀增長，體力下降。

自動車《じどうしゃ》の増加《ぞうか》につれて、交通事故《こうつうじこ》の発生《はっせい》も増《ふ》えている。

隨著汽車的增加，交通事故也變多了。

30 ～に伴《ともな》って　伴隨　N2

表伴隨前件的變化，產生後件的變化。

経済発展《けいざいはってん》に伴《ともな》って環境破壊《かんきょうはかい》が心配《しんぱい》されている。

伴隨經濟發展，環境污染令人憂心。

人口《じんこう》の高齢化《こうれいか》に伴《ともな》って医療費《いりょうひ》が増《ふ》えることは避《さ》けられない。

伴隨人口高齡化，醫療費增加是不可避免的。

31 ～に反《はん》して　與～相反　N2

表前述的預期，和後述的結果相反。

値下《ねさ》がりするという当初《とうしょ》の予想《よそう》に反《はん》して値上《ねあ》がりした。

與預期價格下跌相反，價格上漲了。

親《おや》の期待《きたい》に反《はん》して、彼《かれ》は進学《しんがく》しないで就職《しゅうしょく》することを決《き》めた。

和父母的期待相反，他決定不升學直接就業。

32 ～にほかならない　正是　N2

用於斷定地說事情發生的理由及原因不是別的，就是這個。

彼《かれ》の成功《せいこう》は努力《どりょく》の結果《けっか》にほかならない。他的成功，正是努力的結果。

この計算《けいさん》の間違《まちが》いの原因《げんいん》は、入力《にゅうりょく》ミスにほかならない。

這個計算錯誤的原因正是輸入錯誤。

33　～に基《もと》づいて　根據　N2

表「以前述為依據」，發生某動作或狀況。

長年《ながねん》の研究《けんきゅう》に基《もと》づいて、論文《ろんぶん》を書《か》いた。依據長年的研究寫了論文。

教育《きょういく》は平等《びょうどう》の原則《げんそく》に基《もと》づいて行《おこな》われなければならない。

教育必須根據平等的原則實行。

34　～にわたって　經過、歷時　N2

期間、次數、場所的範圍。

参加者《さんかしゃ》による討論《とうろん》は、6時間《ろくじかん》にわたって行《おこな》われた。

參加者的討論歷時六小時。

明日《あした》は関東地方《かんとうちほう》の全域《ぜんいき》にわたって、大雨《おおあめ》が降《ふ》るでしょう。

明天關東地區全區會下大雨吧。

35　～にあたらない　沒必要、不必、用不著　N1

表那樣做不適合、不值得，經常接在「驚《おどろ》く（驚嚇）、喜《よろこ》ぶ（喜悅）、恐《おそ》れる（害怕）、感心《かんしん》する（佩服）、ほめる（稱讚）」等表達情緒的動詞後方。「～にあたらない」可說成「～にはあたらない」。

こんなことで落胆《らくたん》するにあたらない。不必為了這種事而灰心。

彼《かれ》が合格《ごうかく》したからといって、驚《おどろ》くにはあたらない。

雖說他合格但也用不著驚訝。

36 ～にあって　在～的狀況下　N1

表「在前述的情況下」，後述的事態可順接或逆接表示。

どのような困難《こんなん》な状況《じょうきょう》にあっても、決《けっ》してあきらめてはいけない。
不管狀況再怎樣困難，也決不可放棄。

この不景気《ふけいき》にあって、条件《じょうけん》のいい仕事《しごと》を見《み》つけることは難《むずか》しい。
在這不景氣的情況下，很難找到條件好的工作。

37 ～にいたって　直到～才～　N1

表「到達極端狀態的時候」，後述表成果、結果、結論。

事故《じこ》が起《お》こるにいたって、ようやく国《くに》は対策《たいさく》を立《た》て始《はじ》めた。
直到發生事故後政府才要開始擬訂對策。

彼女《かのじょ》は長年《ながねん》努力《どりょく》を重《かさ》ね、ついに今日《きょう》の受賞《じゅしょう》にいたった。
經過她長年地努力，到今天終於獲獎。

38 ～にかかっている　取決於　N1

表前述事態的發展，依據後述的事態或狀態決定。

会社《かいしゃ》の発展《はってん》は、社員《しゃいん》の働《はたら》きいかんにかかっている。
公司的發展取決於員工的活躍程度。

交渉《こうしょう》がどうなるかは相手《あいて》の出方《でかた》にかかっている。
交涉結果會如何取決於對方的態度。

39 ～にかかわる　關係到、涉及　N1

表「影響到」、「關係到」的意思。

お客様《きゃくさま》とのトラブルは店《みせ》の信用《しんよう》にかかわる問題《もんだい》だ。
和客人的糾紛是關係到（攸關）店家信用的問題。

プライバシーを守《まも》るということは人権《じんけん》にかかわる大切《たいせつ》な問題《もんだい》である。
保護隱私是關係到人權的重要問題。

40 ～に限《かぎ》ったことではない　不光是、不只是　N1

表「事情不僅限於此」，還有其他情況。

家賃《やちん》が高《たか》いのは、東京《とうきょう》に限《かぎ》ったことではない。
房價昂貴並非只有東京。

忘《わす》れ物《もの》は今日《きょう》に限《かぎ》ったことではない。
遺失物品不只限於今天。（平常也時常遺失）

41 ～にかこつけて　以～為藉口　N1

表前述不是直接的理由或原因，但卻以此為藉口。

母親《ははおや》の病気《びょうき》にかこつけて、結婚式《けっこんしき》への出席《しゅっせき》を断《ことわ》った。
藉口母親生病，拒絕了出席婚禮。

勉強《べんきょう》にかこつけて部屋《へや》に閉《と》じこもってゲームをする。
藉口唸書窩在房間裡打電動。

42 ～にかたくない　可以輕易地、不難～　N1

表能容易地想像出來，誰都能明白。可和「察《さっ》するにかたくない（不難理解）、想像《そうぞう》するにかたくない（不難想像）」這類慣用語一起使用。

交通事故《こうつうじこ》で子《こ》どもをなくした親《おや》の悲《かな》しみは、察《さっ》するにかたくない**。**
在交通事故中失去孩子的父母的悲痛不難理解。

予想《よそう》に反《はん》する研究結果《けんきゅうけっか》にみんなが驚《おどろ》いたことは、想像《そうぞう》にかたくない**。**
對於出乎意料的研究結果不難想像大家都很驚訝。

43 ～にかまけて　只顧　N1

表對某事竭盡全力而不顧其他事。

育児《いくじ》にかまけて**読書《どくしょ》もできない。**只顧育兒根本無法閱讀。

クラブ活動《かつどう》にかまけて**、受験勉強《じゅけんべんきょう》をまったくしなかった。**

只顧社團活動根本就沒準備考試。

44 ～に即《そく》して　根據、按照　N1

接表示事實、體驗、規範等名詞後，表「按照」、「以～為基準」的意思。

客《きゃく》の要望《ようぼう》に即《そく》して**商品《しょうひん》を開発《かいはつ》していく。**根據顧客的需求開發商品。

試験中《しけんちゅう》の不正行為《ふせいこうい》は、校則《こうそく》に即《そく》して**処理《しょり》する。**
考試中的作弊行為按照校規處理。

45 ～にたえない　不忍～　N1

表由於情況太嚴重，不能聽下去或看下去。和「聞《き》くにたえない（不忍心聽）、見《み》るにたえない（不忍心看）」等動詞常體一起使用。

この記事《きじ》は、事実《じじつ》と全《まった》く違《ちが》っていて読《よ》むにたえない。

這則報導與事實完全不同，看不下去。

受験《じゅけん》に失敗《しっぱい》し落《お》ち込《こ》んでいる様子《ようす》は、気《き》の毒《どく》で見《み》るにたえない。

在考試中因挫敗而沮喪的模樣很可憐，不忍心看。

46 ～にたえる　值得　N1

表有充分那麼做的價值。

長《なが》い間《あいだ》、開発《かいはつ》を続《つづ》け、ようやく販売《はんばい》にたえる製品《せいひん》ができた。

長時間持續開發，終於做出了有價值販售的商品。

この映画《えいが》は大人《おとな》の鑑賞《かんしょう》にたえるものではない。

這部電影不值得成人觀賞。

47 ～にたる　值得　N1

後接名詞，表非常有那麼做的價值。

あの議員《ぎいん》は我々《われわれ》の代表《だいひょう》とするにたる人物《じんぶつ》だ。

那位議員值得當我們的代表。

彼《かれ》はどんなときでも信頼《しんらい》にたる人《ひと》です。

他不管在任何狀況下都是一位值得信賴的人。

今回《こんかい》の会議《かいぎ》では耳《みみ》を傾《かたむ》けるにたる意見《いけん》が多《おお》く出《で》た。

這次會議有許多值得洗耳恭聽的意見。

48 ～にとどまらず　不只　N1

接地域或時間名詞後，表狀況不只那樣，還包含了後述的內容。

彼《かれ》は、日本国内《にほんこくない》にとどまらず、海外《かいがい》でも活躍《かつやく》をしている。
他不只在日本國內，在海外也非常活躍。

環境破壊《かんきょうはかい》は一国《いっこく》の問題《もんだい》にとどまらず、地球規模《ちきゅうきぼ》の問題《もんだい》となっている。
環境破壞不只是一個國家的問題，而是整個地球的問題。

49 ～にのぼる　到達、達到　N1

接數量詞後，表數量變得非常多時使用。

今回《こんかい》の火災《かさい》による被害《ひがい》は数億円《すうおくえん》にのぼると言《い》われている。
據說這次火災導致損失達到數億日圓。

ある調査《ちょうさ》によれば、一ヶ月《いっかげつ》に一冊《いっさつ》も本《ほん》を読《よ》まない中学生《ちゅうがくせい》が６０《ろくじゅっ》パーセントにのぼるそうだ。
根據某調查指出一個月中連一本書都不看的中學生高達60%。

50 ～には及《およ》ばない　沒必要、不及　N1

❶ 不必、沒必要

表達「不那樣做也沒關係」、「沒有那樣做的必要」之意。

すぐに退院《たいいん》できるから、見舞《みま》いに来《く》るには及《およ》ばない。
馬上就要出院了，沒必要來探病。

平日《へいじつ》の昼間《ひるま》だし、店《みせ》も大《おお》きいので、
わざわざ予約《よやく》をするには及《およ》ばないでしょう。
因為是平日白天，店家又很大，不必特地預約吧。

② 不及

表狀態或事態沒有達到某個程度。

私《わたし》がどんなに頑張《がんば》っても、彼女《かのじょ》の実力《じつりょく》には及《およ》ばない。

我無論再怎麼努力都不及她的實力。

結婚《けっこん》して、料理《りょうり》が上手《じょうず》になったけれど、まだ母《はは》には及《およ》ばない。

雖然婚後料理逐漸拿手，但還是不及母親。

51 ～にひきかえ　與～不同、與～相反　N1

表兩者比較，後述與前述內容完全不同。

雨《あめ》の少《すく》なかった去年《きょねん》にひきかえ、今年《ことし》は雨《あめ》が多《おお》い。

和降雨量很少的去年相反，今年下了很多雨。

退職前《たいしょくまえ》のあわただしい生活《せいかつ》にひきかえ、今《いま》の生活《せいかつ》はのんびりしていい。

和退休以前的忙碌生活不同，現在的生活很悠閒很好。

52 ～にもまして　比～還　N1

表示「～以上《いじょう》に（超過）」的意思，表比敘述的事態或狀態程度更嚴重。

今年《ことし》は、猛暑《もうしょ》だった去年《きょねん》にもまして暑《あつ》い。今年比去年的酷暑還要熱

以前《いぜん》にもまして、開発《かいはつ》による環境破壊《かんきょうはかい》が深刻《しんこく》になった。

開發導致的環境破壞變得比以前更嚴重了。

6 を

01 ～を (格助詞)

❶ 動作的對象。 N5

毎日《まいにち》新聞《しんぶん》を読《よ》みます。每天看報紙。

毎朝《まいあさ》コーヒーを飲《の》みます。每天早上喝咖啡。

ナイフでパンを切《き》る。用刀切麵包。

部屋《へや》を掃除《そうじ》する。打掃房間。

❷ 移動的路徑或起點（出發點）。 N5

このバスは病院《びょういん》の前《まえ》を通《とお》ります。這輛公車會通過醫院前。

横断歩道《おうだんほどう》を渡《わた》る。穿越人行道。

７時《しちじ》にうちを出《で》ました。七點出了家門。

次《つぎ》の駅《えき》で電車《でんしゃ》を降《お》ります。下一站下電車。

❸ 動作持續的時間。 N4

長《なが》い年月《ねんげつ》を過《す》ごす。度過很長的歲月。

忙《いそが》しい日々《ひび》を送《おく》る。度過忙碌的每一天。

昼休《ひるやす》みを読書《どくしょ》で過《す》ごす。午休時間看書度過。

❹ 使役表現的對象（主要用於自動詞的使役表現）。 N4

親《おや》を困《こま》らせる。讓父母為難。

友《とも》だちを笑《わら》わせる。逗笑朋友。

子《こ》どもを泣《な》かせてしまった。弄哭了小孩。

02 ～を中心《ちゅうしん》に　以～為中心　N3

表某物位於中心的行為、現象、狀態，意思是「以～為中心」。

午後《ごご》は文法《ぶんぽう》を中心《ちゅうしん》に勉強《べんきょう》することになっている。

下午唸書以文法為主。

人々《ひとびと》は彼《かれ》を中心《ちゅうしん》に集《あつ》まってきた。人們以他為中心聚集在一起。

03 ～を通《とお》して　透過　N3

透過媒介間接地做某行動。

先輩《せんぱい》を通《とお》して、入学試験《にゅうがくしけん》の案内《あんない》をもらった。

透過前輩得到了入學考試的介紹。

秘書《ひしょ》を通《とお》して社長《しゃちょう》との面会《めんかい》を申《もう》し込《こ》んだ。透過秘書申請了和社長的面談。

04 ～をきっかけに　以～為契機、趁著　N2

表某事開始或產生變化時的直接原因或契機。

病院《びょういん》に入院《にゅういん》したのをきっかけに、お酒《さけ》を辞《や》めることにした。

決定趁著住院戒酒。

子《こ》どもが生《う》まれたのをきっかけに、タバコを辞《や》めた。

以孩子出生為契機戒了菸。

05 ～を契機《けいき》に　以～為契機、趁著　N2

表某事開始的原因或動機，後述接變化的結果。用法同「～をきっかけに」。

アメリカ出張《しゅっちょう》を契機《けいき》に、彼《かれ》は本格的《ほんかくてき》に英語《えいご》を勉強《べんきょう》しはじめた。

他趁著去美國出差正式開始學英文。

大地震《だいじしん》を契機《けいき》に、建物《たてもの》の安全《あんぜん》に関《かん》する関心《かんしん》が高《たか》まった。

以大地震為契機，對建築物的安全提高了關注。

06 ～を込《こ》めて　滿懷　N2

表以某種情緒或心情做後述的動作。

愛情《あいじょう》を込《こ》めてケーキを作《つく》った。滿懷愛意做了蛋糕。

彼女《かのじょ》は心《こころ》を込《こ》めて父《ちち》の回復《かいふく》を祈《いの》った。她滿懷誠心祈求父親恢復健康。

07 ～を問《と》わず　不論　N2

表與前面的敘述內容無關或不受影響。

我《わ》が社《しゃ》は性別《せいべつ》を問《と》わず、能力《のうりょく》のある人物《じんぶつ》を採用《さいよう》します。

本公司任用有能力的人，不論性別。

この仕事《しごと》は経験《けいけん》の有無《うむ》を問《と》わず、誰《だれ》でも応募《おうぼ》できます。

這工作無論是否有經驗，任何人都可以應徵。

08 ～をはじめ　以～為首　N2

表先舉出具有代表性的東西，再列舉相同例子。

春《はる》になると桜《さくら》をはじめ、様々《さまざま》な花《はな》が咲《さ》き始《はじ》める。

春天一到以櫻花為首各式各樣的花便開始綻放。

京都《きょうと》はお寺《てら》をはじめ、歴史《れきし》のある建物《たてもの》が多《おお》い。

京都有很多以寺廟為首的歷史建築物。

09 ～をめぐって　圍繞、就～　N2

表和前述內容有重要關聯，多用於爭議或紛爭對象。

新《あたら》しい法案《ほうあん》をめぐって、意見《いけん》が対立《たいりつ》している。

就新法案各方意見對立。

親《おや》の遺産《いさん》をめぐって兄弟《きょうだい》が争《あらそ》っている。兄弟爭吵著有關父母親的遺產。

10 ～を基《もと》に　以～為基礎　N2

「基《もと》」是基礎、材料的意思，所以「～基《もと》に」表以某事物為基礎，做了某動作。後方經常接「作《つく》る（做）、書《か》く（寫）、製作《せいさく》する（製作）、創作《そうさく》する（創作）」等表現。

マーケット調査《ちょうさ》を基《もと》に販売計画《はんばいけいかく》を立《た》てる。

以市場調查為基礎擬訂銷售計畫。

奨学金《しょうがくきん》は前学期《ぜんがっき》の成績《せいせき》を基《もと》に対象者《たいしょうしゃ》を決定《けってい》します。

獎學金是以前一學期的成績為基礎決定受獎者。

11 ～を限《かぎ》りに　到～為止　N1

接在「今日《きょう》（今天）、今月《こんげつ》（本月）、今年《ことし》（今年）」等時間表現後方，表時間上的限度。

村田選手《むらたせんしゅ》は今日《きょう》の試合《しあい》を限《かぎ》りに**引退《いんたい》する。**

村田選手在今天比賽結束後引退。

今月末《こんげつまつ》を限《かぎ》りに**当店《とうてん》は閉店《へいてん》いたします。長《なが》い間《あいだ》ありがとうございました。**

到這個月底為止本店將結束營業，感謝這段時間的惠顧。

12 ～を皮切《かわき》りに　從～開始、以～為開端　N1

表以前述為出發點做某動作。

山田教授《やまだきょうじゅ》の発言《はつげん》を皮切《かわき》りに**いろいろな意見《いけん》が発表《はっぴょう》された。**

以山田教授的發言為開端，發表了各種意見。

その展覧会《てんらんかい》は東京《とうきょう》を皮切《かわき》りに、**全国《ぜんこく》6都市《とし》を回《まわ》りながら開催《かいさい》される。**

那個展覽會從東京開始在全國六個都市巡迴舉辦。

13 ～をおいて　除了～之外　N1

婉轉地強調「沒有其他的」之意，後述接否定表現。

この難《むずか》しい任務《にんむ》を果《は》たせるのは、彼《かれ》をおいて**他《ほか》にはいない。**

能夠完成這個困難任務的人除了他之外沒有別人了。

話《はな》し合《あ》いをおいて**他《ほか》に問題解決《もんだいかいけつ》の道《みち》はない。**

除了討論外沒有其他可以解決問題的辦法。

14 ～をおして 不顧、忍著 N1

表在困境中勉強做某動作。

彼《かれ》は親《おや》の反対《はんたい》をおして彼女《かのじょ》と結婚《けっこん》した。
他不顧父母的反對與女朋友結了婚。

彼《かれ》は病気《びょうき》をおして会議《かいぎ》に出席《しゅっせき》した。他忍著病出席了會議。

15 ～を禁《きん》じえない 禁不住 N1

後述為情緒表現，表達無法抑制那種情緒或情感。

今回《こんかい》の事件《じけん》に関《かん》しては、怒《いか》りを禁《きん》じえない。
關於這次事件不禁憤然。

映画《えいが》を見《み》て、感動的《かんどうてき》な最後《さいご》の場面《ばめん》に涙《なみだ》を禁《きん》じえなかった。
觀看電影最後的感人場景，眼淚不禁流下。

16 ～を踏《ふ》まえて 以～為基礎、根據 N1

以前述事物為根據或考量後做後述動作。

市場調査《しじょうちょうさ》を踏《ふ》まえて製品《せいひん》の開発《かいはつ》を進《すす》めなければならない。
必須根據市場調查開發產品。

これまでの反省《はんせい》を踏《ふ》まえて実行可能《じっこうかのう》な計画《けいかく》を立《た》てるべきだ。
應該根據目前為止的檢討，擬訂可實行的計畫。

17 ～を経《へ》て　經過

N1

表經過某過程或是階段後實現了後述事情。

新《あたら》しい協定《きょうてい》は議会《ぎかい》の承認《しょうにん》を経《へ》て認《みと》められた。

新協定經過國會的批准後被認可了。

厳《きび》しい予選《よせん》を経《へ》て、決勝《けっしょう》に進《すす》んだ。經過嚴格的預賽後進入了決賽。

18 ～をもって　手段、強調

N1

❶ 手段、方法

試験《しけん》の結果《けっか》は、書面《しょめん》をもってお知《し》らせします。

考試結果將以書面通知。

もめ事《ごと》を暴力《ぼうりょく》をもって解決《かいけつ》するのはよくない。

以暴力解決紛爭不好。

❷ 強調時間

強調某動作開始或結束的時間點。

本日《ほんじつ》は8時《はちじ》をもって営業《えいぎょう》を終了《しゅうりょう》いたします。

今天八點結束營業。

当社《とうしゃ》は9月1日《くがつついたち》をもって、川田商事《かわだしょうじ》と合併《がっぺい》いたします。

本公司九月一日起與川田商社合併。

19 ～をものともせず　不顧、不怕　N1

主要接在「困難《こんなん》（困難）、反対《はんたい》（反對）、暑《あつ》さ（炎熱）」等嚴峻條件的名詞後方，表不被那些障礙打敗。

選手《せんしゅ》たちは疲《つか》れをものともせず、最後《さいご》まで力《ちから》いっぱい戦《たたか》った。

選手們不顧疲勞，全力奮戰到最後一刻。

不況《ふきょう》をものともせず成長《せいちょう》を続《つづ》けている企業《きぎょう》がある。

有企業不怕不景氣持續成長中。

20 ～を余儀《よぎ》なくされる　不得不、被迫　N1

表不得不做某動作，或不得不變成了某種狀態。

経営悪化《けいえいあっか》のため社長《しゃちょう》は退陣《たいじん》を余儀《ようぎ》なくされた。

經營惡化導致社長只得引咎辭職。

地震《じしん》で家《いえ》を失《うしな》った人々《ひとびと》は避難所《ひなんじょ》での生活《せいかつ》を余儀《ようぎ》なくされた。

因地震失去家的人們，不得不在避難所中生活。

21 ～をよそに　不顧、不管　N1

表不放在心上或無視他人的評價或情緒做某動作，與「～をものともせずに」用法相近。

みんなの期待《きたい》をよそに代表《だいひょう》チームは連敗《れんぱい》した。

代表隊不顧大家的期待連敗了。

住民《じゅうみん》の反対《はんたい》をよそに、ダムの建設工事《けんせつこうじ》が進《すす》められている。

不顧居民的反對，水庫的建設工程持續進行中。

7 と與や

01 ～と 和

❶ 羅列多個事物。 N5

本《ほん》とノートを買《か》いました。買了書和筆記本。

コーヒーとケーキを注文《ちゅうもん》した。點了咖啡和蛋糕。

カメラとかばんがほしい。想要相機和包包。

❷ 和某人一起做某動作。 N5

田中《たなか》さんとテニスをしました。和田中先生打了網球。

子《こ》どもと野球《やきゅう》を見《み》に行《い》く。和孩子去看棒球。

山田《やまだ》さんとご飯《はん》を食《た》べました。和山田先生吃了午餐。

❸ 動作的對象。 N5

弟《おとうと》とけんかする。和弟弟吵架。

自転車《じてんしゃ》とぶつかった。和自行車擦撞。

TIP

>> に会《あ》う vs と会《あ》う

喫茶店《きっさてん》で田中《たなか》さんに会《あ》う。在咖啡廳和田中先生見面。[強調主語去見對方]

喫茶店《きっさてん》で田中《たなか》さんと会《あ》う。在咖啡廳和田中先生見面。[強調雙方互相見面]

❹ 動作的結果。 N5

忘《わす》れられない思《おも》い出《で》となる。成為難忘的回憶。

うちのチームがトップとなった。我們隊成為了第一名。

TIP

>> になる vs となる

大学生《だいがくせい》になる。成為大學生 [強調變化過程]

大学生《だいがくせい》となる。成為大學生 [強調變化結果]

❺ 引用句子的內容。 N5

彼女《かのじょ》はおいしいと言《い》った。她說了好吃。

あそこに「入《い》り口《ぐち》」と書《か》いてあります。那邊寫著「入口」。

友《とも》だちは「旅行《りょこう》はどうだった」と私《わたし》に聞《き》きました。

朋友問我「旅行如何？」。

❻ 比較的基準。 N4

私《わたし》もあなたと同《おな》じ考《かんが》えです。我和你想法相同。

それとこれとは違《ちが》う。那個和這個不同。

兄《あに》と比《くら》べると、弟《おとうと》の方《ほう》が背《せ》が高《たか》い。和哥哥比起來弟弟個子比較高。

❼ 說明狀態，經常接在副詞後方。 N4

ゆっくりと話《はな》してください。請慢慢說。

公園《こうえん》をぶらぶらと歩《ある》いている。在公園裡散步。

きっぱりと断《ことわ》った。斷然拒絕了。

02 ～という 叫做 N4

名詞和名詞之間加上「～という」表示「稱做」之意，「～という」的前後名詞必須是同性質的內容。

山田《やまだ》さんという人《ひと》から電話《でんわ》がありました。

叫做山田先生的人打來過電話。

これは「さば」という魚《さかな》です。這個是叫做「鯖魚」的魚。

03 ～というと／～といえば　說到、提到　N3

表提起某個話題，敘述該話題相關內容。

スポーツといえばあなたは何《なに》が好《す》きですか。
說到運動，你喜歡什麼運動呢？

A うどん、食《た》べに行《い》きませんか。要不要去吃烏龍麵？

B そうね。うどんといえば、駅前《えきまえ》の店《みせ》がおいしいね。
好呀，說到烏龍麵，車站前面有家店很好吃。

04 ～として　身為　N3

表以某身份或某資格做動作。

代表《だいひょう》として会議《かいぎ》に出席《しゅっせき》します。身為代表出席會議。

ライさんは留学生《りゅうがくせい》として日本《にほん》へ来《き》た。賴同學以留學生身分來到日本。

05 ～とともに　伴隨著　N3

表隨著前述的事件或事態發生後述的變化。和「～にしたがって、～につれて、～に伴《ともな》って（隨著）」用法相同，但兩事件同時發生時可用「～とともに」。

時代《じだい》の流《なが》れとともに人々《ひとびと》の考《かんが》え方《かた》も変《か》わるものだ。
隨著時代的潮流人們的想法也跟著改變。

子《こ》どもが成長《せいちょう》するとともに、欲《ほ》しがるプレゼントが変《か》わってくる。
隨著孩子成長，想要的禮物也隨之改變。

06 ～といっても　雖說～但　N2

表依前述的內容，後述補充說明。

春《はる》といってもまだ寒《さむ》い日《ひ》が続《つづ》いている。

雖說是春天但天氣還是很冷。

家《いえ》を買《か》ったといっても小《ちい》さなマンションです。

雖說要買房子但是個小公寓。

07 ～というより　與其說是～不如說是　N2

表比較兩個事物，後述的說法較為妥當。

彼《かれ》は学者《がくしゃ》というより政治家《せいじか》に近《ちか》い。

與其說他是學者，不如說是政治家更貼切。

冷房《れいぼう》が効《き》きすぎて、涼《すず》しいというより寒《さむ》いぐらいだ。

冷氣太強了，與其說是涼快不如說是有點冷了。

08 ～としたら / ～とすれば　如果說～的話　N2

「如果說～的話」表「～としたら」前述是假設內容，在會話中常使用「～としたら」。和「～なら」用法相近。

この話《はなし》が本当《ほんとう》だとすれば大変《たいへん》なことになる。

這些話如果是事實的話，就大事不妙了。

旅行《りょこう》に行《い》くとしたら、どこに行《い》きたいですか。

如果說要去旅行的話，你想去哪裡？

09 ～としても　即使～也～　N2

後述表與前述的預期相反或不符事實。

お金《かね》がないので、買《か》うとしても、一番安《いちばんやす》いのしか買《か》えない。
因為沒有錢，即使要買也只能買最便宜的。

短《みじか》い休《やす》みなので、旅行《りょこう》に行《い》くとしても、近《ちか》いところになるだろう。
因為是短期休假，即使要去旅行也只能去近的地方吧。

10 ～とは限《かぎ》らない　不見得、未必　N2

用於表一般認為的事，也有例外的情況。

お金《かね》がたくさんあるからといって幸《しあわ》せだとは限《かぎ》らない。
就算有錢也未必幸福。

アメリカに長《なが》く住《す》んでいたからといって、英語《えいご》がうまいとは限《かぎ》らない。
雖說在美國住了很久，英語也未必流利。

11 ～とあって　因為是　N1

表原因，用於特別狀況的場合，後述表在那種狀況下自然會發生的事情或應該採取的行動。

連休《れんきゅう》とあって、遊園地《ゆうえんち》は相当混雑《そうとうこんざつ》していた。
因為是連假，所以遊樂園相當擁擠。

年《ねん》に一度《いちど》のセールとあって多《おお》くの人《ひと》が詰《つ》めかけた。
因為是一年一度的折扣活動，所以許多人蜂擁而至。

12 ～とあれば　如果是　N1

表「在該狀況下會做出某事」。

子《こ》どものためとあれば、親《おや》は何《なん》でもしてやりたいと思《おも》うものだ。
只要是為了子女，父母親會想幫他們做任何事。

上司《じょうし》の命令《めいれい》とあれば、いやと言《い》うわけにはいかない。
如果是上司的命令，就無法拒絕。

13 ～といえども　雖說～但是～　N1

主要接在名詞後方，表「就算在該狀況之下」後述的事態也不盡然是預期的結果。

マンガといえども立派《りっぱ》な文化《ぶんか》の産物《さんぶつ》である。
雖說是漫畫也是傑出的文化產物。

大企業《だいきぎょう》といえども倒産《とうさん》の可能性《かのうせい》がないわけではない。
雖說是大企業也不是沒有破產的可能性。

14 ～といったらない　～得不得了、非常　N1

表某事物或事件的程度是極端的。

みんなの前《まえ》でミスを指摘《してき》されて、恥《は》ずかしいといったらなかった。
在人前被指出失誤，羞恥得不得了。

あのレストランの料理《りょうり》はまずいといったらない。
那家餐廳的料理難吃得不得了。

15 ～といっても過言《かごん》ではない　可說是　N1

「如此說也不為過」，表「真的是那樣」的一種加強主張。

春《はる》のお花見《はなみ》は日本人《にほんじん》の年中行事《ねんちゅうぎょうじ》といっても過言《かごん》ではない。
春天賞花可說是日本人每年的慣例活動也不為過。

この山《やま》の景色《けしき》は日本一《にほんいち》といっても過言《かごん》ではない。
這座山的風景可說是日本第一也不為過。

16 ～と思《おも》いきや　原以為　N1

前述表預想，後述表出乎意料的相反結果，多用於書面。

今度《こんど》の試験《しけん》は絶対《ぜったい》合格《ごうかく》と思《おも》いきやまた落《お》ちてしまった。
我以為這次考試一定會合格，結果又落榜了。

簡単《かんたん》そうな問題《もんだい》だったからすぐ解《と》けると思《おも》いきや、
案外難《あんがいむずか》しくてかなり苦労《くろう》した。
因為是看起來很簡單的問題，以為馬上就可以作答，沒想到問題難到費了一番工夫。

17 ～ときたら　說到、提到　N1

對「～ときたら」前出現的名詞，後述對此評價，表示譴責和不滿等。

父《ちち》ときたら、休《やす》みの日《ひ》には一日中《いちにちちゅう》寝《ね》ている。
休假日一整天都在睡。

この本《ほん》ときたら全然《ぜんぜん》おもしろくないので、もう読《よ》む気《き》がしない。
說到這本書因為一點也不有趣，已經不想再看。

18 ～とは　居然　N1

表對前述事件的情況感到驚訝或感嘆。

半年《はんとし》の勉強《べんきょう》であの試験《しけん》に合格《ごうかく》するとは驚《おどろ》きだ。
才唸半年書那個考試居然就合格了，實在很令人驚訝。

あのまじめな男《おとこ》が犯人《はんにん》だったとは信《しん》じられない。
那個老實的男人居然是犯人實在令人無法相信。

19 ～とはいえ　雖說　N1

和「といっても」用法相同。

日々《ひび》の練習《れんしゅう》が大切《たいせつ》とはいえ、毎日続《まいにちつづ》けるのは難《むずか》しい。
雖說平常的練習很重要，但每天要持續很困難。

運転免許《うんてんめんきょ》を持《も》っているとはいえ、ほとんど運転《うんてん》していない。
雖說有駕照，但幾乎不開車。

20 ～ともなく／～ともなしに　不經意地　N1

表無意識地做著某動作。代表例句有「見《み》るともなしに見《み》る（不經意地看到）、聞《き》くともなしに聞く（不經意地聽到）」。

となりの席《せき》の話《はなし》を聞《き》くともなしに聞《き》いていたら、旅行《りょこう》の話《はなし》だった。
無意間聽到旁邊座位的人的談話內容，是關於旅行。

昨日《きのう》は一晩中眠《ひとばんちゅうねむ》れず、テレビを見《み》るともなしに見《み》ていた。
昨天整晚沒睡，不經心地看著電視。

21 ～ともなると 要是、一旦到了 N1

前述為地位、職業、時間等後述為變化的事態。

この公園《こうえん》は休《やす》みともなると、家族《かぞく》連《づ》れで賑《にぎ》わう。
這個公園一到假日，大家就攜家帶眷熱鬧不已。

上級《じょうきゅう》クラスともなると、習《なら》う漢字《かんじ》もかなり難《むずか》しいという。
聽說成為高年級的話，學習的漢字也相當困難。

22 ～や 或、和 N5

接在名詞後方，表列舉事物。

テーブルの上《うえ》にみかんやりんごがあります。桌子上有橘子和蘋果。

朝《あさ》、パンや果物《くだもの》を食《た》べます。早上吃麵包和水果。

シャツやネクタイを買《か》いました。買了襯衫和領帶。

8 の

❶ 連接名詞與名詞。 N5

下接名詞表「所有、所屬、狀態」等。

それは田中《たなか》さんのかばんです。 那個是田中先生的包包。[所有]

母《はは》は高校《こうこう》の先生《せんせい》です。 媽媽是高中老師。[所屬]

旅行《りょこう》の準備《じゅんび》をする。準備旅行。[狀態]

これは日本語《にほんご》の本《ほん》です。 這是日語的書。[狀態]

毎日《まいにち》漢字《かんじ》の勉強《べんきょう》をします。 每天學漢字。[狀態]

❷ 連體修飾句的主語。 N4

連體修飾句（修飾名詞的句子）的助詞「が」可換成「の」。

友《とも》だちの作《つく》った料理《りょうり》を食《た》べました。吃了朋友做的料理。

＝ 友《とも》だちが作《つく》った料理《りょうり》を食《た》べました。

背《せ》の高《たか》い人《ひと》が田中《たなか》さんです。個子高的人是田中先生。

＝ 背《せ》が高《たか》い人《ひと》が田中《たなか》さんです。

❸ 所有物。 N5

接在名詞後方，表達「某人的東西」之意，「の」表省略的名詞。

A これはだれのかさですか。這個是誰的傘？

B 私《わたし》のです（私《わたし》のかさです）。是我的（是我的傘）。

それは私《わたし》のです（それは私《わたし》の本《ほん》です）。那個是我的（那個是我的書）。

そのかばんは田中《たなか》さんのです。那個包包是田中先生的。

もうちょっと安《やす》いのを見《み》せてください。請讓我看看便宜一點的。

A どのネクタイを買《か》いますか。要買哪一個領帶？

B 赤《あか》いのを買《か》います。我要買紅色的。

❹ 句子＋の→準體言。 N4

彼《かれ》が走《はし》っているのが見《み》えた。看到他在跑。

朝早《あさはや》く散歩《さんぽ》するのが好《す》きなんです。喜歡清晨散步。

❺ 強調説明或確信的斷定用法。 N4

以「～のだ、～のです」的形態表説明或確信的斷定。「～のだ」可以用「～んだ」表示。

熱《ねつ》がある。風邪《かぜ》をひいたのだ。發燒了，是感冒了。

これでいいのです。這樣就可以了。

今《いま》はとても忙《いそが》しいんだ。現在非常忙碌。

TIP

「の」的意思中❸表達所有物、❹是句子變成名詞的用法、❺是強調説明或確信的斷定用法，這三種用法和名詞的用法類似，因此亦稱為準體助詞。此外❸和❹亦屬於形式名詞的範疇。

9 へ

PART 22

❶ 動作的目的歸屬（目的地）。N5

友《とも》だちとデパートへ買《か》い物《もの》に行《い》きました。和朋友去了百貨公司購物。

明日《あした》日本《にほん》へ行《い》きます。明天要去日本。

これから学校《がっこう》へ行《い》きます。現在要去學校。

❷ 動作接受的對象。N5

うちへ電話《でんわ》します。我會打電話回家。

母《はは》へプレゼントを贈《おく》る。送媽媽禮物。

友《とも》だちへ手紙《てがみ》を書《か》いた。寫了信給朋友。

TIP

～に行《い》く vs ～へ行《い》く

東京《とうきょう》に行《い》く。去東京。

東京《とうきょう》へ行《い》く。去東京。

「に」強調動作歸著點（目的地），「へ」強調方向。

10 から

01 ～から 從、自

N5

❶ 場所的起點（出發點）。

ジョンさんはアメリカから来《き》ました。約翰先生來自美國。

太陽《たいよう》は東《ひがし》からのぼる。太陽從東邊升起。

家《いえ》から学校《がっこう》まで1時間《いちじかん》かかります。從家裡到學校要花一小時。

❷ 時間上的起點（出發點）。

3時《さんじ》から会議《かいぎ》が始《はじ》まる。會議從三點開始。

毎年《まいとし》11月《じゅういちがつ》から12月《じゅうにがつ》までとても忙《いそが》しい。

毎年從十一月開始到十二月非常忙碌。

この学校《がっこう》は9時《くじ》から4時《よじ》までです。這所學校上課從九點到四點。

❸ 原因或判斷根據。

不注意《ふちゅうい》から事故《じこ》が起《お》こる。因為沒注意而發生事故。

服装《ふくそう》から学生《がくせい》だと分《わ》かった。從服裝來看可以知道是學生。

話《はな》し方《かた》から相手《あいて》の気持《きも》ちが分《わ》かる。可以從說話態度知道對方的心情。

❹ 原料或材料。

このお酒《さけ》は米《こめ》から作《つく》りました。這酒是用米做的。

ミルクからチーズを作《つく》る。用牛奶製作起司。

石油《せきゆ》からプラスチックを作《つく》る。用石油製作塑膠。

❺ 動作的來源。

友《とも》だちから手紙《てがみ》をもらった。收到了朋友的信。

校長先生《こうちょうせんせい》から卒業生《そつぎょうせい》に辞書《じしょ》が渡《わた》されました。

校長把辭典交給了畢業生。

鈴木《すずき》さんから電話《でんわ》がありました。鈴木先生來過電話。

02 ～から～にかけて　從～到～　N3

籠統表示跨越兩個領域的時間或空間。

この辺《へん》は、春《はる》から夏《なつ》にかけて、花《はな》がたくさん咲《さ》く。

這附近從春天起到夏天會開很多花。

南部地方《なんぶちほう》から中部地方《ちゅうぶちほう》にかけて強《つよ》い雨《あめ》が降《ふ》っている。

從南部到中部一帶正下著豪大雨。

03 ～からいうと／～からいえば　從～來說　N2

「～からいうと」前述表判斷的依據，後述表判斷的內容。和「～から見ると／～から見れば」、「～からすると／～からすれば」用法相似。

彼《かれ》の性格《せいかく》からいえば、決《けっ》して諦《あきら》めることはないだろう。

從他的個性來說是絕對不會放棄的吧。

祖父《そふ》の現在《げんざい》の健康状態《けんこうじょうたい》からいうと長期《ちょうき》の旅行《りょこう》は無理《むり》だろう。

從爺爺現在的健康狀況來說長期旅行沒辦法吧。

04 ～からすると / ～からすれば　從～來看　N2

表說話者提出某個判斷時的根據。

話《はな》し方《かた》からすると、彼《かれ》は東京《とうきょう》の人《ひと》ではないようだ。
從說話的樣子來看，他似乎不是東京人。

我《われ》がチームの今《いま》の実力《じつりょく》からすれば勝利《しょうり》は難《むずか》しい。
從我們隊伍目前的實力來看，很難獲勝。

05 ～からみると / ～からみれば　以～來看　N2

表說話者提出某個判斷時的根據。

この成績《せいせき》からみると、彼《かれ》は今度《こんど》の試験《しけん》に合格《ごうかく》するに違《ちが》いない。
從這個成績來看，他這次考試肯定會合格。

平凡《へいぼん》な私《わたし》からみれば、彼女《かのじょ》は才能豊《さいのうゆた》かな女性《じょせい》だ。
從平凡的我來看，她是位多才多藝的女性。

06 ～からして　就連～都～、就從～來說　N2

舉出極端或典型例子，表示「連～都這樣，更何況別的」。

最近《さいきん》の若者《わかもの》は、あいさつからしてきちんとできない。
最近年輕人連打招呼都不會。

彼《かれ》の下品《げひん》な話《はな》し方《かた》からして気《き》に入《い》らない。
從他粗俗的說話方式來說就不喜歡了。

07 ～からある　～以上　N1

接在數量名詞後方，強調其長度、重量、高度、距離等量很多。

彼《かれ》は50《ごじゅっ》キロからある荷物《にもつ》を片手《かたて》で持《も》ち上《あ》げた。
他用一隻手就舉起了五十公斤以上的行李。

400《よんひゃく》ページからある本《ほん》を一晩《ひとばん》で読《よ》みきった。
一個晚上就讀完四百頁以上的書。

08 ～からなる　由～構成、由～組成　N1

表構成的要素。

父母《ふぼ》と未婚《みこん》の子《こ》どもからなる家族《かぞく》を核家族《かくかぞく》という。
父母與未婚子女組成的家庭稱為核心家庭。

水《みず》は酸素《さんそ》と水素《すいそ》からなっている。水是由氧與氫所構成的。

11 より

❶ 比較的基準。 N5

昨日《きのう》より今日《きょう》のほうが暖《あたた》かい。今天比昨天溫暖。

思《おも》ったより簡単《かんたん》だ。比想像中簡單。

紅茶《こうちゃ》よりコーヒーのほうが好《す》きです。比起紅茶更喜歡咖啡。

❷ 時間上、空間上的起點（出發點）。 N5

会議《かいぎ》は3時《さんじ》より始《はじ》まる。會議從三點開始。

父《ちち》より手紙《てがみ》が届《とど》いた。收到爸爸的信。

ここより先《さき》に入《はい》ってはいけない。從這裡開始禁止進入。

PART 23
助詞II

1 副助詞

副助詞後方接各種表現，用以增添不同的意義。

は　も　だけ　か　さえ
でも　こそ　ばかり　ほど

空《そら》は青《あお》い。天空是藍的。[主題]

時間《じかん》も金《かね》もない。沒時間也沒錢。[列舉]

だれか来《き》たようだ。好像有誰來了。[不確定]

これは子《こ》どもさえできる。這個連小孩都可以做到。[類推]

映画《えいが》でも見《み》ましょう。看電影吧！[舉例]

こちらこそよろしくお願《ねが》いします。我才要請你多多指教。[強調]

お茶《ちゃ》だけでいい。茶就夠了。[限定]

肉《にく》ばかり食《た》べる。光只吃肉。[限定]

会社《かいしゃ》まで１時間《いちじかん》ほどかかる。到公司大約花一小時。[程度]

５分《ごふん》くらい待《ま》つ。大約等五分鐘。[程度]

2 は

01 ～は 是

「は」原讀作[ha]，但作為助詞時則讀作[wa]。提出敘述的主題，是最基本的用法。

❶ 敘述的主題。 N5

山田《やまだ》さんは銀行員《ぎんこういん》です。山田先生是銀行行員。

太陽《たいよう》は東《ひがし》から昇《のぼ》る。太陽從東邊升起。

日本《にほん》は地震《じしん》が多《おお》い。日本地震很多。

❷ 對比。 N5

紅茶《こうちゃ》は飲《の》みますが、コーヒーは飲《の》みません。
喝紅茶但不喝咖啡。

レポートは書《か》きましたが、印刷《いんさつ》はしていません。
寫了報告但還沒列印。

支出《ししゅつ》を増《ふ》やすのは簡単《かんたん》だが、支出《ししゅつ》を減《へ》らすのは難《むずか》しい。
支出要增加很簡單但要減少很難。

❸ 強調敘述的內容。 N3

そのことは一生《いっしょう》忘《わす》れはしない。那件事我畢生不忘。

喜《よろこ》んでばかりはいられない。不能光高興。

彼《かれ》の英語力《えいごりょく》はあまり高《たか》くはありません。

他的英語能力不太強。

02 ～はもちろん　當然、不用說　N3

表「某事是當然的根本不需要說」的意思。

国内旅行《こくないりょこう》はもちろん海外旅行《かいがいりょこう》も日常的《にちじょうてき》になった。
國內旅行不用說，海外旅行也變成了日常。

この授業《じゅぎょう》は復習《ふくしゅう》はもちろん予習《よしゅう》もしなければなりません。
這堂課不用說當然要複習，也必須要預習才行。

03 ～はもとより　當然　N2

表「某事是當然的根本不需要說」的意思。「～はもとより」是比「～はもちろん」更鄭重的表現。

ここは休《やす》みの日《ひ》はもとより、平日《へいじつ》も観光客《かんこうきゃく》でいっぱいだ。
這裡不用說假日，平日也擠滿了觀光客。

この仕事《しごと》は、土曜日《どようび》はもとより日曜日《にちようび》も出勤《しゅっきん》することがある。
這工作不用說星期六，星期日偶爾也需要工作。

04 ～はともかく　姑且不論　N2

比起前述的內容，更強調後述的事態或結果。

結果《けっか》はともかく、努力《どりょく》が大切《たいせつ》だ。結果暫且不論，努力是很重要的。

この店《みせ》の料理《りょうり》は、味《あじ》はともかく量《りょう》は多《おお》い。
這間店的料理味道姑且不論，份量很多。

05 ～は抜《ぬ》きにして 除去 N2

動詞「抜《ぬ》く」有「免去、除外」的意思，「～は抜《ぬ》きにして」則表省略或排除某事物。

今日《きょう》の会《かい》は仕事《しごと》の話《はなし》は抜《ぬ》きにして楽《たの》しく飲《の》もう。
今天的聚會不談工作上的事，開心地喝吧！

堅《かた》いあいさつは抜《ぬ》きにして早速《さっそく》打《う》ち合《あ》わせを始《はじ》めましょう。
制式的開場白就免了，直接開始討論吧！

06 ～は言《い》うに及《およ》ばず 就不用說了 N1

前述內容是理所當然，並補充說明後述的事態。

テストの成績《せいせき》は言《い》うに及《およ》ばず出席状況《しゅっせきじょうきょう》も評価《ひょうか》に反映《はんえい》される。
考試成績就不用說了，出席狀況也會反映評價。

連休中《れんきゅうちゅう》、遊園地《ゆうえんち》は言《い》うに及《およ》ばず、美術館《びじゅつかん》まで家族連《かぞくづ》れであふれていた。
連假期間遊樂園就不用說了，連美術館也都擠滿了家庭。

07 ～はおろか 不用說～、就連～也 N1

使用「AはおろかB」表「不用說A，B也是那樣」的意思。

足《あし》のけがで、走《はし》ることはおろか、歩《ある》くことさえできない。
腿受了傷，不用說跑，就連走路也不行。

忙《いそが》しかったので食事《しょくじ》はおろかコーヒーを飲《の》む時間《じかん》もなかった。
因為很忙，不用說吃飯連喝咖啡的時間也沒有。

08 ～はさておき　撇開～不說　N1

表後述為更重要的事態或事件。

何《なに》はさておき、まずは乾杯《かんぱい》しましょう。撇開一切不說，先乾杯吧！

この製品《せいひん》は、見《み》た目《め》はさておき性能《せいのう》がすごいらしい。

本產品撇開外型不說，聽說性能非常好。

3 も

01 ～も　也

❶「～も～も」表並列。N5

田中《たなか》さんは英語《えいご》も日本語《にほんご》もできます。

田中先生英語和日語都會。

明日《あした》は午前《ごぜん》も午後《ごご》も暇《ひま》です。明天上午和下午都有空。

英語《えいご》も数学《すうがく》も苦手《にがて》だ。英語和數學都很差。

❷ 類推。N5

今日《きょう》も暑《あつ》いですね。今天也很熱呢！

この店《みせ》は安《やす》いし、味《あじ》もいい。這家店很便宜味道也不錯。

あなたが行《い》くなら私《わたし》も行《い》きます。你去的話我也去。

❸ 接疑問詞後方，表達全面肯定或全面否定。N5

彼《かれ》はまだ何《なに》も知《し》らない。他還什麼都不知道。

A　週末《しゅうまつ》はどこか行《い》きましたか。週末去了哪裡嗎？

B　いいえ。どこにも行《い》きませんでした。沒有，哪裡也沒去。

C　今日《きょう》だれに会《あ》いますか。今天和誰見面？

D　いいえ、だれにも会《あ》いません。沒有，誰都不見。

❹ 強調。N4

3時間《さんじかん》も歩《ある》いたので、疲《つか》れてしまった。走了整整三小時累癱了。

弟《おとうと》がりんごを3つ《みっ》も食《た》べました。弟弟吃了整整三顆蘋果。

家《いえ》から会社《かいしゃ》まで1時間半《いちじかんはん》もかかります。

從家裡到公司要花整整一個半小時。

❺ 舉一極端事例，強調否定。N3

予想《よそう》もしなかった事件《じけん》が起《お》こった。發生了出乎意料之外的事件。

あの人《ひと》は働《はたら》きもしないでぶらぶらしている。

那個人不工作遊手好閒。

そんな話《はなし》は聞《き》いたこともない。從沒聽過那種事情。

02 ～もかまわず　不顧　N2

表不在意，神態自若地做某事。此句型是動詞「かまう（理會、干預）」的否定表現。

親《おや》の心配《しんぱい》もかまわず遊《あそ》んでばかりいる。不理會父母的擔心只顧著玩。

彼女《かのじょ》は人目《ひとめ》もかまわず大声《おおごえ》で泣《な》き続《つづ》けた。

她不顧眾人的眼光，一直大聲地哭泣。

03 ～もさることながら　就不用說了、當然　N1

表前述內容是理所當然的，補充說明後述的內容。

この新車《しんしゃ》は、デザインもさることながら、性能《せいのう》も抜群《ばつぐん》だ。

這部新車設計就不用說了，性能也非常出色。

進学《しんがく》は親《おや》の意向《いこう》もさることながら、子《こ》ども自身《じしん》の気持《きも》ちが大切《たいせつ》だろう。

當然升學是父母的希望，但孩子本人的意願很重要吧。

4 か

01 ～か 是不是、或

❶ 不確定。 N4

玄関《げんかん》にだれか来《き》たようだ。玄關那好像有誰來了。

寝不足《ねぶそく》のためか頭《あたま》が重《おも》い。好像因為睡眠不足感到頭很沉。

どこか遠《とお》くへ行《い》きたい。想要去某個很遠的地方。

❷ 用「～か～か」表「並列事物的選擇」，「～かどうか」表「相反的內容」。 N4

昼食《ちゅうしょく》はそばかうどんかだ。中餐吃蕎麥麵或烏龍麵。

行《い》くか行《い》かないかまだ決《き》まっていない。去還是不去還沒決定。

彼《かれ》らがここに来《く》るかどうか分《わ》からない。不知道他們要不要來這裡。

5 など

❶ 羅列類似的事物。 N5

表除了提出的內容外，也有相同種類的內容時使用。

店《みせ》に行《い》って、野菜《やさい》や果物《くだもの》などを買《か》いました。去商店買了蔬菜和水果等等。

机《つくえ》の上《うえ》に本《ほん》やノートなどがあります。桌上有書和筆記本等等。

この店《みせ》にはすしやうどんなどの日本料理《にほんりょうり》がある。

這家店有壽司和烏龍麵等日本料理。

❷ 針對某話題提出例子的「舉例」。 N2

お茶《ちゃ》など召《め》し上《あ》がりませんか。要喝茶之類的嗎？

スキーのあとは温泉《おんせん》などいかがですか。滑雪後泡溫泉之類的如何呢？

A 友《とも》だちへのおみやげを探《さが》しているんですけど。

我在找要送給朋友的伴手禮。

B そうですか。では、これなどいかがですか。是嗎？那這種的如何呢？

❸ 鄙視或謙虛的語氣。 N2

彼《かれ》はうそなど言《い》ったことはなかった。他沒說過謊話什麼的。

お金《かね》など要《い》りません。我不需要什麼錢。

あなたなどには分《わ》からないだろう。像你這樣的人無法理解吧。

6 くらい・ぐらい

表程度或狀態，「くらい」和「ぐらい」皆可使用。

❶ 大概的數量。 N3

昨日《きのう》は6時間《ろくじかん》くらい寝《ね》ました。昨天大概睡了六個小時。

教室《きょうしつ》に学生《がくせい》が30人《さんじゅうにん》くらいいます。教室裡大概有三十位學生。

車《くるま》で15分《じゅうごふん》ぐらいです。開車大概十五分鐘。

❷ 動作或狀態的程度。 N3

ひざが痛《いた》くて歩《ある》けないくらいだ。膝蓋痛到無法走路。

あまりにも怖《こわ》くて、大声《おおごえ》で叫《さけ》びたいくらいだった。
極度害怕到想要大叫。

不思議《ふしぎ》なくらい彼女《かのじょ》は落《お》ち着《つ》いていた。她冷靜到不可思議。

❸ 最低限度、最起碼的範圍。 N3

自分《じぶん》の部屋《へや》ぐらいは自分《じぶん》で掃除《そうじ》しなさい。至少自己的房間要自己打掃。

人《ひと》に会《あ》ったらあいさつぐらいはするものだ。
遇到人打個招呼是最基本的。

ひらがなぐらい、読《よ》めるでしょう。至少看得懂平假名吧？

❹ 強調某件事的極端。 N1

あのやさしい彼《かれ》が大声《おおごえ》を出《だ》すくらいだから、よほど頭《あたま》に来《き》たんだろう。
那麼溫柔的他大吼大叫一定是相當憤怒吧？

あんな人《ひと》に頼《たの》むくらいなら中止《ちゅうし》した方《ほう》がましだ。
要拜託那種人還不如不做了。

このトレーニングは、途中《とちゅう》でやめるくらいならやらない方《ほう》がいい。
這訓練與其中途放棄還不如不要做。

7 まで

01 ～まで　～為止

❶ 時間的界線。 N5

12時《じゅうにじ》から1時《いちじ》まで昼休《ひるやす》みです。十二點到一點是午休時間。

月曜日《げつようび》から金曜日《きんようび》まで学校《がっこう》へ行《い》きます。星期一到星期五去學校。

明日《あした》まで待《ま》ってください。請等到明天。

❷ 場所的界線、抵達點。 N5

学校《がっこう》まで自転車《じてんしゃ》で行《い》きます。騎自行車去學校。

東京《とうきょう》から大阪《おおさか》まで新幹線《しんかんせん》で行《い》く。搭新幹線從東京到大阪。

一緒《いっしょ》に駅《えき》まで行《い》きましょう。一起去車站吧！

❸ 提出極端的事例用以類推其它。 N3

子《こ》どもにまで笑《わら》われる。連小孩都取笑我。

地震《じしん》で家《いえ》まで失《うしな》った。因為地震連家都失去了。

借金《しゃっきん》してまで家《いえ》を建《た》てるのは反対《はんたい》だ。我反對不惜借錢來蓋房子。

02 ～までに　～之前　N4

表某動作完成的時間期限。

明日《あした》は午前《ごぜん》８時《はちじ》までに会社《かいしゃ》へ来《き》てください。

請在明天上午八點前來公司。

来週《らいしゅう》までにレポートを書《か》くつもりだ。我打算在下週前寫報告。

この本《ほん》は土曜日《どようび》までに返《かえ》してください。請在星期六之前歸還這本書。

TIP

>> まで vs までに

●「まで」表某動作持續地發生到某時間點為止。

授業《じゅぎょう》は１時《いちじ》から２時《にじ》までです。上課是一點到兩點。

●「までに」表某時間點之前，曾發生某動作（和單次性、不連續的動詞一起使用）。

終《お》わらせる（結束）、返《かえ》す（返還）、提出《ていしゅつ》する（提出）、出来上《できあ》がる（完成）、~ておく（做好）等。

明日《あした》は午前《ごぜん》８時《はちじ》までに会社《かいしゃ》へ来《き》てください。請在明天上午八點前來公司。

03 ～までだ・～までのことだ N1

不過是～而已

❶ 大不了

表說話者沒有辦法只好那樣做了的決心或意志。

今年《ことし》の試験《しけん》がだめなら来年《らいねん》また頑張《がんば》るまでだ。

今年考試失敗的話大不了明年繼續努力。

飛行機《ひこうき》がだめなら、新幹線《しんかんせん》で行《い》くまでのことだ。

飛機不行的話，大不了搭新幹線去。

❷ 不過是～而已

表說話者所做的事只是前述的意思，沒有別的想法。

任務《にんむ》ですから、当然《とうぜん》の事《こと》をしたまでです。

因為這是任務，不過是做了理所當然的事而已。

私《わたし》は率直《そっちょく》な感想《かんそう》を述《の》べたまでのことで、

批判《ひはん》するつもりはありませんでした。

我只是誠實地說了感想而已，沒有要批判的意思。

04 ～までもない　沒必要　N1

接在動詞常體後方，表達理所當然、沒有必要那麼做的意思。

大《たい》した怪我《けが》じゃないんだから、病院《びょういん》に行《い》くまでもない。

不是什麼重傷所以沒必要去醫院。

会場《かいじょう》までそれほど遠《とお》くないから、タクシーに乗《の》るまでもない。

到會場沒那麼遠，所以沒必要搭計程車。

8 とか

01 とか　之類的、好像

❶ 羅列多個事物。 N4

かばんの中《なか》には辞書《じしょ》とかノートとかが入《はい》っています。
包包中有辭典和筆記本等等。

ときどき散歩《さんぽ》するとか運動《うんどう》するとかした方《ほう》がいい。
偶爾散步或運動之類的比較好。

A デパートで何《なに》か買《か》いましたか。在百貨公司買了什麼嗎？

B ええ、シャツとか靴下《くつした》とか、いろいろ買《か》いました。

是的，買了襯衫和襪子等很多東西。

❷ 不確定的內容。 N2

接在句子後方，表不確定的內容。

中村《なかむら》さんは明日《あした》から出張《しゅっちょう》だとか言《い》っていた。
中村先生好像說明天起出差。

山田《やまだ》さんは風邪《かぜ》を引《ひ》いたとかで、学校《がっこう》を休《やす》んだそうだ。
山田同學好像因為感冒了沒去學校。

ニュースによると、バス代《だい》が上《あ》がるとか。
根據新聞指出公車費要漲價的樣子。

9 だけ

01 ～だけ　只

❶ 限定範圍。 N5

ひらがなだけで書《か》いてください。請只用平假名書寫。

山田《やまだ》さんだけ来《き》ました。只有山田先生來了。

あとは寝《ね》るだけです。再來只要睡覺就好了。

❷ 大概的數量或程度。 N3

好《す》きなだけ持《も》って行《い》ってください。請盡量拿。

食《た》べたいだけ食《た》べました。想吃多少就吃了多少。

日本語《にほんご》は勉強《べんきょう》しただけ上手《じょうず》になります。日語讀多少就會變得多厲害。

02 ～だけでなく　不只　N3

表不只那樣還有其他的，用於強調後述的內容。

この花《はな》は日本《にほん》だけでなく、外国《がいこく》にもあります。
這花不只日本有，外國也有。

彼女《かのじょ》は美人《びじん》であるだけでなく心《こころ》もやさしい。

她不只人美，內心也很溫柔。

03 ～だけあって / ～だけに　正因為～、不愧是　N2

表前述的內容「有價值」時的感嘆或稱讚，強調後述內容的理所當然。

この店《みせ》の品物《しなもの》は高《たか》いだけあって、質《しつ》がいい。

這家店的商品不愧是價格昂貴，品質很好。

二十歳《はたち》までアメリカにいただけあって、彼《かれ》は英語《えいご》がうまい。

正因為到二十歲為止都待在美國，所以他的英語很好。

04 ～だけましだ　好在、幸好　N1

表示儘管情況不是太好，但沒有更加嚴重。

火事《かじ》で家《いえ》が燃《も》えてしまったのは悲《かな》しいが、
命《いのち》が助《たす》かっただけましだ。

雖然火災燒了房子很難過，但好在撿回一命。

今年《ことし》はボーナスが出《で》なかったが、給料《きゅうりょう》がもらえるだけましだ。

今年雖然沒有年終獎金，但好在能領到薪資。

10 しか

01 ～しか　只

N4

後接否定表現，表限定。

A 朝《あさ》ご飯《はん》を食《た》べましたか。吃過早餐了嗎？

B いいえ、コーヒーしか飲《の》みませんでした。沒有，只喝了咖啡。

家《いえ》から会社《かいしゃ》まで15分《じゅうごふん》しかかかりません。
從家裡到公司只花十五分鐘。

やるなら今《いま》しかない。要做就趁現在。

02 ～しかない　只好

N3

表別無選擇或沒有其他可能性。

試験《しけん》に合格《ごうかく》するためには、頑張《がんば》るしかない。
為了考試合格只好努力。

だれも手伝《てつだ》ってくれないなら一人《ひとり》でやるしかない。
沒人幫忙的話只好一個人做了。

電車《でんしゃ》に乗《の》り遅《おく》れた。次《つぎ》の電車《でんしゃ》を待《ま》つしかない。

錯過了電車，只好等下班電車。

03 ～だけしか 只、只有 N2

是強調「～だけだ」的表達方式，強調數量少，用法同「～しか」。

会場《かいじょう》には本人《ほんにん》だけしか入《はい》れないことになっている。

會場只有本人可以進入。

私《わたし》は日本語《にほんご》だけしか話《はな》せません。我只會說日語。

財布《さいふ》の中《なか》に1,000円《せんえん》だけしかない。錢包內就只有一千日圓。

11 ばかり

01 ～ばかり　只、大概

N4

❶ 限定。

うちの子《こ》は甘《あま》いものばかり食《た》べています。我家的孩子只光吃甜食。

弟《おとうと》はアニメばかり見《み》て勉強《べんきょう》しません。

弟弟只光看動畫不唸書。

この本《ほん》には知《し》らないことばかり書《か》いてある。

這本書盡寫些看不懂的東西。

❷ 大概的數量或程度。

一時間《いちじかん》ばかり待《ま》ってください。請等待約一小時。

それは十日《とおか》ばかり前《まえ》のことだった。那是大概十天前的事了。

まだ半分《はんぶん》ばかり残《のこ》っている。還剩下大概一半。

02 ～たばかりだ　剛剛

N4

表動作才剛結束。

今仕事《いましごと》が終《お》わったばかりです。現在工作剛結束。

今《いま》ご飯《はん》を食《た》べたばかりなのでお腹《なか》がいっぱいです。

剛吃完飯，所以肚子很飽。

03 ～てばかり　老是　N4

表光做某動作或總是處於同樣狀態的意思。

遊《あそ》んでばかりいないで勉強《べんきょう》しなさい。不要老是玩讀點書吧！

彼《かれ》は一日中《いちにちじゅう》、寝《ね》てばかりいる。他一整天老是在睡覺。

04 ～ばかりでなく　不只　N3

表「不是只有前述事態還有後述的事態」。

その記事《きじ》は新聞《しんぶん》ばかりでなく、週刊誌《しゅうかんし》にも出《で》ていた。
那篇報導不只有報紙，也出現在週刊上。

彼《かれ》はサッカーばかりでなく、水泳《すいえい》もテニスも上手《じょうず》だ。
他不只足球，游泳和網球也很厲害。

05 ～ばかりか　不只　N2

強調「不是只有前述事態還有後述事態」。和「～だけでなく／～ばかりでなく（不只）」用法相近，含有「驚訝」或「不滿」等語意。

彼《かれ》は、言葉《ことば》ばかりか態度《たいど》も生意気《なまいき》である。他不只講話連態度都很傲慢。

今《いま》の仕事《しごと》は自分《じぶん》の専門知識《せんもんちしき》を生《い》かせないばかりか、給料《きゅうりょう》も安《やす》い。
現在的工作不只發揮不了自己的專業知識連薪水都很低。

06 ～ばかりに　就因為　N2

表說話者後悔或遺憾之意，強調因為前述事態導致後述發生不好的結果。

私《わたし》が遅《おく》れたばかりにみんなも予定《よてい》どおり出発《しゅっぱつ》できなかった。
就因為我遲到，所以大家無法按照時程出發。

お金《かね》がないばかりに、進学《しんがく》をあきらめた。就因為沒錢所以放棄了升學。

07 ～ばかりだ　只等　N2

表前述的事態已準備好，隨時可以進行後述的動作。

テストは終《お》わった。あとは結果《けっか》を待《ま》つばかりだ。
考試結束了，現在只等結果出爐了。

本《ほん》の原稿《げんこう》をすでに書《か》き上《あ》げて、あとは出版《しゅっぱん》するばかりだ。
書的原稿已經完成，現在只等出版了。

08 ～ばかりになっている　只等 N1

表前述的事態已準備好，隨時可以進行後述的動作。

パーティーの準備《じゅんび》は完了《かんりょう》し、客《きゃく》を迎《むか》えるばかりになっている。

派對準備都完成了，只等迎接客人了。

勉強《べんきょう》は十分《じゅうぶん》したので、あとは試験日《しけんび》を待《ま》つばかりになっている。

書唸夠了，現在只等測驗日了。

TIP

「～ばかりになっている」亦可用做「～ばかりだ」。

米《こめ》は刈《か》り入《い》れを待《ま》つばかりになっている。稻子只等收割了。

米《こめ》は刈《か》り入《い》れを待《ま》つばかりだ。稻子只等收割了。

09 ～とばかりに　就像是 N1

引用「と」前述的事態，用來描述對方的動作、表情等。

彼《かれ》は早《はや》く来《こ》いとばかりに大《おお》きく手《て》を振《ふ》った。

他大力揮手就像是在叫我快點來。

せっかく作《つく》った料理《りょうり》なのに、

子《こ》どもたちはまずいとばかりに顔《かお》をゆがめた。

特地準備了料理，但孩子們一臉愁容就像是不好吃一樣。

10 ～んばかりだ　幾乎　N1

用「動詞否定形＋んばかりだ」的形式，比喻接近某種狀態。

今《いま》にも夕立《ゆうだち》が降《ふ》り出《だ》さんばかりの空模様《そらもよう》だ。

好像快要下雷陣雨的天氣。

息子《むすこ》は大学《だいがく》の合格通知《ごうかくつうち》を受《う》け取《と》って泣《な》き出《だ》さんばかりに喜《よろこ》んだ。

兒子收到大學合格通知書後，開心地幾乎要哭出來。

TIP

>> 表達限定的だけvsばかり

「だけ」和「ばかり」具有多種意思，其中最具代表性的意思便是「限定（只有、只要）」。

自分《じぶん》の好《す》きなものばかり食《た》べる。只吃自己喜歡的。[說話者的主觀感想]

自分《じぶん》の好《す》きなものだけ食《た》べる。只吃自己喜歡的。[客觀事實]

彼《かれ》は、勉強《べんきょう》ばかりしているね。他只唸書。[說話者的主觀感想]

彼《かれ》は、勉強《べんきょう》だけしているね。他只唸書。[客觀事實]

「ばかり」用來強烈表達說話者主觀性的想法，「だけ」則是敘述某事件非表達主觀的感想，兩者亦使用於數量相關的限定表現。

10分《じゅっぷん》ばかり歩《ある》く。走路只要十分鐘。[約十分鐘]

10分《じゅっぷん》だけ歩《ある》く。走路只要十分鐘。[準確的十分鐘]

12 なんか

❶ 對某話題提出例示。 N2

ワインなんかないの。沒有葡萄酒之類的飲料嗎？

この着物《きもの》なんかよく似合《にあ》いますよ。你很適合和服之類的服裝。

コーヒーなんかいかがですか。來杯咖啡之類的飲料如何？

❷ 輕蔑。 N2

表「之輩」、「那種東西」等意思。

ゲームなんかするくらいなら本《ほん》を読《よ》みなさい。要玩遊戲那種東西倒不如讀書。

お前《まえ》なんかに言《い》われなくても分《わ》かってるよ。不用你這樣的人說我也知道。

たばこなんかやめろよ。不要再抽菸什麼的了。

13 ほど

❶ 大概的數量。 N4

一週間《いっしゅうかん》ほど旅行《りょこう》する。大約旅行一週。

アメリカに4《よ》年《ねん》ほど留学《りゅうがく》した。去美國留學了大約四年。

レポートは半分《はんぶん》ほど終《お》わった。報告大約完成了一半。

❷ 動作或狀態的程度。 N3

涙《なみだ》が出《で》るほどありがたい。感激得幾乎要流下眼淚。

彼女《かのじょ》の声《こえ》は聞《き》こえないほど小《ちい》さかった。她的聲音小得幾乎聽不見。

二人《ふたり》は驚《おどろ》くほど似《に》ている。兩人相像得令人驚訝。

❸ 比較程度的基準，後接否定表現。 N4

今日《きょう》は昨日《きのう》ほど寒《さむ》くありません。今天沒有昨天冷。

魚《さかな》は肉《にく》ほど好《す》きではありません。我喜歡肉大於喜歡魚。

私《わたし》の車《くるま》は中山《なかやま》さんの車《くるま》ほど高《たか》くない。我的車沒有中山先生的車貴。

= 私《わたし》の車《くるま》より中山《なかやま》さんの車《くるま》のほうが高《たか》い。中山先生的車比我的車貴。

TIP

くらいvsほど

「くらい」和「ほど」的意思相近，但「くらい」在句子中表「最低限度」時不可使用「ほど」代替。

出《で》かけるときは、顔《かお》ぐらい洗《あら》いなさい。○ 外出時至少要洗臉！

出《で》かけるときは、顔《かお》ほど洗《あら》いなさい。×

14 こそ

❶ 提示、強調。 N3

こちらこそよろしくお願《ねが》いします。我才要請你多多指教。

今年《ことし》こそ合格《ごうかく》したい。今年一定要合格。

人《ひと》のことは心配《しんぱい》しないで、あなたこそ少《すこ》し休《やす》んでください。

別人的事不用擔心，你才要休息一下吧。

❷ 接在「から」後方，強調原因。 N2

努力《どりょく》したからこそ成功《せいこう》したのだ。因為有努力才成功的。

歌《うた》が好《す》きだからこそ、私《わたし》は歌手《かしゅ》の道《みち》を選《えら》んだのです。

因為喜歡唱歌所以我選擇了歌手這條路。

難《むずか》しいからこそ、挑戦《ちょうせん》してみたいです。正因為困難，所以想挑戰看看。

15 でも

❶ 強調極端的舉例。 N4

山《やま》の上《うえ》は夏《なつ》でも寒《さむ》い。山上就是夏天也很冷。

これなら子《こ》どもでもできますね。這個連小孩也會。

この問題《もんだい》は先生《せんせい》でも分《わ》かりません。這個問題連老師都不知道。

❷ 例示的選擇。 N4

用於含有其他選擇先舉出一例。

お茶《ちゃ》でも飲《の》みましょう。喝杯茶什麼的吧！

雑誌《ざっし》でも読《よ》んで、待《ま》っていてください。請看本雜誌什麼的稍候吧！

一緒《いっしょ》に散歩《さんぽ》でもしませんか。要不要一起去散步什麼的？

❸ 逆接；意思為「即使～也～」。

雨《あめ》でも試合《しあい》を行《おこな》う。即使下雨也會舉行比賽。

子《こ》どもでも許《ゆる》すつもりはない。即使是小孩也不打算原諒。

このデパートは平日《へいじつ》でも人《ひと》が多《おお》い。這間百貨公司即使是平日人也很多。

❹ 全部肯定。 N4

接疑問詞後方如「何《なん》でも（無論什麼）、だれでも（無論誰）、いつでも（無論何時）、どこでも（無論哪裡）」表全部肯定。

あなたと一緒《いっしょ》なら、どこでもいい。和你一起的話去哪都好。

会議《かいぎ》の時間《じかん》なら、私《わたし》はいつでもいいですよ。會議時間我隨時都可以。

お金《かね》があれば、何《なん》でも買《か》えるだろう。有錢就可以買任何東西吧。

16 其他助詞

01 ～さえ 連

N3

舉出極端的例子，意思為「連～都～」。

疲《つか》れて、立《た》っていることさえつらい。太累了連站著都覺得辛苦。

彼《かれ》は忙《いそが》しいのか、電話《でんわ》さえかけてこない。
他似乎很忙，連通電話都沒打來。

木村先生《きむらせんせい》は小《ちい》さなミスさえ許《ゆる》さない、厳《きび》しい人《ひと》だ。
木村老師是位連小失誤都無法容忍的嚴格老師。

02 ～すら 連

N1

強調「すら」前方的名詞，和「さえ」用法相同。

ひどい風邪《かぜ》で、歩《ある》くことすら大変《たいへん》だ。因為重感冒連走路都很吃力。

彼《かれ》は友《とも》だちにすら結婚《けっこん》のことを話《はな》さなかった。
他連對朋友都沒提結婚的事。

被害《ひがい》がどこまで及《およ》ぶのか、予測《よそく》すらできない事態《じたい》である。
受害範圍多大，已嚴重到連預測都沒辦法的局勢。

03 ～だに　連～都～　N1

❶ 極端的否定。

表極端地舉例否定其敘述內容。和「さえ」、「すら」用法相近。

地震《じしん》で自分《じぶん》の家《いえ》が壊《こわ》れるなんて、想像《そうぞう》だにしなかった。
地震使家裡倒塌根本無法想像。

あの会社《かいしゃ》の倒産《とうさん》は、だれも予想《よそう》だにしなかった。
誰都意想不到那家公司的破產。

このような立派《りっぱ》な賞《しょう》をいただくとは夢《ゆめ》だに思《おも》わなかった。
能獲得這種傑出的獎賞，連做夢都想不到。

❷ 單從思想帶出情感。

前接「想像《そうぞう》する（想像）、聞《き》く（聽）、考《かんが》える（思考）」作為慣用句。與「～だけでも（光用）」意思相近。

戦争《せんそう》のことなど、想像《そうぞう》するだに恐《おそ》ろしい。
戰爭那種事情，光用想像就覺得害怕。

あのまじめそうな男《おとこ》が、殺人犯《さつじんはん》だったなんて、考《かんが》えるだに恐《おそ》ろしい。
看起來那麼老實的男人居然是殺人犯，光用想的都害怕。

04 ～ずつ　各、每　N4

表平均分配成同樣數量或程度。

少《すこ》しずつ覚《おぼ》えていきましょう。慢慢記下來吧！

費用《ひよう》は半分《はんぶん》ずつ出《だ》すことにした。決定費用各出一半。

この薬《くすり》は朝夕《あさゆう》に二《ふた》つずつ飲《の》んでください。這個藥早晚各吃兩顆。

05 ～きり 只 N2

❶ 限定。

あなたと二人《ふたり》きりで話《はな》したい。希望就只和你二個人談談。

今残《いまのこ》っている金《かね》はこれきりだ。現在只剩下這些錢。

彼《かれ》は一人《ひとり》きりで朝食《ちょうしょく》をとった。他獨自一人吃了早餐。

❷ 做某動作後持續維持該狀態。

今朝《けさ》牛乳《ぎゅうにゅう》を飲《の》んだきりで、何《なに》も食《た》べていない。

今天早上喝了牛奶之後就再也沒有吃任何東西。

子《こ》どもが朝《あさ》、出《で》かけたきり、夜《よる》になっても帰《かえ》って来《こ》ない。

孩子早上出門之後，到了晚上也沒回來。

彼《かれ》とは去年《きょねん》会《あ》ったきり、その後《ご》会《あ》っていない。

去年和他見面後就再也沒見面。

06 ～のみ 只 N2

❶ 表限定，是「だけ」的書面體。

あとは結果《けっか》を待《ま》つのみである。再來只剩等待結果了。

緊急《きんきゅう》の場合《ばあい》にのみ連絡《れんらく》すること。只在緊急狀況時聯絡。

テストの結果《けっか》のみで人《ひと》を判断《はんだん》してはならない。

不能單憑測驗的結果判斷人。

❷ 以「のみならず～（不只）」表添加。

表不僅如此，還有其他補充，和「～ばかりでなく」或「～だけでなく」用法相同。

彼女《かのじょ》は英語《えいご》のみならずフランス語《ご》も上手《じょうず》だ。
她不只英語，法語也很拿手。

彼《かれ》の漫画《まんが》は、日本《にほん》のみならず海外《かいがい》でも大人気《だいにんき》である。
他的漫畫不只在日本，連在海外都很受歡迎。

このスカーフは色《いろ》がいいのみならず、デザインもいい。
這條領巾不只顏色好，連設計也很好看。

07 ～やら 不確定、和 N2

❶ 上接疑問詞，表不確定。

同《おな》じ髪型《かみがた》でだれがだれやら分《わ》からなかった。
因為髮型相同所以分不清誰是誰。

いつの間《ま》にやら日《ひ》が暮《く》れていた。不知不覺天黑了。

どうやら留守《るす》のようだ。看來不在家的樣子。

❷ 並列。

常使用「～やら～やら」的形式，「やら」接在名詞後方表「～や～など（和…等等）」的意思；接在動詞後方表「～たり～たり（又…又）」的意思。

りんごやらみかんやら、果物《くだもの》をたくさん買《か》った。
買了蘋果和橘子等很多水果。

先週《せんしゅう》はレポートや試験《しけん》やらでひどく忙《いそが》しかった。
上週因為報告和考試等等，非常地忙碌。

歌《うた》を歌《うた》うやら踊《おど》りを踊《おど》るやら、とても楽《たの》しかった。
又唱歌又跳舞真的很開心。

08 ～なり　不管是～或

N1

用「～なり～なり」的形式表並列事物的選擇。

ビールなりワインなり、好《す》きな物《もの》を飲《の》んでください。

不管是啤酒或是葡萄酒，請選喜歡的來喝。

反対《はんたい》するなり賛成《さんせい》するなり自分《じぶん》の意見《いけん》を言《い》ってください。

不管是反對或贊成，請說出自己的意見。

暇《ひま》なら、本《ほん》を読《よ》むなりテレビを見《み》るなりしたらどうなの。

很閒的話讀書或是看電視如何？

PART 24
助詞III

1 接續助詞
2 終助詞
3 接續助詞的應用表現
4 從形式名詞衍生的接續助詞表現
5 從形式名詞衍生的終助詞表現

1 接續助詞

接續助詞接在用言（動詞、形容詞、形容動詞）或助動詞後方，用來表前述和後述語句的順接、逆接、並列等接續關係。

❶ 順接

前述是後述的條件或原因，表必然的因果關係。

～ば　～と　～ので　～から　～て

❷ 逆接

前述和後述為相互對立的矛盾關係。

～ても　～けれども　～が　～のに

❸ 並列

羅列性質相近的事物或動作，前述和後述為並列關係。

～し　～たり　～ながら

01 ～て 之後、因為 N5

❶ 動作、作用的先後順序

先後發生某動作或某事態。

学校《がっこう》に行《い》って勉強《べんきょう》します。去學校唸書。

冬《ふゆ》が過《す》ぎて春《はる》が来《く》る。冬去春來。

ご飯《はん》を食《た》べて会社《かいしゃ》へ行《い》きます。吃完飯去公司。

❷ 原因、理由

風邪《かぜ》を引《ひ》いて寝込《ねこ》んでしまった。感冒了臥病在床。

お金《かね》が足《た》りなくて、ほしいかばんが買《か》えなかった。

錢不夠無法買想要的包包。

先生《せんせい》に勧《すす》められて、大学院《だいがくいん》に進学《しんがく》した。

受到老師的勸導進了研究所。

❸ 手段、方法

毎日《まいにち》歩《ある》いて学校《がっこう》に行《い》く。每天走路去學校。

自分《じぶん》で料理《りょうり》をして食《た》べる。自己煮飯來吃。

砂糖《さとう》を入《い》れて甘《あま》さを加減《かげん》する。加入砂糖調整甜味。

❹ 並列、添加

外《そと》は雨《あめ》が降《ふ》って、風《かぜ》が吹《ふ》いていた。外面颳風又下雨。

あの店《みせ》の料理《りょうり》は値段《ねだん》が安《やす》くて、おいしい。

那家店的料理既便宜又好吃。

山田君《やまだくん》は勉強《べんきょう》もできて、運動《うんどう》もできる。山田君既會唸書又擅長運動。

❺ 後接補助動詞

後接補助動詞表某動作或某狀態。

いる 有　ある 有　みる 看　おく 放　しまう 完了
くる 來　いく 去　あげる 給　くれる 收到　もらう 收到

子《こ》どもたちが公園《こうえん》で遊《あそ》んでいる。孩子們正在公園裡玩耍。

本《ほん》を全部《ぜんぶ》読《よ》んでしまった。書全部讀完了。

私《わたし》は田中《たなか》さんにプレゼントを買《か》ってあげた。
我買了禮物送給田中先生。

❻ 逆接

前述和後述為相互對立的矛盾關係。和「～のに」等逆接表現用法類似。

彼《かれ》は知《し》っていて教《おし》えてくれない。他明明知道卻不告訴我。

見《み》て見《み》ぬふりをする。視若無睹。

持《も》っていて貸《か》してくれない。明明有卻不借給我。

02 ～と　的話　N5

❶ 順接的假定條件

前述的假定條件成立的話，後述的內容便成立

もう一点《いってん》入《い》れると、うちのチームが勝《か》つ。再投進一分我們隊就贏了。

明日《あした》になると天気《てんき》も良《よ》くなるだろう。明天天氣會變好吧。

古《ふる》い写真《しゃしん》を見《み》ると、昔《むかし》の思《おも》い出《で》がよみがえる。
看到舊照片浮現了往日回憶。

週末《しゅうまつ》になると、休《やす》みに入《はい》る店《みせ》が多《おお》い。週末休息的店家很多。

❷ 必然的因果關係

在前述的條件下，後述的內容必定會發生

春《はる》になると花《はな》が咲《さ》く。春暖花開。

10《じゅう》を5《ご》で割《わ》ると2《に》になる。十除以五等於二。

ここは休《やす》みになると、観光客《かんこうきゃく》でにぎわう。

這裡一到假日總是擠滿觀光客。

❸ 發現 N4

做完前述動作後，發現了後述的事實，後述須使用過去式（た形）。

ドアを開《あ》けると、新聞《しんぶん》が落《お》ちていた。打開門後發現報紙掉在地上。

ストーブをつけると、部屋《へや》が暖《あたた》かくなった。

開了暖爐後房間變溫暖了。

朝起《あさお》きて外《そと》を見《み》ると、雪《ゆき》が積《つ》もっていた。

早上起床後發現外面積雪了。

03 ～ば 的話 N4

❶ 順接的假定條件

假設還未成立的事情，前述的條件成立後述內容才會成立。

あなたが行《い》けば、私《わたし》も行《い》きます。你去的話我也去。

＝ あなたが行《い》かなければ、私《わたし》も行《い》きません。

你不去的話我也不去。

雨《あめ》がやめば出《で》かけよう。雨停的話就出門吧！

一生懸命練習《いっしょうけんめいれんしゅう》すればきっと上手《じょうず》になりますよ。

努力練習的話一定會變拿手的。

❷ 必然的因果關係

表自然法則或合乎常理之事物，和「～と」用法相同。

1《いち》に2《に》を足《た》せば、3《さん》になる。一加二等於三。

春《はる》になれば、さくらの花《はな》が咲《さ》く。到了春天櫻花就會開。

お盆《ぼん》を過《す》ぎれば、夏《なつ》も終《お》わる。盂蘭盆節一過夏天也結束了。

04 ～から 因為 N5

表原因或理由。「から」後接說話者主觀的意志、請求、命令或主張等表現。

寒《さむ》いですから、窓《まど》を閉《し》めてください。因為很冷請幫我關上窗戶。

薬《くすり》を飲《の》みましたから、もう大丈夫《だいじょうぶ》です。因為吃了藥，所以已經沒事了。

明日《あした》は授業《じゅぎょう》がないから、学校《がっこう》へ行《い》きません。
明天沒有課所以不去學校。

05 ～ので 因為 N4

前述表原因或理由，後述表造成的結果。用於客觀敘述前後事件的因果關係。

天気《てんき》が悪《わる》かったので外出《がいしゅつ》しなかった。天氣不好所以沒出門。

まだ子《こ》どもなので、速《はや》く走《はし》れません。因為還是小孩所以跑不快。

雨《あめ》が降《ふ》ったので試合《しあい》が中止《ちゅうし》になりました。因為下雨所以比賽中止了。

TIP

>> から vs ので

「～から」主要以命令、禁止、主張、請求等說話者的主觀想法為依據時使用；相反地，「～ので」則是因果關係確定的客觀事實為依據時使用。「～ので」給人語氣較委婉的感覺，會話中會使用「～んで」來表達。

06 ～し 又

N4

❶ 並列

用於羅列某事實。

彼《かれ》は勉強《べんきょう》もできるし、スポーツもよくできる。

他既會唸書又擅長運動。

高木《たかぎ》さんはピアノもひけるし、歌《うた》も上手《じょうず》です。

高木先生會彈琴，唱歌又好聽。

旅行《りょこう》に行《い》きたいが、お金《かね》もないし時間《じかん》もない。

雖然想去旅行但是沒錢又沒時間。

❷ 原因、理由

說明某原因或某理由時使用。

暗《くら》くなってきたし、そろそろ帰《かえ》ろうか。

天色變暗了，差不多該回家了吧！

風邪《かぜ》をひいているし、今日《きょう》はずっと家《いえ》にいよう。

因為感冒了，所以今天要一直待在家裡！

もう遅《おそ》いし、疲《つか》れたから、まっすぐうちに帰《かえ》ります。

因為時間已經晚了又很疲憊，要直接回家了。

07 ～が　雖然

N5

❶ 逆接

表後述的結果與前述預想的結果相反。

薬《くすり》を飲《の》んだが、熱《ねつ》が下《さ》がらない。雖然吃了藥但燒沒退。

急《いそ》いだが、間《ま》に合《あ》わなかった。雖然盡快了但最後沒趕上。

約束《やくそく》の場所《ばしょ》に行《い》ったが、だれも来《き》ていなかった。

雖然去了約定地點，但沒有人來。

❷ 對比、對照

表前述和後述的內容相互對立。

朝《あさ》は寒《さむ》いが、昼《ひる》は暖《あたた》かい。雖然早上很冷但中午很溫暖。

兄《あに》は勉強《べんきょう》ができるが、弟《おとうと》は遊《あそ》んでばかりいる。

哥哥雖然很會唸書但弟弟只會玩。

デザインはいいが、質《しつ》は良《よ》くない。雖然設計很好但品質不好。

❸ 單純接續

用前述來展開話題或緩和語氣。

今朝《けさ》中村《なかむら》さんに会《あ》いましたが、元気《げんき》そうでした。

今天早上見了中村先生，他看起來很健康。

皆《みな》さんもご存《ぞん》じのことと思《おも》いますが、一応説明《いちおうせつめい》します。

我覺得這是大家都知道的事情，但還是姑且說明一下。

以上《いじょう》で私《わたし》の話《はなし》は終《お》わりですが、何《なに》か質問《しつもん》はありますか。

以上是我的談話內容，有任何問題嗎？

08 ～けれども 但是 N4

「けれども」大部分可替換成「が」使用。

❶ 逆接

表後述的結果與前述預想結果相反，或前後敘述的內容相互對立。

山登《やまのぼ》りは苦《くる》しいけれども、頂上《ちょうじょう》からの景色《けしき》はすばらしい。
登山雖然很辛苦，但是從山頂上望過去的風景非常幽美。

駅《えき》まで走《はし》ったけれども、電車《でんしゃ》に乗《の》り遅《おく》れてしまった。
雖然跑到了車站，但還是錯過了電車。

この料理《りょうり》は見《み》た目《め》はいいけれども、あまりおいしくない。
這道料理雖然看起來不錯，但不太好吃。

❷ 單純接續

用前述來展開話題或緩和語氣。

つまらないものですけれども、お受《う》け取《と》りください。
雖然是不成敬意的東西，但請您收下。

山田《やまだ》と申《もう》しますけれども、鈴木部長《すずきぶちょう》はいらっしゃいますか。
我叫做山田，請問鈴木部長在嗎？

試合《しあい》の結果《けっか》なんですが、やはり予想通《よそうどお》りでしたね。
比賽的結果，果然跟預想的一樣。

09 ～ても 即使～也～ N4

❶ 逆接假定條件

表假設前述的條件成立，也不影響後述內容。

雨《あめ》が降《ふ》っても、サッカーの試合《しあい》を行《おこな》います。
即使下雨也會舉行足球比賽。

親《おや》に反対《はんたい》されても彼女《かのじょ》と結婚《けっこん》するつもりです。
即使父母親反對還是打算和她結婚。

たとえ失敗《しっぱい》しても、挑戦《ちょうせん》しつづけます。即使失敗仍會繼續挑戰。

❷ 逆接確定條件

表在前述發生的條件下，後述的事態出現和預期相反結果。

薬《くすり》を飲《の》んでも風邪《かぜ》が治《なお》りません。即使吃了藥感冒也沒好。

いくら電話《でんわ》をかけてもだれも出《で》なかった。
不管怎麼打電話都沒人接聽。

いくら待《ま》っても田中《たなか》さんは来《こ》なかった。
不管怎麼等，田中先生還是沒來。

10 〜のに　但是、卻　N4

表逆接確定條件，說話者對矛盾的前後事態感到意外。

薬《くすり》を飲《の》んだのに風邪《かぜ》が治《なお》らない。吃了藥感冒卻沒治好。

梅雨《つゆ》なのに、雨《あめ》が全然《ぜんぜん》降《ふ》りません。明明是梅雨季節，卻完全沒下雨。

あの子《こ》は、いつも遊《あそ》んでいるのに、成績《せいせき》がいい。
那個孩子總是在玩成績卻很好。

11 〜たり　又〜又〜　N4

接動詞た形後方，表羅列兩個動詞的動作或狀態。

休《やす》みにはテニスをしたり、音楽《おんがく》を聞《き》いたりします。假日又打網球又聽音樂。

友《とも》だちとよく映画《えいが》を見《み》たり買《か》い物《もの》に行《い》ったりします。
經常和朋友又看電影又購物。

雨《あめ》が降《ふ》ったりやんだりしています。雨又下又停的。

12 ～ながら　一邊～一邊～、卻

❶ 動作的同時進行 N5

接動詞連用形後方，表兩個動作同時進行，動作主語必須是同一人。

お茶《ちゃ》を飲《の》みながら話《はなし》をする。一邊喝茶一邊聊天。

テレビを見《み》ながらご飯《はん》を食《た》べた。一邊看電視一邊吃飯。

景色《けしき》を楽《たの》しみながらゆっくり歩《ある》いた。一邊欣賞風景一邊慢慢地散步。

❷ 逆接確定條件 N3

表在前述發生的條件下，後述的事態出現和預期相反結果。

彼《かれ》は、知《し》っていながら知《し》らないふりをした。他明知道卻裝作不知情。

体《からだ》に悪《わる》いと知《し》りながら、タバコが辞《や》められない。
明知對身體不好卻無法戒菸。

難《むずか》しいと言《い》いながらも最後《さいご》まで問題《もんだい》を解《と》いた。
雖然說了很困難卻解開了所有題目。

13 ～つつ　一邊～一邊～、卻　N2

「～つつ」是「～ながら」的書面體，和「～ながら」一樣接動詞連用形後方。

❶ 動作的同時進行

接動詞連用形後方，表兩個動作同時進行，動作主語必須是同一人。

彼《かれ》は大声《おおごえ》で叫《さけ》びつつ走《はし》りだした。他一邊大叫一邊開始奔跑。

働《はたら》きつつ子育《こそだ》てができる社会《しゃかい》を作《つく》るべきだ。
應該要建立一個可以一邊工作一邊育兒的社會。

様々《さまざま》な事情《じじょう》を考慮《こうりょ》しつつ計画《けいかく》を立《た》てる。
一邊考慮各種情況一邊擬訂計畫。

❷ 逆接確定條件。

表在前述發生的條件下，後述的事態出現和預期相反結果。

手紙《てがみ》を書《か》こうと思《おも》いつつ忙《いそが》しくて書《か》けない。
想要寫信卻因為太忙碌沒辦法寫。

悪《わる》いと知《し》りつつ、嘘《うそ》をついてしまった。明知道不好卻還是說了謊。

早起《はやお》きが健康《けんこう》にいいと知《し》りつつも、つい寝坊《ねぼう》してしまう。
明知道早起對健康有益卻還是睡了懶覺。

14 ～つ～つ　～來～去　N1

表兩個動作或作用交替進行。接在動詞連用形後方，常用於兩個動作相反的動詞。

怪《あや》しい男《おとこ》の人《ひと》が家《いえ》の前《まえ》を行《い》きつ戻《もど》りつしている。
奇怪的男人在家門前走來走去。

バーゲン会場《かいじょう》は押《お》しつ押《お》されつの大盛況《だいせいきょう》ぶりだった。
特賣會場是推來推去的空前盛況。

野球大会《やきゅうたいかい》の決勝戦《けっしょうせん》は追《お》いつ追《お》われつの大接戦《だいせっせん》だった。
棒球決賽是比數追來追去的激戰。

TIP

「～つ」經常用於慣用語中。

持《も》ちつ持《も》たれつ 互相幫忙

抜《ぬ》きつ抜《ぬ》かれつ 不相上下

ためつすがめつ 仔細打量

見《み》えつ隠《かく》れつ 若隱若現

15 ～なり 一～就～

N1

接動詞常體後方，表前述動作進行的同時後述的動作也在進行。

部屋《へや》に入《はい》るなりソファーに座《すわ》りこんでしまった。

一進房間就癱坐在沙發上。

怪《あや》しい男《おとこ》はパトカーを見《み》るなり逃《に》げ出《だ》した。

奇怪的男人一看到警車就開始逃跑。

母《はは》は私《わたし》の成績表《せいせきひょう》を見《み》るなり、顔色《かおいろ》が変《か》わった。

媽媽一看到我的成績單就臉色大變。

16 ～や 一～就～

N1

用「～やいなや」表前後敘述的事情同時進行，或緊接著發生後述事情。和「～なり」、「～が早《はや》いか」用法相近。

子《こ》どもは母親《ははおや》の顔《かお》を見《み》るや泣《な》き出《だ》した。

孩子一看到母親的臉就哭了出來。

家《いえ》へ帰《かえ》るやいなや、冷蔵庫《れいぞうこ》を開《あ》けた。一回家就打開冰箱。

授業終了《じゅぎょうしゅうりょう》のベルが鳴《な》るやいなや、彼《かれ》は教室《きょうしつ》を飛《と》び出《だ》して行《い》った。

一響起下課鈴他就衝出了教室。

2 終助詞

終助詞接在句尾，表說話者的主觀意志（如：感嘆、感動、禁止等）。

01 ～か　嗎？　N5

❶ 疑問。

山田《やまだ》さんは会社員《かいしゃいん》ですか。山田先生是公司職員嗎？

今日《きょう》は何曜日《なんようび》ですか。今天是星期幾？

❷ 勸誘或委託。

接在「～う、～よう、～ない、～ます、～ません」後方，表勸誘或邀約對方做某動作。

お茶《ちゃ》でも飲《の》もうか。要不要喝茶？

そろそろ行《い》きませんか。差不多該走了吧？

❸ 向他人表達自己的決心。

これで終《お》わりとするか。就到此結束吧！

さあ、帰《かえ》るか。那麼，回去吧！

02 ～ね 呢、吧

N5

接在句尾，表達輕微的詢問或確認、徵求對方同意。

❶ 同意

用於徵求對方認同。

A 今日《きょう》は寒《さむ》いですね。今天很冷呢！

B そうですね。寒《さむ》いですね。對呀，很冷呢。

❷ 確認

用於向對方確認某事。

A これはあなたの本《ほん》ですね。這是你的書吧？

B はい、そうです。是的，沒錯。

C 木村《きむら》さんをお願《ねが》いします。我要找木村先生。

D 木村《きむら》さんですね。木村先生是吧？

❸ 勸誘和請求

もうちょっと頑張《がんば》ろうね。再加油一下吧！

ここで待《ま》っててね。在這裡等我哦。

03 ～よ 喲、吧

N5

接在句尾，主張某個意見或提供某個情報。

❶ 主張

早《はや》くしないと、遅《おく》れるよ。不快點的話會遲到喲！

A 今日《きょう》は火曜日《かようび》ですね。今天是星期二吧？

B いいえ、水曜日《すいようび》ですよ。不是，是星期三喲。

❷ 勸誘及命令

一緒《いっしょ》に行《い》こうよ。一起去吧！

早《はや》く来《こ》いよ。快點來！

04 ～わ 耶

N5

柔和地表達說話者的想法或主張，為女性用語。

雨《あめ》が降《ふ》ってきたわ。開始下雨了耶！

こっちがいいと思《おも》うわ。我覺得這邊不錯耶。

05 ～の 嗎？

N4

語調為上昇調，表詢問、確認或疑問。

今《いま》どこへ行《い》くの。現在要去哪？

どうして昨日《きのう》は授業《じゅぎょう》を休《やす》んだの。昨天為什麼請假？

06 ～な 不要、別

N4

接在動詞常體後方，表達強烈的禁止。

ここでタバコを吸《す》うな。不要在這裡抽菸！

机《つくえ》の上《うえ》に座《すわ》るな。不要坐在桌上！

07 ～さ 啊

N4

表輕微的主張，為男性用語。

これでいいのさ。這個就好了啊。

そんなことぐらい、分《わ》かっているさ。那種事情我知道啊！

08 ～ぞ 囉

N4

表對某事的判斷或強調自己的主張。

さあ、バスに乗《の》るぞ。那麼，搭公車囉。

もう天気予報《てんきよほう》なんか信《しん》じないぞ。我再也不相信天氣預報這種東西了。

09 ～かしら 嗎？

N4

表輕微的疑問，為女性用語。

誕生日《たんじょうび》のプレゼント、何《なに》がいいかしら。生日禮物送什麼好呢？

これで大丈夫《だいじょうぶ》かしら。這樣可以嗎？

10 ～だい　嗎？ N4

使用在含疑問詞的句尾，表詢問、要求說明理由。

何《なに》を見《み》ているんだい。你在看什麼？

昨日《きのう》どうして君《きみ》は来《こ》なかったんだい。昨天你為什麼沒來？

11 ～かい　嗎？ N4

使用在不含疑問詞的句尾，表輕微的疑問、反問或反對。

あの歌《うた》を知《し》っているかい。你知道那首歌嗎？

いいお酒《さけ》があるけど、一緒《いっしょ》に飲《の》むかい。我有瓶不錯的酒，要不要一起喝？

12 ～っけ　嗎？ N2

表自己記不清而向對方確認的事情。接常體的「だ」或「た」後面。

❶ 過去回想

富含感情地回想過去時使用，有「感嘆」之意。

この歌《うた》、子《こ》どものころ、よく歌《うた》ったっけ。這首歌我小時候常常唱的樣子！

昔《むかし》はよくけんかしたっけ。以前常常吵架的樣子！

❷ 確認

針對忘記的事情提出疑問或確認。

出発《しゅっぱつ》はいつだっけ。出發是何時？

A 今日《きょう》は何曜日《なんようび》だっけ。 今天是星期幾？

B 今日《きょう》は水曜日《すいようび》よ。今天是星期三喲。

3 接續助詞的應用表現

01 ～が早《はや》いか　一～就～　N1

表前述發生時，幾乎同時發生後述事態，前後可以是不同主語。

彼《かれ》は席《せき》に着《つ》くが早《はや》いか、居《い》眠《ねむ》りを始《はじ》めた。他一坐到位置上就開始打瞌睡。

家《いえ》に帰《かえ》るが早《はや》いか、弟《おとうと》は遊《あそ》びに出《で》かけていってしまった。
一進家門弟弟就外出去玩了。

02 ～からには　既然～就～　N3

表既然到了前述的情況，後述的事態就得一直做到底，「～からには」後接義務、請求、命令、勸誘。

約束《やくそく》したからには、守《まも》らなければいけない。既然約定了就要遵守。

試《し》合《あい》に出《で》るからには、勝《か》ちたい。既然參賽了就要贏得勝利。

03 ～からといって　雖然～但是～　N2

不會因為前述事態，後述的事態就成立。

金《かね》持《も》ちだからといって幸《しあわ》せとは限《かぎ》らない。
雖然是有錢人但不一定幸福。

安《やす》いからといって質《しつ》が悪《わる》いわけではない。雖然很便宜但是品質不糟。

4 從形式名詞衍生的接續助詞表現

PART 24

01 ～こととて　因為　N1

表理由或根據，用於書面體。

休《やす》みのこととて、彼《かれ》とは連絡《れんらく》が取《と》れなかった。

因為休假所以聯絡不上他。

不景気《ふけいき》のこととて、就職先《しゅうしょくさき》を探《さが》すのは大変《たいへん》なことだ。

因為不景氣，要找工作是件不容易的事情。

02 ～ところを　～的時候　N1

表示正處於一種狀態時，意外地出現另一狀態。

天気《てんき》が良《よ》かったので、いつもは電車《でんしゃ》に乗《の》るところを歩《ある》いて帰《かえ》った。

平常都搭電車但因為天氣很好就步行回家了。

本日《ほんじつ》はお忙《いそが》しいところをお集《あつ》まりいただき、

誠《まこと》にありがとうございます。

今日百忙之中落臨現場，非常感謝大家。

03 ～たところで　即使～也～　N1

表即使做前述的事態也不會影響到後述的事態，後述常為否定表現。

どんなに話《はな》し合《あ》ったところで、彼《かれ》は意見《いけん》を変《か》えないだろう。
即使再怎麼討論也無法改變他的意見吧。

いまさらどんなに後悔《こうかい》したところで、
終《お》わってしまったものは仕方《しかた》がない。
事到如今即使再怎麼後悔，也無法改變已經結束的事。

04 ～どころか　不要說～連　N2

表後述的事態與前述的事態相反，強調後面的敘述。

忙《いそが》しくて、休《やす》みをとるどころか食事《しょくじ》をする時間《じかん》もない。
太忙碌了不要說休息連吃飯的時間都沒有。

車《くるま》の運転《うんてん》どころか、自転車《じてんしゃ》にも乗《の》れない。不要說開車連自行車都不會騎。

05 ～ものの　雖然　N2

逆接確定條件，表後述結果和前述預想結果相反。

習《なら》ったものの、すっかり忘《わす》れてしまった。雖然學過了但全部忘光了。

景気《けいき》が良《よ》くなったとは言《い》うものの、失業率《しつぎょうりつ》はまだ高《たか》い。
雖說景氣變好但失業率仍就很高。

06 〜ものなら　如果〜的話

❶ 可能形＋ものなら N2

前接可能動詞，表後述實現可能性很小，後述接「〜たい」等希望的表現。

休《やす》めるものなら休《やす》みたいが、仕事《しごと》がたくさんあって休《やす》めない。
如果可以的話想休息，但是事情太多了無法休息。

入《はい》れるものなら、有名大学《ゆうめいだいがく》に入《はい》りたい。
如果考得上的話，想要進名校大學。

❷ 意量形＋ものなら N1

表「假使〜的話會〜」的假定表現，後述表不安、擔心等內容。

彼《かれ》の意見《いけん》に反対《はんたい》しようものなら、みんなに非難《ひなん》されるだろう。
如果反對他的意見，會被大家譴責吧。

夜遅《よるおそ》く帰《かえ》ろうものなら、父《ちち》に怒《おこ》られる。
如果太晚回家就會被爸爸罵。

07 〜ものを　本來〜就可以〜　N1

接在動詞、形容詞或形容動詞的連體形後方，表不滿或遺憾之意，和「〜のに」用法相同。

あと10分早《じゅっぷんはや》く会社《がいしゃ》を出《で》ていたら、終電《しゅうでん》に間《ま》に合《あ》ったものを。
本來早十分鐘離開公司就可以趕上最後一班電車了。

慌《あわ》てなければ、いい点《てん》がとれたものを。
本來不要太緊張的話就可以拿不錯的分數了。

5 從形式名詞衍生的終助詞表現

01 ～こと 吧、呢

N2

❶ 命令、指示

用強烈語氣下達命令。

各自《かくじ》、お弁当《べんとう》を持参《じさん》すること。各自攜帶便當！

授業中《じゅぎょうちゅう》は静《しず》かにすること。上課中請安靜！

❷ 感嘆

表感嘆，亦可和「ね」一起使用，為女性用語。

この景色《けしき》はきれいだこと。這風景很美呢！

まあ、立派《りっぱ》だことね。啊，真是優秀呢！

02 ～もの 嘛 N1

解釋原因時使用，較常為女性及孩童使用。會話中常使用「～もん」，含有撒嬌、不滿、抗議、申述理由等口氣。

A 明日《あした》用事《ようじ》があってパーティーに行《い》けないんだ。
明天有事所以無法去派對。

B だってあなたが来《こ》ないとおもしろくないもの。
可是你不來的話就不好玩了嘛。

C 食《た》べないの。不吃嗎？

D だって食《た》べたくないんだもん。因為我不想吃嘛。

03 ～ものか 哪可能 N1

表強烈表達否定，用於自己的行動時，表達出「絕不會那麼做」的決心。在會話中常使用「～もんか」。

あんなまずいレストランには二度《にど》と行《い》くものか。
那麼難吃的餐廳哪可能去第二次！

こんなに難《むずか》しい問題《もんだい》が分《わ》かるものか。這麼難的問題怎麼可能會！

苦労《くろう》して分《わ》かったのだからそう簡単《かんたん》に教《おし》えるものか。
千辛萬苦才搞懂的，哪可能這麼簡單告訴你！

PART 25
名詞應用表現

1 名詞應用表現

和一般名詞不同，透過動詞的名詞化或名詞下接「で」、「に」或「と」等助詞後意思改變，或者名詞本身存在不同意思，表接續時使用。

01 ～後《あと》で　之後　N5

表動作的順序，前述動作實現後，後述動作才實現。

顔《かお》を洗《あら》った後《あと》でご飯《はん》を食《た》べます。洗臉後吃飯。

授業《じゅぎょう》の後《あと》で掃除《そうじ》をします。下課後打掃。

02 ～前《まえ》に　之前　N5

表動作的順序，後述實現後前述才實現。

電車《でんしゃ》に乗《の》る前《まえ》に、切符《きっぷ》を買《か》いました。搭電車前先買好了票。

雨《あめ》が降《ふ》る前《まえ》に、家《いえ》に着《つ》きました。下雨之前到家了。

03 ～ために　為了、因為

N4

❶ 目的

試験《しけん》に合格《ごうかく》するために勉強《べんきょう》する。為了考試合格而唸書。

家《いえ》を建《た》てるために、お金《かね》を借《か》りました。為了蓋房子而借了錢。

❷ 理由、原因

健康《けんこう》のために毎日運動《まいにちうんどう》しています。為了健康而每天運動。

雪《ゆき》のため、バスが遅《おく》れています。因為下雪導致公車誤點。

04 ～間《あいだ》・～間《あいだ》に　期間

N3

兩個用法的差異是「持續性」和「一次性」。

休《やす》みの間《あいだ》、ずっとアルバイトをした。

放假期間一直在打工。（整個放假期間都在打工）

休《やす》みの間《あいだ》に、アルバイトをした。

放假時打了工。（放假期間內某個時間打了工）

❶ 間《あいだ》：表持續性的動作或狀態

散歩《さんぽ》している間《あいだ》、ずっと雨《あめ》が降《ふ》っていた。

散步時雨一直下。

両親《りょうしん》が旅行《りょこう》している間《あいだ》、一人《ひとり》でご飯《はん》を食《た》べていました。

父母旅行期間自己一個人吃飯。

❷ 間《あいだ》に：表瞬間性、一次性的動作或狀態

寝《ね》ている間《あいだ》に、どろぼうに入《はい》られました。睡著時遭小偷。

休《やす》みの間《あいだ》に旅行《りょこう》に行《い》ってきた。休假時去旅行了。

05 ～うちに　趁～

N3

前述的動作持續的時間內進行後述的動作或發生了某事態。

子《こ》どもが寝《ね》ているうちに、家《いえ》の掃除《そうじ》をしよう。
趁孩子睡覺之時打掃家裡吧！

暇《ひま》なうちに、映画《えいが》でも見《み》に行《い》きましょう。趁閒暇時去看場電影吧！

TIP

>> ～うちに vs ～間《あいだ》に

單純表期間時兩個皆可使用，但「うちに」強調狀態的變化，表示趁著某狀態還持續時，而「間《あいだ》に」則沒有緊迫感，純敘述某一期間。

- 單純表期間可使用「うちに」和「間《あいだ》に」兩種。

若いうちにたくさん旅行《りょこう》に行《い》きたい。○
若い間《あいだ》にたくさん旅行《りょこう》に行《い》きたい。○ 趁年輕時想要常去旅行。

- 開始和結束很明確時使用「間《あいだ》に」。

4時《よじ》と5時《ごじ》のうちに来《き》てください。×
4時《よじ》と5時《ごじ》の間《あいだ》に来《き》てください。○ 請在四點到五點之間過來！

- 在否定的「ない」後方使用「うちに」。

雨《あめ》が降《ふ》らないうちに、洗濯《せんたく》をしよう。○ 趁下雨前洗衣服吧！
雨《あめ》が降《ふ》らない間《あいだ》に、洗濯《せんたく》をしよう。×

06 ～ないうちに　趁～

N3

前述的事態發生之前做後述的動作或發生了某事態。

忘《わす》れないうちにメモしておこう。趁忘記前作筆記吧！

暗《くら》くならないうちに、帰《かえ》りましょう。趁天黑前回家吧！

07 ～せいで　因為 N3

表因為前述的原因導致後述產生不好的結果，除了「～せいで（因為）」之外也經常使用「～せいか（也許是因為）、せいだ（因為）」。

薬《くすり》のせいで眠《ねむ》くてしかたがなかった。因為藥的關係，睏得不得了。

年《とし》のせいか、最近物忘《さいきんものわす》れがひどくなった。

也許是因為上了年紀，最近健忘症變嚴重了。

08 ～おかげで　託～的福 N3

表因為前述的內容而產生後述好的結果，表達感謝的心情。

コンビニが近《ちか》いおかげで、いつでも買《か》い物《もの》ができる。

託便利商店很近的福，隨時可以買東西。

彼《かれ》が手伝《てつだ》ってくれたおかげで、仕事《しごと》が早《はや》く終《お》わった。

託他幫忙的福，工作很快就結束了。

09 ～くせに　明明、就憑～ N3

表責備、鄙視、憤怒的情緒，和「～くせに」及「～のに」同為逆接表現，但是比「～のに」的責備語氣更強烈。

何《なに》も知《し》らないくせに他人《たにん》に偉《えら》そうに言《い》わないでほしい。

明明什麼都不知道，希望你不要自以為了不起地說別人。

金持《かねも》ちのくせにけちだ。明明是有錢人卻是個小氣鬼。

10 ～たびに　每當

N3

表做前述動作時，會發生後述的事態或動作。

山田《やまだ》さんは旅行《りょこう》に行《い》くたびに、お土産《みやげ》を買《か》ってきてくれる。
每當山田先生去旅行時都會買伴手禮給我。

ここは、雨《あめ》が降《ふ》るたびに、道《みち》が込《こ》んでしまう。
這裡每當下雨就會塞車。

11 ～とおり / ～どおり　和…一樣

N3

按照前述的動作或狀態，做後述的動作或事態。需要特別注意的是，接在動詞後方時使用「～とおり」，但接在名詞後方時則為濁音「～どおり」。

先生《せんせい》の言《い》うとおりに書《か》いてください。請依照老師說的寫下來。

結果《けっか》は予想《よそう》どおりだった。結果就和預想相同。

12 ～反面《はんめん》　相反

N3

工業化《こうぎょうか》は生活《せいかつ》を豊《ゆた》かにする反面《はんめん》、環境《かんきょう》を破壊《はかい》する。
工業化雖然豐富了生活，相反地卻破壞了環境。

この製品《せいひん》は水《みず》に強《つよ》い反面《はんめん》、熱《ねつ》には弱《よわ》い。
這個產品可以防水，相反地卻不耐熱。

13 ～以上《いじょう》 既然 N2

前述為理由，用於說話者的判斷或決心。句末常為「～なければならない（必須要）」或「～たい（想要）」等義務或希望的表現。

給料《きゅうりょう》をもらっている以上《いじょう》、働《はたら》かなければならない。
既然領了薪水就得工作。

みんなの前《まえ》で約束《やくそく》した以上《いじょう》、絶対《ぜったい》に守《まも》りたい。
既然在大家面前約定了就要遵守。

14 ～上《うえ》で 之後 N2

和「～た後《あと》で」一樣表動作的前後關係，後述為意志表現。

よく考《かんが》えた上《うえ》でご返事《へんじ》いたします。 仔細思考後再回答您。

内容《ないよう》を確認《かくにん》した上《うえ》で、問題《もんだい》がなければサインをお願《ねが》いします。
確認內容後若沒有問題請簽名。

15 ～上《うえ》に 而且 N2

「～上《うえ》に」表達添加、附加之意。表在前述的基礎之上，發生了比前述更好的事態。

この店《みせ》の野菜《やさい》は、新鮮《しんせん》な上《うえ》に安《やす》い。 ○ 這家店的蔬菜新鮮且便宜。

この店《みせ》の野菜《やさい》は、新鮮《しんせん》な上《うえ》に高《たか》い。 × 這家店的蔬菜新鮮且昂貴。

この辺《へん》は、交通《こうつう》が便利《べんり》な上《うえ》に、環境《かんきょう》もいいので家賃《やちん》が高《たか》い。
這附近的交通方便而且環境也好，所以房租很貴。

彼女《かのじょ》は心《こころ》が優《やさ》しい上《うえ》に顔《かお》もきれいだ。 她個性溫柔而且又長得漂亮。

16 ～上《うえ》は　既然　N2

表原因或理由，強調因為前述的原因而使後述必須做某動作，是比較鄭重的表達方式。在會話中則通常使用「～以上《いじょう》は」或「～からには」相同意思的句型。

大人《おとな》である上《うえ》は自分《じぶん》の行動《こうどう》に責任《せきにん》を持《も》たなければならない。
既然是大人了就該對自己的行為負責。

みんなの協力《きょうりょく》が得《え》られない上《うえ》は、この計画《けいかく》はあきらめるしかない。
既然無法得到大家的協助，只好放棄這個計畫了。

17 ～あまり　因為太～　N2

強調原因的表現，後述必須接表確定事實的表現。

試験《しけん》が心配《しんぱい》のあまり、夜《よる》も眠《ねむ》れない。因為太擔心考試導致晚上失眠。

急《いそ》ぐあまり、財布《さいふ》を家《いえ》において来《き》てしまった。
因為太急導致錢包忘在家裡了。

18 ～おそれがある　有～之虞　N2

「おそれ」接在動詞後方，表達「有危險性、憂慮」之意。此句型用來強調未來可有能會發生不好的事態。

台風《たいふう》が日本《にほん》に上陸《じょうりく》するおそれがある。有颱風登陸日本之虞。

はっきり言《い》わないと誤解《ごかい》されるおそれがある。
沒說清楚的話會有遭到誤會之虞。

19 ～一方《いっぽう》だ　一直、越來越～　N2

表後述的狀況一直朝著一個方向不斷發展，沒有止盡。

景気《けいき》が悪《わる》くて、失業率《しつぎょうりつ》は上《あ》がる一方《いっぽう》だ。景氣不好失業率一直上升。

物価《ぶっか》や税金《ぜいきん》も上《あ》がり、生活《せいかつ》は苦《くる》しくなる一方《いっぽう》だ。

物價和稅金上漲，生活變得越來越困難。

20 ～一方《いっぽう》で　反之　N2

「～一方《いっぽう》で」的前述事態和後述事態共存且內容為相反的事態。

車《くるま》は便利《べんり》である一方《いっぽう》で、**環境汚染《かんきょうおせん》の原因《げんいん》にもなっている。**

車雖然便利，反之也成為了環境污染的原因。

一人暮《ひとりぐ》らしは自由《じゆう》でいい。その一方《いっぽう》で**不便《ふべん》なこともある。**

一個人生活很自由很好。反之，也有不方便之處。

21 ～抜《ぬ》き　除去、撇開　N2

表除去某內容或某動作而進行事情。動詞「抜《ぬ》く」有「除去、排除、減去」之意，了解其意思的話便可輕易掌握句型意思。

❶ 略過

冗談抜《じょうだんぬ》きで**まじめに考《かんが》えてください。**不開玩笑，請認真考慮一下。

朝食抜《ちょうしょくぬ》きで**登校《とうこう》する小学生《しょうがくせい》が増《ふ》えいている。**

沒吃早餐直接上學的小學生正在增加中。

❷ 省去

あいさつは抜《ぬ》きにして、早速説明《さっそくせつめい》に入《はい》ります。

省去問候馬上進入說明。

彼《かれ》を抜《ぬ》きにしてこの仕事《しごと》は進《すす》められない。少了他，這工作無法進展。

22 ～向《む》き　適合　N2

具有「適合某個人或某物品、恰到好處」之意。

この料理《りょうり》はとても柔《やわ》らかいのでお年寄《としよ》り向《む》きだ。

這道料理非常軟很適合老人家。

これは体力《たいりょく》が必要《ひつよう》なので、男性《だんせい》向《む》きの仕事《しごと》だ。

這份工作需要體力，是適合男性的工作。

23 ～向《む》け　向～、面對～　N2

接在名詞後方，表達對象、需求層或目的地。

このマンガは、内容《ないよう》から見《み》て青年《せいねん》向《む》けではなく少年《しょうねん》向《む》けだ。

這本漫畫從內容來看不是以青年為對象，而是以少年為對象。

この工場《こうじょう》で生産《せいさん》された製品《せいひん》のほとんどはアメリカ向《む》けに輸出《ゆしゅつ》されている。

這工廠生產的產品大部分是輸出美國。

TIP

>> 向《む》き vs 向《む》け

男性《だんせい》向《む》きの雑誌《ざっし》　適合男性的雜誌

男性《だんせい》向《む》けの雑誌《ざっし》　男性用雜誌

雖然意思相近但意圖不同，需多加注意。「向き」有「適合的」之意，「向け」是指「對象」。

24 ～下《もと》で　之下、之中　N2

「下《もと》」是指人或物品的影響範圍。須注意「もと」的漢字不是「元」，而是「下」。

彼女《かのじょ》は、愛情豊《あいじょうゆた》かな両親《りょうしん》の下《もと》で育《そだ》った。她在父母的關愛之下長大。

山田教授《やまだきょうじゅ》のご指導《しどう》の下《もと》で、修士論文《しゅうしろんぶん》を作成《さくせい》した。

在山田教授的指導之下寫了碩士論文。

25 ～限《かぎ》り　只要～就　N2

用來強調條件。有「～する限《かぎ》り（只要～就）、～しない限《かぎ》り（除非～就）」這兩種句型。

時間《じかん》の許《ゆる》す限《かぎ》り、話《はな》し合《あ》いを続《つづ》きましょう。

只要在時間許可範圍就繼續討論吧！

あの人《ひと》が謝《あやま》らない限《かぎ》り、絶対《ぜったい》に許《ゆる》すつもりはない。

那個人除非道歉，否則我不打算原諒他。

26 ～割《わり》には　意外地　N2

前述事態從常理判斷下，後述的事態或狀態是意外的。

祖父《そふ》は年《とし》をとっている割《わり》には元気《げんき》です。爺爺上了年紀但意外地非常健康。

値段《ねだん》が安《やす》い割《わり》には品物《しなもの》がよい。以便宜的價格來說商品意外地很好。

27 ～最中《さいちゅう》　正在　N2

表某行為或現象正在進行過程中，突然發生了某事態。

会議《かいぎ》の最中《さいちゅう》に電話《でんわ》がかかってきた。會議正在進行時，電話響了。

人《ひと》が食《た》べている最中《さいちゅう》に話《はな》しかけないでほしい。

在吃飯時，請不要搭話。

28 ～際《さい》　之際、之時　N2

「～際《さい》」表前述動作或事態發生時，做了後述的某動作或事態。

緊急《きんきゅう》の際《さい》は、このボタンを押《お》してください。緊急時請按下此按鈕。

図書館《としょかん》をご利用《りよう》の際《さい》は、利用《りよう》カードが必要《ひつよう》です。

使用圖書館時需要借書證。

29 ～きらいがある　有～傾向　N1

表某人有這種傾向，容易這樣。

彼《かれ》は何《なん》でも大《おお》げさに言《い》うきらいがある。他有誇大其辭的傾向。

彼女《かのじょ》は、物事《ものごと》を悪《わる》い方《ほう》に考《かんが》えるきらいがある。

她有負面思考的傾向。

30 ～故《ゆえ》に 因為

N1

表原因的書面體，動詞與形容詞後方可以用「～が故《ゆえ》」的形態。

実力不足故《じつりょくぶそくゆえ》に、ミスが続《つづ》いている。因為實力不足老是犯錯。

彼《かれ》は誠実《せいじつ》であるが故《ゆえ》にみんなに信頼《しんらい》されている。
他因為很誠實所以受到大家信賴。

31 ～限《かぎ》りだ 極為、非常

N1

接在表達情緒句子的後方，表達該情緒程度非常嚴重。

長年《ながねん》の友達《ともだち》が引《ひ》っ越《こ》して行《い》ってしまってさびしい限《かぎ》りだ。
老朋友搬走了讓我極為寂寞。

毎年《まいとし》、休暇《きゅうか》で海外旅行《かいがいりょこう》とはうらやましい限《かぎ》りだ。
每年假期都去海外旅行讓我非常羨慕。

32 ～そばから 隨～隨～、剛～就～

N1

表前述事態發生後緊接著發生後述事態。此句型重要的一點是，該事態並非一次性的而是反覆地發生。

習《なら》うそばから、忘《わす》れ てしまうので困《こま》る。剛學就忘記，很困擾。

こちらの商品《しょうひん》はかなり好評《こうひょう》で、入荷《にゅうか》するそばから売《う》れていく。
本商品評價很好，剛進貨就賣出去了。

33 ～至《いた》り　極、非常　N1

常用於鄭重的致辭等表該事態達到最極端的狀態，經常和「光栄《こうえい》（光榮）、赤面《あかめん》（慚愧）、感激《かんげき》（感激）」等表現一起使用。

このような素晴《すば》らしい賞《しょう》をいただき、光栄《こうえい》の至《いた》りです。
能獲得這種傑出的獎項我感到無上光榮。

自分《じぶん》の研究《けんきゅう》が認《みと》められ、受賞《じゅしょう》できたことは、感激《かんげき》の至《いた》りです。
我的研究被認可而獲頒獎項，我非常感激。

34 ～極《きわ》み　極度　N1

表達該事態達到頂點的狀態。

海外出張《かいがいしゅっちょう》で心身《しんしん》ともに疲労《ひろう》の極《きわ》みに達《たっ》している。
海外出差讓身心全都極度疲憊。

決勝戦《けっしょうせん》で負《ま》けるなんて痛恨《つうこん》の極《きわ》みだ。決賽居然輸了感到極為悔恨。

35 ～如何《いかん》　根據、如何　N1

❶ ～如何《いかん》で ～根據／～如何《いかん》によっては ～根據是否

表達根據某事情或狀況來做決定。

交渉《こうしょう》の結果如何《けっかいかん》で、今後《こんご》の対応《たいおう》を検討《けんとう》しましょう。
根據協商結果來討論今後的對應吧！

今度《こんど》の旅行《りょこう》は、天候如何《てんこういかん》によっては取《と》りやめることになるかもしれません。這次旅行依天氣情況也許會取消也不一定。

❷ ～如何《いかん》によらず 無論如何

～如何《いかん》にかかわらず 無論如何

～如何《いかん》を問《と》わず 無論如何

和「如何《いかん》で」相反，表不限制某個狀況。

試験当日《しけんとうじつ》は理由《りゆう》の如何《いかん》によらず、遅刻《ちこく》は認《みと》めません。

考試當天不論任何理由一律不接受遲到。

納入《のうにゅう》された会費《かいひ》は事情《じじょう》の如何《いかん》を問《と》わず返却《へんきゃく》できません。

繳納的會費不論任何原因一律無法退費。

36 ～始末《しまつ》だ　竟到了～的地步　N1

前述為敘述事態發生的情況，後述表不好的結果。

あの二人《ふたり》は仲《なか》が悪《わる》くて、ちょっとしたことでもすぐけんかになる始末《しまつ》だ。

那兩人關係差到了竟連小事也可以吵到不可開交的地步。

彼《かれ》はギャンブルにはまって、

給料《きゅうりょう》を全部《ぜんぶ》使《つか》ってしまい、借金《しゃっきん》までする始末《しまつ》だ。

他沈溺於賭博花光了薪水，竟到了還借錢的地步。

PART 26
形式名詞

1 こと

形式名詞在名詞中沒有實質的意思只是名詞形式，因此會根據前面接的詞而有不同的意思。「こと、もの、ところ、わけ」等是代表性的形式名詞，先從「こと」開始說明吧！

01 こと 事

「こと」表達「與事物或人相關的事」，經常表達說話者個人的「經驗、習慣、判斷」等等。

❶ 事情、狀況

ことの流《なが》れを見《み》守《まも》る。觀察事態的走向。

❷ 相關事項

試験《しけん》のことが心配《しんぱい》だ。擔心考試（擔心和考試相關的事）。

❸ 行動

自分《じぶん》のしたことを反省《はんせい》する。反省自己做過的事（行動）。

❹ 內容

彼《かれ》の言《い》っていることが分《わ》からない。我無法理解他說的（內容）。

02 ～たことがある 曽經 N4

接在動詞た形後方，表過去的經驗。

日本《にほん》の映画《えいが》を見《み》たことがありますか。你曾看過日本的電影嗎？

私《わたし》はまだ一度《いちど》も飛行機《ひこうき》に乗《の》ったことがありません。

我還不曾搭過飛機。

03 ～ことがある 有時 N4

表有時或偶爾做某動作。

ときどき料理《りょうり》を作《つく》ることがあります。

有時會做料理。

ときどき会社《かいしゃ》までタクシーに乗《の》ることがあります。

有時會搭計程車去公司。

04 ～ことにする 決定 N4

表自己的意志決定某件事或展現決心。

仕事《しごと》を辞《や》めることにしました。決定辭職了。

天気《てんき》が悪《わる》かったので、出《で》かけないことにした。

因為天氣不好決定不出門了。

05 ～ことになる　決定　N4

表社會或公司等外部因素決定了某件事情，而非自己的意志做決定。

来月《らいげつ》から水道料金《すいどうりょうきん》が上《あ》がることになりました。
決定下個月起水費上漲。

会議《かいぎ》は３時《さんじ》に行《おこな》われることになりました。決定會議三點開始。

06 ～ことにしている　有～的習慣　N4

表因某決定而養成的習慣。

毎朝《まいあさ》ジョギングすることにしている。每天早上有慢跑的習慣。

体《からだ》のために、毎日早《まいにちはや》く寝《ね》ることにしている。
為了身體健康，每天有早睡的習慣。

07 ～ことになっている　按規定～　N3

表公司、學校或社會等單位決定的日程、規定、法律以及慣例。

会議《かいぎ》はあさって開《ひら》かれることになっている。會議訂在後天舉行。

テストの結果《けっか》は、来月七日《らいげつなのか》までに本人《ほんにん》に知《し》らせることになっている。
考試結果下個月七日前會通知考生。

08 ～ということだ　據說、聽說　N3

表透過他人所說或廣播、媒體所聽到的內容，基本上和「～そうだ」用法相同。

社長《しゃちょう》は今日《きょう》、出勤《しゅっきん》しないということだ。聽說社長今天不上班。

調査《ちょうさ》によると、一人《ひとり》暮《ぐ》らしのお年寄《としよ》りが増《ふ》えているということだ。
根據調查指出獨居老人正在增加。

TIP

ということだ與そうだ的差異

兩者皆有轉達訊息的意思，然而後述為意量表現、推測表現或過去式時則無法使用「そうだ」。

	ということだ	そうだ
意量/推測表現	寒《さむ》くなるだろうということだ。○	寒《さむ》くなるだろうそうだ。×
過去式	また電話《でんわ》するということだった。○	また電話《でんわ》するそうだった。×

09 ～ことか　是多麼～啊！　N2

表說話者感嘆或嘆息的情緒，常和「どんなに（多麼）、どれほど（多麼）、なんと（多麼）、何度《なんど》（多少次）」等副詞一起使用。

今《いま》まで何度《なんど》この仕事《しごと》を辞《や》めようと思《おも》ったことか。
至今為止多少次想要辭掉這份工作啊！

健康《けんこう》でいられることはなんとすばらしいことか。

能夠健康地生活是多麼美好！

10 ～ことから　因為　N2

表後述事態發生的根據或原因。

この街《まち》は外国人《がいこくじん》が多《おお》いことから、世界各国《せかいかっこく》の料理《りょうり》が集《あつ》まっている。
因為這條街很多外國人，所以聚集了世界各地的料理。

ここは、お寺《てら》がたくさんあることから、「寺町《てらまち》」と呼《よ》ばれている。
因為這裡寺廟很多所以被稱作「寺町」。

11 ～ことだ　必須　N2

表說話者以自身的判斷給予對方忠告或建議。

合格《ごうかく》したかったら勉強《べんきょう》することだ。想要合格的話就必須用功唸書。

成功《せいこう》したいなら、失敗《しっぱい》を恐《おそ》れず挑戦《ちょうせん》することだ。
想要成功的話就必須不怕失敗勇於挑戰。

12 ～ことに　的是　N2

接在驚訝、開心、難過等情緒後方，強調說話者的情緒。請注意若是接動詞則需接在「た形」後方。

うれしいことに来月《らいげつ》から、給料《きゅうりょう》が上《あ》がるそうだ。
高興的是，聽說下個月調薪。

驚《おどろ》いたことにこの絵《え》は小学生《しょうがくせい》の作品《さくひん》だ。
令我吃驚的是，這幅畫是小學生的作品。

13 ～ことはない　不需要

N2

表「不需要那樣做」的忠告。

時間《じかん》はまだ十分《じゅうぶん》あるから急《いそ》ぐことはない。

時間還很充裕，不需要急。

ただの風邪《かぜ》ですから、心配《しんぱい》することはありません。

只是單純的感冒，所以不需要擔心。

14 ～ことだから　因為

N2

表原因或理由的表現之一，對某人物或對象做出某種判斷。舉例來說，「まじめな彼《かれ》のことだから（因為是那麼認真的他）」就是在強調他很認真的事，是聽者與說話者都熟知的事情。

実力《じつりょく》のある彼《かれ》のことだから、きっと合格《ごうかく》するだろう。

因為是那麼有實力的他，一定會合格的吧。

明《あか》るい彼女《かのじょ》のことだから、会社《かいしゃ》でも楽《たの》しくやっていくことでしょう。

因為是那麼開朗的她，一定可以在公司裡愉快地工作吧。

15 ～ことだし　因為

N1

表某事態的理由或根據，「～ことだし」後接決定、勸誘等意志表現。

仕事《しごと》も一段落《いちだんらく》したことだし、今夜《こんや》一杯《いっぱい》やりませんか。

因為工作已經告一段落了，今晚要不要來一杯呀？

雨《あめ》もやんだことだし、公園《こうえん》に散歩《さんぽ》でもしに行《い》きましょう。

因為雨已經停了，去公園散散步吧！

16 ～ことなく　不　N2

「～することなく（不）」是「～しないで（不）」的書面體。

最後《さいご》まであきらめることなく頑張《がんば》ってください。
請努力到最後一刻不要放棄。

彼《かれ》は朝《あさ》から晩《ばん》まで、休《やす》むことなく働《はたら》きつづけた。
他從早到晚都不休息一直工作。

17 ～ないことには　不～的話　N2

表如果不先實現前述的事態，就不會實現後述的事態，此時「～ないことには」後述為否定表現。

食《た》べてみないことには、おいしいかどうか分《わ》からない。
不嚐嚐看的話就不會知道好不好吃。

詳《くわ》しい調査《ちょうさ》をしないことには、対策《たいさく》が立《た》てられない。
不仔細調查的話就無法擬訂對策。

18 ～ないことはない　不是不　N2

和「～できない（無法）」不一樣，是「也有可能那樣」部分否定的斷定用法。

彼《かれ》の意見《いけん》も理解《りかい》できないことはない。也不是不能理解他的意見。

結婚《けっこん》したくないことはないが、今《いま》は一人《ひとり》の方《ほう》が楽《らく》だ。
不是不想結婚，只是現在一人過得很自在。

2 もの

01 もの　事、物

「もの」表模糊地代稱某事或某對象。

❶ 物品、物體

「もの」最具代表性的狹義用法。

何《なに》か食《た》べるものはありませんか。有沒有什麼可以吃的東西？

❷ 事情、事態

ものには順序《じゅんじょ》がある。事情有先後順序。

❸ 事物、狀態的對象

この計画《けいかく》はものになりそうだ。
這個計畫似乎會很成功。[ものになる：成功或成為傑出的人物]

TIP

ことvsもの

通常「もの」表具體眼睛看得到的存在，「こと」表眼睛看不到的概念。

•こと

指興趣、關心或行動等抽象對象。

A どんなことが好《す》きですか。你喜歡什麼事？

B 映画《えいが》を見《み》ることです。（我喜歡）看電影。

•もの

指物品、事物等具體對象。

A どんなものが好《す》きですか。你喜歡什麼東西？

B 甘《あま》いものが好《す》きです。我喜歡甜的東西。

02 ものだ 當然、阿！、總是 N3

❶ 當然

表當然或常識。

事故《じこ》のときは、だれでも慌《あわ》てるものだ。發生事故時任誰都會慌張。

人《ひと》は外見《がいけん》だけでは分《わ》からないものだ。人不能只看外表。

TIP

ことだvsものだ

風邪《かぜ》の時《とき》はゆっくり休《やす》むことだ。感冒時應該要休息。[忠告]

人《ひと》は外見《がいけん》だけでは分《わ》からないものだ。人不能只看外表。[當然]

「ことだ」是表達忠告或諫言，而「ものだ」是表達常識或理所當然的事實。

❷ 感嘆

表說話者心中很深的感嘆。

温泉《おんせん》は何度《なんど》来《き》てもいいものだ。溫泉無論來多少次都很棒啊！

今年《ことし》も後一《あといっ》か月《げつ》です。本当《ほんとう》に時間《じかん》が経《た》つのは早《はや》いものですね。

今年剩最後一個月了，時間真的過得很快阿！

❸ 回憶

表說話者想起過去的習慣，或過去反覆做的動作，句尾一定使用過去式。

小《ちい》さいころはよく川辺《かわべ》で遊《あそ》んだものだ。小時候總是在河邊玩耍。

若《わか》い時《とき》、一晩中《ひとばんじゅう》試《し》験勉強《けんべんきょう》をしたものだ。

年輕時總是整晚準備考試。

03 ～ものがある 之處、確實 N2

表「有那種感覺」的意思，說話者對某事物表示自己的看法。

彼《かれ》の話《はなし》には人《ひと》を納得《なっとく》させるものがある。

他的話確實有說服人之處。

科学《かがく》の発達《はったつ》はすばらしいものがある。科學的發展有美好之處。

04 ～ものだから 因為 N2

表說話者說明發生某個狀況的原因或理由，給人有「不是出自本意」的語感。

急《いそ》いでいるものですから、お先《さき》に失礼《しつれい》します。因為有急事，先告辭了。

すみません。交通渋滞《こうつうじゅうたい》だったものだから、遅《おそ》くなってしまいました。

很抱歉，因為塞車所以遲到了。

TIP

～ことだから vs ～ものだから

兩者有共同點，只要接「から」都表示原因，然而「～ことだから」主要是用來強調人的特徵，而「～ものだから」是用來說明事情的原委。

時間《じかん》に正確《せいかく》な彼女《かのじょ》のことだから、もうすぐ来《き》ますよ。

因為是那麼守時的她，一定馬上就會到了。[強調她守時的特徵]

体《からだ》の調子《ちょうし》が悪《わる》かったものだから、会議《かいぎ》に出席《しゅっせき》できなかった。

因為身體狀態不好，所以無法出席會議。[說明無法出席會議的理由]

05 ～というものだ　正是、是　N2

表說話者認為理所當然的主張或情緒，常用於社會上的常識。

家族《かぞく》みんなが元気《げんき》であることこそ幸《しあわ》せというものだ。

家人都健康便是幸福。

この仕事《しごと》を途中《とちゅう》で辞《や》めるのは、無責任《むせきにん》というものだ。

這工作半途而廢是沒有責任感的。

06 ～というものではない・～というものでもない　N2
並非說是

表說話者認為並不一定是那樣，有部分否定的意思。

成績《せいせき》は大切《たいせつ》だが、勉強《べんきょう》だけできればいいというものではない。

雖然說成績重要，但並非說唸書就是一切。

人《ひと》が多《おお》ければ、仕事《しごと》が早《はや》く終《お》わるというものではない。

並不是人多就能快速做完工作。

3 ところ

「ところ」最基本的意思是「地方（場所）」，但亦可作為「時間、狀況以及各種抽象的意思」使用。

01 ところ 地方、時

❶ 場所

橋《はし》を渡《わた》ったところに郵便局《ゆうびんきょく》がある。過了橋的地方有郵局。

❷ 部分、方面

悪《わる》いところを直《なお》す。修正不好的地方。

❸ 時間

今《いま》着《つ》いたところだ。現在剛到。

❹ 狀況

ちょうどいいところに来《き》た。來得正好。

❺ 內容、事情

自分《じぶん》の信《しん》じるところを貫《つらぬ》く。貫徹自己的信念。

02 ～ところだ　正要　N4

接在動詞常體後方，表正要做某動作。

これから食事《しょくじ》に行《い》くところです。現在正要去用餐。

今《いま》から母《はは》に電話《でんわ》をかけるところです。現在正好要打電話給母親。

03 ～ているところだ　正在　N4

「～ている」後方接「～ところだ」指某動作正在進行中。

今《いま》、食事《しょくじ》の支度《したく》をしているところです。現在正準備餐點中。

A　レポートはもう終《お》わりましたか。報告已經完成了嗎？

B　いいえ、今《いま》書《か》いているところです。沒有，現在正在寫。

04 ～たところだ　剛～　N4

表剛完成某動作。

今《いま》、食事《しょくじ》が終《お》わったところです。現在剛用完餐。

今会社《いまかいしゃ》から帰《かえ》ってきたところです。現在剛從公司回來。

05 ～たところ　(做)～了　N2

在「～たら」的用法中，和「發現」的用法相同，但是比「～たら」給人較為正式的語感。「～たところ」後面接過去式。

友《とも》だちの家《いえ》へ遊《あそ》びに行《い》ったところ、留守《るす》でした。

去了朋友家玩，發現家裡沒人。

箱《はこ》を開《あ》けてみたところ、人形《にんぎょう》が入《はい》っていた。

打開箱子一看，裡面有個人偶。

06 ～ところに / ～ところへ　的時候、的狀況下　N2

表時間、場所、狀況的「～ところ」後方接助詞「に」或「へ」，強調「剛好那時候」的狀況，表示做前述動作的時候，發生了後述事態。

顔《かお》を洗《あら》っていたところに電話《でんわ》のベルが鳴《な》った。

洗臉時電話鈴聲響起。

上田《うえだ》さんの話《はなし》をしているところに、本人《ほんにん》がやって来《き》た。

談論上田先生時本人來了。

寝《ね》ているところへ電話《でんわ》がかかってきた。睡覺時電話打了過來。

パーティーが始《はじ》まったところへ彼《かれ》が入《はい》ってきた。

派對開始時他進來了。

07 ～といったところだ　大約　N1

表對某件事的大概判斷，經常用於敘述數量或時間等。

学校《がっこう》まで近《ちか》いといっても、自転車《じてんしゃ》で20分《にじゅっぷん》といったところだ。

就算說學校再怎麼近，騎腳踏車也要花二十分鐘左右。

登山《とざん》が好《す》きだと言《い》っても、行《い》くのは年《ねん》に2《に》、3回《さんかい》といったところだ。

再怎麼說喜歡登山，一年也只有去兩三次左右。

4 わけ

01 わけ　道理、理由、意義

「わけ」用來表達理由、道理，「～わけではない」和「～わけにはいかない」等應用表現都含有原因、道理的意思。

❶ 道理、情理、原委

このことが成《な》り立《た》つわけを説明《せつめい》します。我將說明這件事情成立的原委。

❷ 理由

遅刻《ちこく》したわけを尋《たず》ねた。詢問了遲到的理由。

❸ 意義、內容

言葉《ことば》のわけを調《しら》べる。調查單字的意義。

02 ～わけだ　當然　N3

表因為某個原因或根據所以理所當然會變成那樣的結果。

3時間《さんじかん》しか寝《ね》ていないから眠《ねむ》いわけですよ。

只睡三小時當然會睏了。

私《わたし》は昔《むかし》から機械《きかい》が苦手《にがて》なので、まだパソコンも使《つか》えないわけです。

我從以前就很不擅長機械，所以當然到現在還不會使用電腦。

03 ～わけではない　並非說、並不是　N3

「～わけだ（當然）」的否定表現，表說話者不直接的判斷，而是以委婉的方式論述某事態。

学校《がっこう》の成績《せいせき》で人生《じんせい》が決《き》まるわけではない。

學校成績並非說能決定人生。

酒《さけ》が飲《の》めないといっても全然《ぜんぜん》飲《の》めないわけではない。

雖然我不會喝酒但我並不是完全不能喝。

04 ～わけがない　不可能　N3

表按常理來說，完全沒有變成那樣的可能性，是一種斷定表現。

まだ習《なら》っていないところが試験《しけん》に出《で》たんだから、できるわけがない。

因為還沒學過的部分出現在試題中，不可能會作答。

やる気《き》のないチームが試合《しあい》に勝《か》てるわけがない。

沒幹勁的隊伍不可能在比賽中獲勝。

05 ～わけにはいかない　不行、不能　N3

表不可能之意，雖然也可用「～できない」表達，但是「～わけにはいかない」更能突顯出因為說話者的立場或意志而無法那樣做的語感。句末常接義務等表現。

これは借《か》りたものだから、あなたにあげるわけにはいかない。

這是借來的所以不能給你。

上司《じょうし》に頼《たの》まれたからには、断《ことわ》るわけにはいかない。

既然是上司拜託的事，就不能拒絕。

5 はず

01 はず 應該

「はず」用於表說話者下結論的根據或道理，主要表達「沒錯」等非常確定的語意。

何回《なんかい》も説明《せつめい》したのだから、分《わ》かっているはずだ。
已經說明過好幾次了，所以應該要懂的。

飛行機《ひこうき》は5時《ごじ》に着《つ》くはずだ。飛機應該會在五點抵達。

02 ～はずだ 一定 N4

表以前述的道理或狀況作為根據，推測後述理所當然會變成那樣的結果。和「～に違いない（沒錯）」用法相近。

2年《にねん》も勉強《べんきょう》したのだから日本語《にほんご》がかなりできるはずだ。
唸了兩年書，所以日語一定相當好。

もう10時《じゅうじ》だから、図書館《としょかん》は開《ひら》いているはずです。
因為已經十點了，圖書館一定開了。

03 ～はずがない　不可能、不會

N4

表說話者認為沒有那種可能性。

勉強《べんきょう》もしないで、合格《ごうかく》できるはずがない。

書都不唸不可能會合格。

駅《えき》のそばにある店《みせ》が静《しず》かなはずがない。

車站附近的店家不可能會安靜。

04 ～はずだった　本來～但～

N3

表事實上出現了和說話者預期相反的結果。

天気予報《てんきよほう》では晴《は》れるはずだったのに、雨《あめ》が降《ふ》ってきた。

本來天氣預報是晴天，但卻下起雨了。

社長《しゃちょう》は会議《かいぎ》に出《で》るはずだったが、急用《きゅうよう》ができて出《で》かけた。

本來社長會出席會議，但卻因為有急事而外出了。

6 まま

❶ 持續的狀態 N4

表某動作完成後，持續維持該狀態。

弟《おとうと》は眼鏡《めがね》をかけたまま寝《ね》ています。弟弟戴著眼鏡睡著了。

車《くるま》が止《と》まったまま、動《うご》かない。車靜止著不動。

❷ 原封不動 N3

表依照原來的狀態。

見《み》たままを話《はな》してください。請按照所看到的直接說出來。

町《まち》は昔《むかし》のままで、少《すこ》しも変《か》わっていない。城鎮和以前一樣一點也沒沒變。

❸ 依照 N2

表依據某動作狀態來做某事，後接助詞「に」變成「～ままに」。

足《あし》の向《む》くままに歩《ある》き回《まわ》る。隨性地四處走動。

店《みせ》の人《ひと》に勧《すす》められるまま、高《たか》いものを買《か》ってしまった。

依照店員的推薦買了高價的物品。

PART 27
接頭語和接尾語

1 接頭語

接頭語和接尾語不單獨使用，需和其他語詞一起使用，用來增添句子意義。接頭語一定是接在語詞的前方，接尾語一定是接在語詞的後方。

01 お / ご N4

「お」和「ご」接在名詞前方，表尊敬或美化語。和語主要接「お」，漢語主要則是接「ご」。

お酒《さけ》 酒　　お名前《なまえ》 名字
ご家族《かぞく》 家人　　ご紹介《しょうかい》 介紹

但也有例外，須牢記以下例子。以下單字雖是漢語名詞，但不接「ご」而是接「お」。

お電話《でんわ》 電話　　お料理《りょうり》 料理　　お食事《しょくじ》 用餐
お会計《かいけい》 結帳　　お勉強《べんきょう》 唸書

こちらにお名前《なまえ》とご住所《じゅうしょ》を書《か》いてください。請在這裡寫下名字和住址。

お子《こ》さんはおいくつですか。令郎幾歲了？

02 大 N4

表達數量多、規模大或程度嚴重的表現。在「**大**」後方接和語時讀作「おお」，若是漢語則經常讀作「だい」。然而也有例外，像「**大掃除**」這種漢語讀作「おおそうじ」，像「**大好き**」這種和語則讀作「だいすき」。

❶ 大《おお》

大雪《おおゆき》 暴雪　大雨《おおあめ》 暴雨　大型《おおがた》 大型　大通《おおどお》り 大馬路
大騒《おおさわ》ぎ 大騷動　大掃除《おおそうじ》 大掃除　大火事《おおかじ》 大火災

大雨《おおあめ》のために電車《でんしゃ》が遅《おく》れました。電車因為暴雨而誤點了。

❷ 大《だい》

大都市《だいとし》 大都市　大問題《だいもんだい》 大問題　大混乱《だいこんらん》 大混亂
大《だい》サービス 超優惠　大辞典《だいじてん》 大辭典　大好《だいす》き 非常喜歡
大嫌《だいきら》い 非常討厭

大都市《だいとし》の治安《ちあん》の悪化《あっか》が問題《もんだい》になっている。
大都市的治安惡化成為問題。

03 真 N5

強調完全或感覺時使用。接頭語「真」雖讀作「ま」，但會根據後方的單字改變發音。「真」若接「か段、さ段、た段、は段」開頭的單字時讀作「まっ」，接「な段、ま段」開頭的單字時讀作「まん」。但也有例外，因此須仔細觀察。

❶ 讀作「ま」時

真上《まうえ》 正上方　真下《ました》 正下方　真正面《ましょうめん》 正面
真夏《まなつ》 盛夏　真冬《まふゆ》 寒冬　真水《まみず》 淡水　真新《まあたら》しい 全新

もう9月《くがつ》なのに、真夏《まなつ》のような暑《あつ》さです。

已經九月了還像盛夏一樣熱。

❷ 讀作「ま」，且後方單字的發音不同時

真心《まごころ》（真《ま》＋心《こころ》） 真心

❸ 讀作「まん」時

真《ま》ん中《なか》 正中間　真《ま》ん前《まえ》 正前方　真《ま》ん丸《まる》 正圓

部屋《へや》の真《ま》ん中《なか》にテーブルがあります。房間正中央有張桌子。

❹ 讀作「まっ」時

真《ま》っ黒《くろ》 漆黑　真《ま》っ白《しろ》 純白　真《ま》っ最中《さいちゅう》 正值　真《ま》っ先《さき》 最先

彼《かれ》が真《ま》っ先《さき》に来《き》ました。他最先來了。

❺ 讀作「まっ」，且後方單字的發音不同時

真《ま》っ赤《か》（真《ま》＋赤《あか》） 鮮紅　真《ま》っ青《さお》（真《ま》＋青《あお》） 鮮藍
真《ま》っ二《ぷた》つ（真《ま》＋二《ふた》つ） 對半

04 最《さい》 N3

表達最極端的狀態。

最高《さいこう》 最高　最低《さいてい》 最低　最悪《さいあく》 最差　最初《さいしょ》 最早
最後《さいご》 最後　最先端《さいせんたん》 最尖端　最大手《さいおおて》 大公司

昨日《きのう》はこの冬《ふゆ》最高《さいこう》の寒《さむ》さでした。昨天是今年冬天最冷的一天。
最先端《さいせんたん》の技術《ぎじゅつ》を積極的《せっきょくてき》に取《と》り入《い》れる。積極採用最尖端的技術。

05 無《む》 N3

接在單字前方，表達不存在該狀態。

無免許《むめんきょ》 無駕照　無資格《むしかく》 無資格　無意識《むいしき》 無意識
無防備《むぼうび》 無防備　無職《むしょく》 無業　無料《むりょう》 免費　無色《むしょく》 無色

商品《しょうひん》の送料《そうりょう》は無料《むりょう》です。商品免費配送。
無免許運転《むめんきょうんてん》はとても危険《きけん》な行為《こうい》だ。無照駕駛是非常危險的行為。

06 不《ふ》 N3

否定後方內容或表不好的意思。

不自然《ふしぜん》 不自然　不公平《ふこうへい》 不公平　不真面目《ふまじめ》 不認真
不一致《ふいっち》 不一致　不景気《ふけいき》 不景氣　不合格《ふごうかく》 不合格

不景気《ふけいき》が続《つづ》き、失業者《しつぎょうしゃ》も増《ふ》えている。持續的不景氣使失業率也持續增加。

不合格《ふごうかく》の知《し》らせを聞《き》いて落《お》ち込《こ》んでしまった。
聽到不合格的消息後沮喪了。

07 もの N3

接在形容詞或形容動詞前方，表「總覺得、有點」，無法使用在事物或物品上。

ものすごい 厲害、非常　もの寂《さび》しい 孤寂
もの悲《かな》しい 悲傷　もの静《しず》かだ 寂靜
ものめずらしい 不尋常、稀奇

一人《ひとり》でご飯《はん》を食《た》べるのはもの寂《さび》しい。一個人吃飯覺得孤寂。

人気商品《にんきしょうひん》なのでものすごい勢《いきお》いで売《う》れている。
因為是人氣商品，非常熱賣。

08 素《す》 N2

表不和其他東西混合，保有原來的樣子。

素肌《すはだ》 裸膚　素足《すあし》光腳　素手《すで》 徒手
素泊《すど》まり 只供宿不供餐

ストーブは熱《あつ》いので素手《すで》で触《さわ》ってはいけません。
暖爐很燙不能徒手觸摸。
夏《なつ》は、素足《すあし》にサンダルを履《は》くことが多《おお》い。
夏天經常光腳穿涼鞋。

09 未《み》

N2

表尚未完成的狀態。

未完成《みかんせい》 未完成　未成年《みせいねん》 未成年　未開発《みかいはつ》 未開發
未解決《みかいけつ》 未解決　未確認《みかくにん》 未確認　未納《みのう》 未繳納

未成年《みせいねん》の飲酒《いんしゅ》は、法律《ほうりつ》で禁止《きんし》されている。法律禁止未成年者飲酒。
彼《かれ》の作品《さくひん》は未完成《みかんせい》に終《お》わった。他的作品到最後都未完成。

10 猛《もう》

N1

表氣勢銳不可擋的樣子，主要和名詞一起使用。

猛攻撃《もうこうげき》 猛攻　猛訓練《もうくんれん》 猛練　猛威《もうい》 氣勢猛烈
猛《もう》スピード 猛速　猛勉強《もうべんきょう》 猛讀

インフルエンザが猛威《もうい》を振《ふ》るっている。流感發威中。
自転車《じてんしゃ》が歩道《ほどう》を猛《もう》スピードで走《はし》っている。
自行車在人行道上猛速前進著。

2 接尾語

接尾語接在單字後方用來增添句子意義。接尾語根據種類不同會變化成名詞、形容詞、形容動詞、動詞等詞類。

❶ 名詞化的接尾語

ごろ　たち　ら　かた　じゅう　め　ぶり　ほうだい　だらけ

❷ 形容詞化的接尾語

がたい　っこない　っぽい　づらい　らしい

❸ 形容動詞化的接尾語

げ＋だ　的《てき》＋だ

❹ 動詞化的接尾語

がる　ぶる　めく

01 ～ごろ　的時候、適合～的時候　N5

❶ 的時候

表大概的時間或時期。

2時《にじ》ごろ 兩點左右　3月《さんがつ》ごろ 三月左右　このごろ 最近
中《なか》ごろ 中期

昨日《きのう》は11時《じゅういちじ》ごろ寝《ね》ました。昨天十一點左右就寢。

❷ 適合～的時候

表達適合做某件事的適當時機。

見《み》ごろ 適合觀賞的時候　食《た》べごろ 適合吃的時候

今年《ことし》の紅葉《こうよう》は今《いま》が見《み》ごろです。現在正是適合觀賞今年楓葉的時候。

02 ～たち　們、一行人　N5

接在名詞後方，表達複數，接在人後方時則有「們」之意。

私《わたし》たち 我們　学生《がくせい》たち 學生們　選手《せんしゅ》たち 選手們
木村《きむら》さんたち 木村先生一行人

子《こ》どもたちが公園《こうえん》で遊《あそ》んでいます。孩子們正在公園裡玩耍。
私《わたし》たちはみんな学生《がくせい》です。我們全都是學生。
丸山《まるやま》さんたちは遅《おく》れてくるそうです。丸山先生一行人似乎會晚點來。

03 ～ら 們 N2

接在表人的名詞或代名詞後方表複數。因為有謙遜和鄙視的語感，故不建議對長輩使用。

僕《ぼく》ら / 我《われ》ら 我們　彼《かれ》ら 他們　彼女《かのじょ》ら 她們
お前《まえ》ら 你們　奴《やつ》ら 傢伙們

我《われ》らは自由《じゆう》を尊重《そんちょう》する。我們尊重自由。

彼《かれ》らの多《おお》くが進学《しんがく》を希望《きぼう》している。他們之中多數希望升學。

04 ～がる 第三者的動作 N4

接在形容詞和形容動詞的語幹後方，表第三者的想法或行動。

寒《さむ》い 冷 ➡ 寒《さむ》がる 冷

ほしい 想要 ➡ ほしがる 想要

悲《かな》しい 悲傷 ➡ 悲《かな》しがる 悲傷

怖《こわ》い 可怕 ➡ 怖《こわ》がる 害怕

強《つよ》い 強 ➡ 強《つよ》がる 逞強

いやだ 討厭 ➡ いやがる 討厭

不思議《ふしぎ》だ 不可思議 ➡ 不思議《ふしぎ》がる 感到奇怪

得意《とくい》だ 擅長 ➡ 得意《とくい》がる 擅長

弟《おとうと》は外国《がいこく》に行《い》きたがっています。弟弟想要去國外。

中山《なかやま》さんは新《あたら》しい車《くるま》をほしがっています。中山先生想要一輛新車。

05 ～さ　形容詞轉名詞　N4

接在形容詞和形容動詞的語幹後方，將形容詞和形容動詞轉成名詞。

広《ひろ》さ 寬度　長《なが》さ 長度　深《ふか》さ 深度　静《しず》かさ 寧靜
大切《たいせつ》さ 重要性　まじめさ 認真度

この花《はな》は寒《さむ》さに弱《よわ》い。這種花不耐寒。

子《こ》どもたちに自然《しぜん》の大切《たいせつ》さを伝《つた》える。告訴孩子們大自然的重要性。

06 ～方《がた》　們　N4

表複數人的尊敬表現。

あなた方《がた》 各位　皆様方《みなさまがた》 各位　先生方《せんせいがた》 老師們

あなた方《がた》の学校《がっこう》はどこにありますか。各位的學校在哪裡？

皆様方《みなさまがた》のご意見《いけん》をお聞《き》かせください。請讓我聆聽各位的意見。

07 中《じゅう》　之中 N4

接在表時間或空間的名詞後方，表達「該範圍內的全部」之意。

一日中《いちにちじゅう》 一整天	**一晩中**《ひとばんじゅう》 一整晚	**世界中**《せかいじゅう》 全世界
国中《くにじゅう》 全國	**家中**《いえじゅう》 家中	**部屋中**《へやじゅう》 房間裡

我《わ》が国《くに》は一年中《いちねんじゅう》暖《あたた》かいです。我國一整年都很溫暖。

このレストランには世界中《せかいじゅう》の食《た》べ物《もの》が集《あつ》まっている。
這間餐廳聚集了全世界的食物。

TIP

\>> 表達時間的意思時，中《じゅう》vs中《ちゅう》

❶ 中《じゅう》

「中」讀作「じゅう」時，是指某個動作或狀態只持續一段的時間。

バッグの中《なか》に財布《さいふ》がない。家中《いえじゅう》を探《さが》したが見《み》つからない。

包包裡面沒有錢包，在家裡找了但沒找到。

❷ 中《ちゅう》

「中」讀作「ちゅう」時，是指某個動作正在進行的狀態。

例 **食事中**《しょくじちゅう》 用餐中　**準備中**《じゅんびちゅう》 準備中　**仕事中**《しごとちゅう》 工作中
今週中《こんしゅうちゅう》 本週內　**旅行中**《りょこうちゅう》 旅行中

授業中《じゅぎょうちゅう》、どうしても眠《ねむ》くなることがある。上課中有時會不自覺地打盹。

❸ 例外：今日中《きょうじゅう》

「今日中」雖然讀作「じゅう」，但指某個動作正在進行的狀態。

今日中《きょうじゅう》にこの仕事《しごと》を終《お》わらせなければならない。今天內必須完成這工作。

08 目《め》 第、略

N4

❶ 第幾次、第幾個

接在數字後方表達順序或次數。

一回目《いちかいめ》 第一次　三番目《さんばんめ》 第三個　五年目《ごねんめ》 第五年

五回目《ごかいめ》にようやく成功《せいこう》した。在第五次總算成功了。

❷ 像是

表達有那種性質或傾向。

少《すく》なめ 略少　早《はや》め 早點　長《なが》め 稍長
控《ひか》えめ 減量

今日《きょう》は会議《かいぎ》があるので、早《はや》めに家《いえ》を出《で》た。
今天有會議所以早點出門了。

❸ 主要接在動詞連用形後方，表告一個段落或區分某部分或時間等。

切《き》れ目《め》 段落、裂縫　変《か》わり目《め》 轉變點
分《わ》かれ目《め》 交界　折《お》り目《め》 折線

季節《きせつ》の変《か》わり目《め》は風邪《かぜ》をひきやすい。
換季時很容易感冒。

09 ～ぶり 時隔 N4

表經過前述的時間後，再次做後述的事。

10年《じゅうねん》ぶりに高校時代《こうこうじだい》の友《とも》だちに会《あ》った。
時隔十年見到了高中時代的朋友。

4ヶ月《よんかげつ》ぶりに山登《やまのぼ》りをしてきた。我時隔四個月去登山。

10 ～らしい 像是 N4

表擁有該特徵或屬性的感覺。

彼《かれ》は本当《ほんとう》に男《おとこ》らしい人《ひと》だと思《おも》います。我覺得他真的是個有男子氣概的人。

今日《きょう》は春《はる》らしいいい天気《てんき》ですね。今天是像春天一樣的好天氣。

11 ～化《か》 化 N3

主要接在漢字後方，表轉變為某個狀態或結果。

自由化《じゆうか》 自由化	**機械化《きかいか》** 機械化	**近代化《きんだいか》** 現代化
簡素化《かんそか》 簡化	**合理化《ごうりか》** 合理化	**映画化《えいがか》** 電影化

貿易《ぼうえき》の自由化《じゆうか》が進《すす》んでいる。貿易自由化正進展中。

この作品《さくひん》はベストセラー小説《しょうせつ》を映画化《えいがか》したものだそうだ。
據說這部作品是將暢銷小說電影化。

12 ～がち 經常

N3

某個傾向經常發生或很容易發生。

病気《びょうき》がち 經常生病　　遅《おく》れがち 經常遲到
曇《くも》りがち 經常陰天　　忘《わす》れがち 健忘

冬《ふゆ》になると風邪《かぜ》を引《ひ》きがちだ。一到冬天就經常感冒。

最近《さいきん》、バスが遅《おく》れがちで困《こま》る。最近公車經常誤點很困擾。

13 ～げ ～的様子

N3

和樣態的「～そうだ」相近，意思是「看起來像是」，表達某人看上去的心情。「げ」後方接「だ」同形容動詞的活用。

怪《あや》しげだ 很奇怪的樣子　　うれしげだ 很高興的樣子
悲《かな》しげだ 很悲傷的樣子　　寂《さび》しげだ 很寂寞的樣子
心配《しんぱい》げだ 很擔心的樣子　　不安《ふあん》げだ 很不安的樣子

彼女《かのじょ》はとても寂《さび》しげな表情《ひょうじょう》で笑《わら》う。她以非常寂寞的表情笑著。

子《こ》どもたちは庭《にわ》で楽《たの》しげに遊《あそ》んでいる。孩子們在院子裡開心地玩耍。

14 ～ごと 每次、每隔 N3

「ごと」前接時間名詞時表示「每～年（月、日、小時）」執行一次某動作。是名詞化的接尾語，雖然有「月《つき》ごとの支払《しはら》い（每月支付）」的用法，但更常使用「ごと」後方接助詞「に」的形態。

一週間《いっしゅうかん》ごとに 每週　一ヶ月《いっかげつ》ごとに 每月　一年《いちねん》ごとに 每年

月《つき》ごとに料金《りょうきん》を支払《しはら》う。每月支付費用。

この薬《くすり》は8時間《はちじかん》ごとに飲《の》んでください。這個藥每隔八小時吃一次。

15 ～だらけ 渾身、滿是 N3

表充滿了，到處都是某種狀態。

ほこりだらけ 滿是灰塵　血《ち》だらけ 渾身是血
泥《どろ》だらけ 滿是泥土　借金《しゃっきん》だらけ 欠一身債
欠点《けってん》だらけ 滿是缺點

部屋《へや》の中《なか》はほこりだらけだった。房間裡滿是灰塵。

この文章《ぶんしょう》は間違《まちが》いだらけで、読《よ》みにくい。這篇文章滿是錯誤很難閱讀。

16 ～とおり / ～どおり 按照、依 N3

依照前方提出的單字狀態或方法做某動作。接在名詞後方時使用「どおり」，接在動詞後方時，不論時態皆使用「とおり」。

計画《けいかく》どおり 按照計畫　従来《じゅうらい》どおり 按照原本的
予想《よそう》どおり 按照預想　予想《よそう》したとおり 按照預想的

結果《けっか》は予想《よそう》したとおりであった。結果就跟預想的一樣。

人生《じんせい》は自分《じぶん》の思《おも》いどおりにはならない。人生不能隨心所欲。

17 ～的《てき》 的 N3

表帶有某種性質的。主要接在名詞後方，同形容動詞的活用。

文学的《ぶんがくてき》 文學的　科学的《かがくてき》 科學的　人工的《じんこうてき》 人工的
積極的《せっきょくてき》 積極的　抽象的《ちゅうしょうてき》 抽象的

この計画《けいかく》を積極的《せっきょくてき》に進《すす》めていく必要《ひつよう》があります。
必須積極地執行這個計畫。

話《はなし》が抽象的《ちゅうしょうてき》でよく分《わ》からない。談話內容太過抽象不太理解。

18 ～み　感覺　N3

形容詞和形容動詞轉成名詞，表事物的狀態或人的感覺。單字後方接「～み」比接「～さ」給人較主觀的語感。

厚《あつ》み 厚度　おもしろみ 趣味　ありがたみ 感謝
暖《あたた》かみ 溫暖　新鮮《しんせん》み 新鮮感　真剣《しんけん》み 認真的態度

冬《ふゆ》のコートは、ある程度《ていど》の厚《あつ》みがあったほうがいい。
冬天的大衣最好是有一些厚度比較好。

いくら見《み》ても、あの映画《えいが》の内容《ないよう》は新鮮《しんせん》みがない。
那部電影不管怎麼看都沒有新鮮感。

19 ～気味《ぎみ》　跡象、神色、趨勢　N2

有某種傾向，表「總覺得、有點」。

風邪気味《かぜぎみ》 有點感冒　遅《おく》れ気味《ぎみ》 有點遲到
疲《つか》れ気味《ぎみ》 有點疲憊

最近疲《さいきんつか》れ気味《ぎみ》だから、土日《どにち》はゆっくり休《やす》みたい。
最近有點疲憊所以週末想好好休息。

このところ株価《かぶか》は上《あ》がり気味《ぎみ》だ。最近股價有上漲的趨勢。

20 ～向《む》け 專用、對象 N2

接在名詞後方表達對象或方向。

子供《こども》向《む》け 兒童用　　企業《きぎょう》向《む》け 企業用　　男性《だんせい》向《む》け 男性用
アメリカ向《む》け 向美國出口　　若者《わかもの》向《む》け 年輕人用

これは子《こ》ども向《む》けの雑誌《ざっし》である。這是一本兒童雜誌。

この工場《こうじょう》ではアメリカ向《む》けの製品《せいひん》を生産《せいさん》している。
這個工廠正生產對美輸出的產品。

21 ～向《む》き 適合 N2

接在名詞後方，表「適合～」之意。「向け」是表達「對象」，而「向き」則是強調「適合」，兩種表現的重點不同。

お年寄《としよ》り向《む》き 適合老人　　学生《がくせい》向《む》き 適合學生
初心者《しょしんしゃ》向《む》き 適合新手　　幼児《ようじ》向《む》き 適合幼兒

この料理《りょうり》をとても柔《やわ》らかいのでお年寄《としよ》り向《む》きだ。
這道料理非常軟嫩很適合老人。

この本《ほん》は初心者《しょしんしゃ》向《む》きに分《わ》かりやすく書《か》いてある。
這本書寫得淺顯易懂，很適合新手。

22 ～次第《しだい》 馬上、根據 N2

❶ 馬上

主要接在動詞連用形後方，表某動作結束後馬上進行其他事情。

予定《よてい》が決《き》まり次第《しだい》、お知《し》らせします。行程確定後馬上通知您。

社長《しゃちょう》が着《つ》き次第《しだい》、会議《かいぎ》を始《はじ》めます。

社長抵達後會議會馬上開始。

❷ 依據、根據

主要接在名詞後方，表決定性的條件。

合格《ごうかく》するかしないかは本人《ほんにん》の努力次第《どりょくしだい》だ。

是否合格根據本人的努力而定。

社長《しゃちょう》のご都合次第《つごうしだい》では来週《らいしゅう》の会議《かいぎ》は延期《えんき》になります。

配合社長的行程下週會議延期了。

23 ～上《じょう》 上 N2

表「在～方面」的意思，接名詞後方。

歴史上《れきしじょう》 歷史上　教育上《きょういくじょう》 教育上　外見上《がいけんじょう》 外觀上　仕事上《しごとじょう》 工作上

彼《かれ》は仕事上《しごとじょう》、海外出張《かいがいしゅっちょう》が多《おお》い。他工作上經常到海外出差。

この町《まち》には歴史上有名《れきしじょうゆうめい》な建物《たてもの》が数多《かずおお》くある。

這個城鎮有許多歷史上有名的建築。

24 ～がたい(難い) 難以 N2

接在動詞連用形後方，表該動作很困難或不可能做到。

言《い》いがたい 難以啟齒　信《しん》じがたい 難以置信
許《ゆる》しがたい 難以原諒　理解《りかい》しがたい 難以理解

信《しん》じがたいことだが、すべて事実《じじつ》である。 雖然難以置信但全都是事實。
車《くるま》のない暮《く》らしは想像《そうぞう》しがたい。難以想像沒有汽車的生活。

25 ～っこない 不可能 N2

接在動詞連用形後方，表絕對不可能那樣，強烈否定其可能性。「～っこない」經常用於日常會話中，和「～はずがない、～わけがない」意思相同。

信《しん》じっこない 不可置信　できっこない 不可能做到
分《わ》かりっこない 不可能知道
間《ま》に合《あ》いっこない 不可能趕上

将来何《しょうらいなに》が起《お》こるか、だれにも分《わ》かりっこない。
將來會發生什麼事情誰都無法得知。
今日《きょう》の会議《かいぎ》は2時間《にじかん》では終《お》わりっこない。
今天的會議不可能在兩小時之內結束。

26 ～っぽい 有～的傾向 N2

接在形容詞語幹、名詞、動詞連用形後方，表「有某種傾向、給人有某種感覺」之意。

黒《くろ》っぽい 很黑的	安《やす》っぽい 看起來很便宜的
嘘《うそ》っぽい 像謊話的	子《こ》どもっぽい 孩子氣的
飽《あ》きっぽい 感到厭煩的	理屈《りくつ》っぽい 愛講道理的
忘《わす》れっぽい 容易健忘的	怒《おこ》りっぽい 容易生氣的

私《わたし》は忘《わす》れっぽい方《ほう》なので、何《なん》でもメモしておく。

我是個容易健忘的人，所以凡事都要做筆記。

意外《いがい》と彼《かれ》は子《こ》どもっぽいところがある。令人驚訝的是，他有孩子氣的一面。

27 ～づらい 難以 N2

接在動詞連用形後方，表該動作難以實行。相較於「～にくい」給人更主觀的語感。

書《か》きづらい 難以書寫	読《よ》みづらい 難以閱讀
食《た》べづらい 難以下嚥	話《はな》しづらい 難以對話

この本《ほん》は字《じ》が小《ちい》さくて読《よ》みづらい。這本書的字體很小難以閱讀。

相手《あいて》の反応《はんのう》がないと、話《はな》しづらい。對方沒有反應的話難以對話。

28 ～っぱなし(～っ放し) 持續的狀態 N2

表某種狀態持續進行中，是從動詞「放す（放任不管、放掉）」衍生的表現，接在動詞連用形後方。

置《お》きっぱなし 放置著　立《た》ちっぱなし 站著
開《あ》けっぱなし 開啟著　やりっぱなし 事情沒做完擱著

水《みず》を出《だ》しっぱなしで歯《は》を磨《みが》くのはやめましょう。
請不要刷牙時水龍頭的水開著不關。

この仕事《しごと》は、一日中《いちにちじゅう》立《た》ちっぱなしなので疲《つか》れますよ。
這份工作必須整天站著所以很累。

29 ～かたがた 兼、順便 N1

表做某動作時，順便兼做後述的動作，主要用於書面或會議，給人較正式的感覺。

ご挨拶《あいさつ》かたがた 問候時順便～　ご報告《ほうこく》かたがた 報告時順便～
お礼《れい》かたがた 道謝時順便～

まずはご報告《ほうこく》かたがた、ごあいさつ申《もう》し上《あ》げます。
首先報告時兼問候一下各位。

明日《あした》ごあいさつかたがた、お宅《たく》にうかがいます。
明天問候您時順道拜訪府上。

30 ～がてら　兼、順便　N1

表做某件事情時也順便做後述動作。

散歩《さんぽ》がてら 散步時順便～　　買《か》い物《もの》がてら 購物時順便～
送《おく》りがてら 送行時順便～

散歩《さんぽ》がてら買《か》い物《もの》に行《い》ってきた。散步時順便去買了東西。

今度《こんど》の休《やす》みに旅行《りょこう》がてら友人《ゆうじん》に会《あ》いに行《い》く。
假期旅行時順便去見朋友。

TIP

「～がてら」和「～かたがた」意思相近，但「～がてら」可接在名詞和動詞連用形後方，「～かたがた」只能接在名詞後方。「～かたがた」常用於禮貌性的表現。

31 ～ずくめ　全是　N1

表「清一色都是～」的意思。常用於「いいこと（好事）、黒《くろ》（黑色）、規則《きそく》（規則）」等名詞後方。

黒《くろ》ずくめの男《おとこ》が、家《いえ》の前《まえ》をうろうろしている。
全身黑色的男子在家門前徘徊。

希望《きぼう》の会社《かいしゃ》に就職《しゅうしょく》できたし、結婚《けっこん》もしたし、
今年《ことし》はいいことずくめだった。
進入志願公司還結了婚，今年盡是些好事。

TIP

>> いいことだらけ vs いいことずくめ

兩句都是表達「充滿好事」之意，但是「だらけ」常用於不好的事，所以充滿好事時使用「ずくめ」較為自然。另一方面「ずくめ」則是好事壞事都可以使用，「いいことだらけ」為慣用表現，但是本來應該使用「いいことずくめ」或「いいことでいっぱい」才對。例外的慣用語表現如下：

いいことだらけ・いいことずくめ 全是好事

楽《たの》しいことだらけ・楽《たの》しいことずくめ 全是開心的事

幸《しあわ》せだらけ・幸《しあわ》せずくめ 全是幸福的事

32 ～たて(立て) 剛 N1

表某動作剛完成。

炊《た》きたて 剛煮好　出来《でき》たて 剛完成
作《つく》りたて 剛做好　焼《や》きたて 剛烤好

やはり炊《た》きたてのご飯《はん》はおいしい。 果然是剛煮好的飯最好吃。

結婚《けっこん》したての二人《ふたり》は、新婚旅行《しんこんりょこう》に出《で》た。 新婚的兩人去蜜月旅行了。

33 ～なり 自己的 N1

接在名詞或形容詞的連體形後方，表「與～相應的」之意。常接助詞「に」或「の」使用「～なりに（自己的）」或「～なりの（自己的）」的形態。

子《こ》どもなり 孩子自己的　　自分《じぶん》なり / 私《わたし》なり 我自己的

狭《せま》いなりに 窄是窄

高《たか》いなりに 貴是貴

子《こ》どもには子《こ》どもなりの悩《なや》みがあるものだ。

孩子有孩子自己的煩惱。

会議《かいぎ》で自分《じぶん》なりに考《かんが》えた案《あん》を説明《せつめい》した。 在會議中說明了我自己想的提案。

34 ～風《ふう》 風、風格 N1

表看起來像那種樣子或狀態。

洋風《ようふう》 西洋風　　和風《わふう》 日本風　　サラリーマン風《ふう》 上班族風

ヨーロッパ風《ふう》 歐風　　イタリア風《ふう》 義大利風

温泉旅行《おんせんりょこう》に行《い》って、和風《わふう》の旅館《りょかん》に泊《と》まった。

溫泉旅行住宿在日式旅館。

この町《まち》にはヨーロッパ風《ふう》の建物《たてもの》がたくさんある。

這個城鎮有很多歐風建築。

35 ～放題《ほうだい》 盡情地

N1

表沒有任何限制隨心所欲地做該動作。

食《た》べ放題《ほうだい》 盡情地吃
飲《の》み放題《ほうだい》 盡情地喝
言《い》いたい放題《ほうだい》 盡情地說
勝手《かって》放題《ほうだい》 隨心所欲

この店《みせ》のランチは何《なん》でも食《た》べ放題《ほうだい》です。
這家店的午餐是吃到飽。

ビールもあればワインもあり、飲《の》み放題《ほうだい》だ。
有啤酒有葡萄酒，可以盡情地喝。

36 ～まみれ 滿是、渾身

N1

表泥土、汗水、灰塵、油漬等髒東西粘在表面的樣子。

泥《どろ》まみれ 滿是泥土　血《ち》まみれ 渾身是血　汗《あせ》まみれ 滿身是汗

子《こ》どもたちが泥《どろ》まみれになって遊《あそ》んでいる。孩子們玩得滿是泥土。

テーブルの上《うえ》はほこりまみれだった。桌子上佈滿了灰塵。

37 ～めく 有～的感覺 N1

接在名詞後方，表像某種樣子。同五段動詞的活用方式。

春《はる》めく 有春天的氣息　　冗談《じょうだん》めく 像開玩笑的感覺
皮肉《ひにく》めく 像在嘲諷的感覺

野《の》の花《はな》も咲《さ》きはじめ、春《はる》めいてきた。
野外的花開始綻放，有春天的氣息了。

彼《かれ》の皮肉《ひにく》めいた言動《げんどう》が気《き》に触《さわ》る。
他帶有嘲諷的言行，我看不順眼。

38 ～ぶる 佯裝、擺～樣子 N1

接在名詞或形容詞、形容動詞語幹後方，表「裝作～的樣子」。同五段動詞的活用方式。

学者《がくしゃ》ぶる 假裝學者　　偉《えら》ぶる 驕傲自大
上品《じょうひん》ぶる 假裝高尚　　利口《りこう》ぶる 假裝聰明
もったいぶる 擺架子

彼《かれ》はもったいぶらないで教《おし》えてくれた。他不擺架子地教了我。

彼《かれ》の偉《えら》ぶった態度《たいど》が気《き》に入《い》らない。我看不慣他那驕傲自大的態度。

PART 28
複合語

1 複合語
2 複合動詞

1 名詞

複合語是指由幾個單字組成的詞彙，通常由兩個單字組成。複合語根據組成的構造會成為動詞、形容詞、名詞等。

01 複合名詞

由兩個單字組成一個名詞。下列組成的名詞即是複合名詞。

❶ 名詞 ＋ 名詞

坂《さか》 斜坡 ＋ 道《みち》 路 ➡ 坂道《さかみち》 坡道

手《て》 手 ＋ 足《あし》 腳 ➡ 手《て》足《あし》 手腳

❷ 名詞 ＋ 動詞連用形

花《はな》 花 ＋見《み》る 看 ➡ 花《はな》見《み》 賞花

手《て》 手 ＋ 作《つく》る 做 ➡ 手《て》作《づく》り 手工製

❸ 動詞連用形 ＋ 名詞

忘《わす》れる 忘記 ＋ 物《もの》 物品 ➡ 忘《わす》れ物《もの》 遺失物

渡《わた》る 遷徙 ＋ 鳥《とり》 鳥 ➡ 渡《わた》り鳥《どり》 候鳥

❹ 形容詞語幹 ＋ 動詞連用形

安《やす》い 便宜的 ＋ 売《う》る 賣 ➡ 安《やす》売《う》り 賤賣

深《ふか》い 深的 ＋ 入《い》る 進入 ➡ 深《ふか》入《い》り 深入

⑤ 動詞連用形 ＋ 動詞連用形

乗《の》る 搭乘 ＋ 降《お》りる 下車 ➡ 乗《の》り降《お》り 上下車

聞《き》く 聽 ＋ 取《と》る 取得 ➡ 聞《き》き取《と》り 聽取

TIP

>> 後方接濁音時

- 名詞+名詞（“）
- 名詞+動詞連用形（“）
- 動詞連用形+名詞（“）

複合名詞的前方或後方若為名詞時，則後方的單字經常加上濁音。

底《そこ》+力《ちから》 ➡ 底力《そこぢから》 潛力

日《ひ》+帰《かえ》り ➡ 日帰《ひがえ》り 一日遊

登《のぼ》り+坂《さか》 ➡ 登《のぼ》り坂《ざか》 上坡

02 複合形容詞

由兩個單字組成一個形容詞，形容詞的位置需在後方。

❶ 形容詞語幹 + 形容詞

青《あお》い 藍色的 + 白《しろ》い 白色的 ➡ 青白《あおじろ》い 蒼白的

薄《うす》い 淺的 + 暗《くら》い 黑暗的 ➡ 薄暗《うすぐら》い 昏暗的

❷ 名詞 + 形容詞

力《ちから》 力量 + 強《つよ》い 強的 ➡ 力強《ちからづよ》い 力氣大的

肌《はだ》 皮膚 + 寒《さむ》い 寒冷的 ➡ 肌寒《はだざむ》い 冷颼颼的

❸ 動詞連用形 + 形容詞

粘《ねば》る 黏 + 強《つよ》い 強的 ➡ 粘《ねば》り強《づよ》い 有毅力的

見《み》る 看 + 苦《くる》しい 痛苦的 ➡ 見《み》苦《ぐる》しい 難看的

03 複合動詞

由兩個單字組成一個動詞，動詞的位置需在後方。

❶ 名詞 ＋ 動詞

目《め》 眼睛 ＋ 覚《さ》める 醒來 ➡ 目《め》覚《ざ》める 醒來、睜開眼

腰《こし》 腰 ＋ 掛《か》ける 坐 ➡ 腰《こし》掛《か》ける 坐下

❷ 形容詞語幹 ＋ 動詞

近《ちか》い 近的 ＋ 寄《よ》る 靠近 ➡ 近《ちか》寄《よ》る 接近

若《わか》い 年輕的 ＋ 返《かえ》る 回來 ➡ 若《わか》返《がえ》る 變年輕

❸ 副詞 ＋ 動詞

いらいら 坐立不安 ＋ つく 伴隨 ➡ いらつく 焦躁、心急如焚

まごまご 驚慌失措 ＋ つく 伴隨 ➡ まごつく 驚慌失措、不知所措

❹ 動詞連用形 ＋ 動詞

歩《ある》く 走 ＋ 回《まわ》る 旋轉 ➡ 歩《ある》き回《まわ》る 走來走去

書《か》く 寫 ＋ 始《はじ》める 開始 ➡ 書《か》き始《はじ》める 開始寫

2 複合動詞

通常複合動詞指的是「動詞連用形＋動詞」的形態。
「動詞＋動詞」的形態中，後方若為「ばじめる、つづける、おわる、だす、すぎる連用形」時，請參考本書中「動詞連用形」的章節內容。

01 ～合《あ》う　互相　N4

表互相影響對方做某動作。

少《すこ》しずつお金《かね》を出《だ》し合《あ》って田中《たなか》さんのプレゼントを買《か》った。

互相出一點錢，買了田中先生的禮物。

何度《なんど》も話《はな》し合《あ》ううちに、お互《たが》いを理解《りかい》できるようになった。

在經過幾次對話後，雙方可以互相理解了。

02 ～直《なお》す　再次、重新　N4

表再次做已做過的行為，使結果能更好。

もう一度《いちど》、考《かんが》え直《なお》してみたらどうですか。再重新考慮一下如何呢？

まだ時間《じかん》がありますから、
できた人《ひと》も答案《とうあん》をもう一度《いちど》よく見直《みなお》してください。

因為還有時間，答完題的人請再次檢查一遍答案。

03 ～切《き》る　全部、完全　N3

接動作動詞的後方，強調「全部、完全」等已完成的意思。

図書館《としょかん》で借《か》りた本《ほん》を一晩《ひとばん》で読《よ》みきった。

從圖書館借的書一個晚上就全都讀完了。

宇宙《うちゅう》には数《かぞ》えきれないほどの星《ほし》がある。宇宙有數不完的星星。

04 ～込《こ》む　進入、徹底地　N3

❶ 進入

家《いえ》の中《なか》まで雨《あめ》が入《はい》り込《こ》んだ。雨水流進家中。

括弧《かっこ》の中《なか》に漢字《かんじ》の読《よ》み方《かた》を書《か》き込《こ》んでください。

請在括號中寫下漢字的讀法。

❷ 徹底地執行某動作

何《なに》をそんなに考《かんが》え込《こ》んでいるんですか。

什麼事想得那麼入神？

料理《りょうり》の材料《ざいりょう》を弱火《よわび》で煮込《にこ》んでください。請用小火燉煮料理食材。

05 ～上《あ》げる　完成　N2

接在動詞連用形後方，表某動作完全做完。

この仕事《しごと》は夕方《ゆうがた》までに仕上《しあ》げるつもりだ。這工作我打算在傍晚前完成。

実際《じっさい》にあった話《はなし》をもとに、映画《えいが》を作《つく》り上《あ》げる。

以真實的故事拍成電影。

06 ～あわせる(合わせる) 合併、偶然

「動詞＋合わせる」指「多種東西變成一個，或是多種東西被調和」。

❶ 相互、合併 N2

別《べつ》の素材《そざい》を組《く》みあわせ服《ふく》を作《つく》る。用不同的素材組合製作衣服。

これは、二枚《にまい》の写真《しゃしん》を重《かさ》ね合《あ》わせて作《つく》った合成写真《ごうせいしゃしん》です。

這是重疊兩張照片製作而成的合成照。

❷ 偶然、正好 N1

田中《たなか》さんと偶然同《ぐうぜんおな》じ電車《でんしゃ》に乗《の》り合《あ》わせた。

偶然和田中先生搭了同一班電車。

事故現場《じこげんば》に居合《いあ》わせた人《ひと》から事情《じじょう》を聞《き》く。先詢問剛好在事故現場的人。

07 ～うる(得る) 可以 N2

表某件事情是可能的。表某件事情不可能時，則以「動詞連用形＋えない」的形態表示。

考《かんが》えうる方法《ほうほう》は全部試《ぜんぶため》してみた。可以想到的方法全都試過了。

一年間日本語《いちねんかんにほんご》を勉強《べんきょう》すれば、これぐらいの本《ほん》は読《よ》みうるはずだ。

如果學習一年的日語，應該就可以讀這種程度的書了。

TIP

>> 動詞連用形＋えない

表某件事情不可能時，在動詞連用形後方接「～えない」。

努力《どりょく》しないで成功《せいこう》はありえない。不努力就無法成功。

空気《くうき》がなければ動物《どうぶつ》だけでなく植物《しょくぶつ》も存在《そんざい》しえないのだ。

沒有空氣的話不只動物，連植物也無法生存。

08 ～かえす(返す) 再次、返回

❶ 再次 N2

表反覆地做同樣的動作。

彼《かれ》はその手紙《てがみ》を何回《なんかい》も読《よ》み返《かえ》した。他重讀了好幾次那封信。

意味《いみ》の分《わ》からない言葉《ことば》を聞《き》き返《かえ》した。

再次問了不懂意思的單字。

❷ 返回 N1

朝著原本的方向或場所再次做某動作。

この書類《しょるい》に記入《きにゅう》し、送《おく》り返《かえ》してください。

請填寫此文件後送回。

船《ふね》が港《みなと》に引《ひ》き返《かえ》す。船返回港口。

09 ～かける ～途中 N2

指某件事開始後在中途停止的狀態。

テーブルの上《うえ》に飲《の》みかけのコーヒーが置《お》いてある。

桌上有杯喝到一半的咖啡。

雑誌《ざっし》を読《よ》みかけて、そのまま眠《ねむ》ってしまった。

看雜誌的途中就那樣睡著了。

10 ～かねる 不能，難以 N2

「那樣做會很困難」之意，不使用「できない」，而以較鄭重且迂迴的語氣拒絕，表不可能的書面體。

残念《ざんねん》ながら、あなたの意見《いけん》には賛成《さんせい》しかねます。

雖然很遺憾，但是我難以贊成你的意見。

内容《ないよう》が分《わ》からないので、なんとも言《い》いかねます。

因為不知道內容，所以不能說什麼。

TIP

>> 動詞連用形＋できない

在動詞連用形後方接「～かねる」的否定表現「～かねない」，表達「有可能變成那樣」的不確定推量。雖然和「～かもしれない」是類似的表現，但是「～かねない」主要用於不好的情況。

そのような言《い》い方《かた》は、誤解《ごかい》を招《まね》きかねない。

那樣的說辭可能會導致誤解。

スピードを出《だ》しすぎると、事故《じこ》を起《お》こしかねない。

超速有可能會導致事故。

11 ～なれる(慣れる) 習慣 N2

表反覆地做某動作後，對該動作變得熟練。

10年《じゅうねん》以上《いじょう》住《す》み慣《な》れた家《いえ》から引《ひ》っ越《こ》すことになった。

決定搬離10年以上住慣的家。

新《あたら》しいケータイにまだ使《つか》いなれていない。

還沒用慣新手機。

12 ～ぬく(抜く) 到最後 N2

表做某動作到最後。

やると決《き》めたからには、最後《さいご》までやり抜《ぬ》くつもりだ。

既然決定做就要做到最後。

マラソンコースを全力《ぜんりょく》で走《はし》り抜《ぬ》いた。

盡了全力跑完了馬拉松路線。

13 ～こなす 熟練、精明 N1

表熟練地處理某事。

この機械《きかい》を使《つか》いこなすにはかなりの技術《ぎじゅつ》が必要《ひつよう》だ。

想要自如地使用這台機械，需要相當的技術。

一《ひと》つ一《ひと》つの仕事《しごと》をやりこなして行《い》く。有條理地做完每件工作。

14 ～そこなう(損なう) 失敗 N1

表某件事情失敗。

また、手紙《てがみ》を書《か》きそこなってしまった。又再次寫錯了信。

目《め》の前《まえ》で電車《でんしゃ》に乗《の》りそこなって、結局会社《けっきょくかいしゃ》に遅刻《ちこく》してしまった。

錯過了眼前的電車結果上班遲到。

15 ～立《た》てる　一直、頻繁　N1

表達某件事情或動作接連地進行。

一方的《いっぽうてき》な見解《けんかい》で物事《ものごと》をセンセーショナルに書《か》き立《た》てるのは問題《もんだい》だ。

以片面的見解聳動地寫事件是有問題的。

彼《かれ》は始終文句《しじゅうもんく》を言《い》い立《た》てている。他總是在發牢騷。

16 ～つくす(尽くす)　做完　N1

表徹底地做了某件事。

当《とう》ガイドツアーは、街《まち》を知《し》りつくした専門《せんもん》ガイドがご案内《あんない》いたします。

本旅遊行程會由熟悉城鎮的專業導遊導覽。

久《ひさ》しぶりに旧友《きゅうゆう》と再会《さいかい》し、いくら語《かた》っても語《かた》りつくせない思《おも》いだった。

和許久不見的老朋友再見面，即使聊得再多也覺得聊不完。

17 ～通《とお》す　貫徹　N1

表某動作持續到最後。

彼《かれ》は、自《みずか》らの信念《しんねん》を貫《つらぬ》き通《とお》し、研究《けんきゅう》を完成《かんせい》させた。

他貫徹自己的信念到最後，完成了研究。

最後《さいご》までやり通《とお》してこそ、それまでの苦労《くろう》も報《むく》われるというものだ。

只有堅持做到最後，到時所有的辛勞都會得到回報。

PART 29
感嘆詞與縮約表現

1 感嘆詞

2 縮約表現

1 感嘆詞

感嘆詞是不活用的自立語，不會成為主語、述語或修飾語，只為獨立的單字。感嘆詞通常位於句首，用來表達感動、應答、呼喚等意思，亦稱為感動詞。同一個感嘆詞常會有不同的意思，須依據前後文的意思去理解。

01 感嘆

表達快樂、悲傷、憤怒、驚嚇、開心等說話者的感嘆情緒。

ああ　あっ　あら　あれ　うっ　えっ　おっ
おお　おや　ほら　まあ　やれやれ

ああ、**いいよ。**啊！好！

あれ、**あの人《ひと》、だれ？**咦！那個人是誰？

あら、**ごめんなさい。**哎呀！對不起！

まあ、**びっくりした。**哎！嚇我一跳！

よし、**これ一《ひと》つ買《か》おう。**好，我要買一個！

へえ、**本当《ほんとう》ですか。**哦！是真的嗎？

あっ、**見《み》つかった。**啊，找到了！

やれやれ、**また残業《ざんぎょう》か。**哎呀！又加班嗎？

ええと、**じゃ、こうしてください。**嗯，那麼就這麼辦吧！

やあ、**今朝《けさ》大変《たいへん》だったよ。**哎，今天早上真的很慘。

しまった。**財布《さいふ》をなくした。**糟糕！我錢包掉了！

02 呼喚、催促

呼喚對方或喚起注意。

もしもし　あのね　おい　こら　さあ
そら　どれ　ねえ　やあ　やい

おい、待《ま》て！喂！等一下！

こら、何《なに》してるんだ。喂！你在做什麼？

もしもし。沢木《さわき》です。喂，我是澤木。

ねえ、外国《がいこく》に行《い》ったことある？吶！你去過國外嗎？

そら、見《み》ろ！瞧！你看！

03 應答

回應對方，表同意或不同意。

ああ　いえ　いや　うん　いいえ　え　ええ　おう
そう　はあ　はい　はっ　なあに　へい　なに

はい、そうですよ。對，是的。

ああ、そうですか。啊，是嗎？

いいえ、私《わたし》は行《い》きません。不，我不去。

いや、それは違《ちが》います。不，不是那樣的。

A 明日《あした》3時《さんじ》ですね。明天是三點對吧！

B ええ、そうです。對，是的。

C 明日《あした》のパーティーに行《い》くの。你會去明天派對嗎？

D うん、行《い》くつもりだけど。嗯，我打算去。

E ごめん。待《ま》った。抱歉，等很久了吧？

F ううん、私《わたし》も来《き》たばかり。不，我也才剛到。

04 問候語

おはよう（ございます）。早安。

こんにちは。你好。

こんばんは。晚安。

さようなら。再見。

ただいま。我回來了。

ありがとう（ございます）。謝謝。

すみません。對不起。

いただきます。我要開動了。

ごちそうさまでした。我吃飽了。

05 口令、口號

向自己或對方呼喚、打氣的話語。

そら, どっこい, よいしょ, それ, よし

A この机《つくえ》、運《はこ》ぼうよ。搬這張桌子吧！

B よし、動《うご》かすぞ。好，移動吧！

A&B よいしょ。嘿喲！

よし、頑張《がんば》るぞ。好，加油吧！

2 縮約表現

縮短單字或語句的表現方式稱為「縮約表現」，主要用於會話中，縮約方式根據狀況而有所不同。

01 變形的縮約表現

❶ ～では ➡ ～じゃ

これは本《ほん》じゃありません。這個不是書。

それは私《わたし》のじゃありません。這個不是我的。

❷ ～ては ➡ ～ちゃ/ ～では ➡ ～じゃ

テレビばかり見ちゃいけない。不可以光看電視。

人《ひと》の日記《にっき》を読《よ》んじゃいけない。不可以看別人的日記。

❸ ～ ている ➡ ～てる

何《なに》言《い》ってるの？你在說什麼？

寒《さむ》いね。窓《まど》、開《あ》いてるんじゃないの？好冷，窗戶是不是開著的？

❹ ～ ておく ➡ ～とく

この言葉《ことば》はよく覚《おぼ》えといてね。請牢記這個單字。

暑《あつ》いから、窓《まど》、開《あ》けといて。好熱，把窗戶打開。

❺ ～てしまう ➡ ～ちゃう / ～でしまう ➡ ～じゃう

もう、忘《わす》れちゃった。已經忘掉了。

本《ほん》を全部《ぜんぶ》読《よ》んじゃった。書全部讀完了。

❻ ～なければ ➡ ～なきゃ

部屋《へや》が暗《くら》くて昼間《ひるま》でも電気《でんき》をつけなきゃならないんだ。

房間很暗，白天不開燈不行。

A 学校《がっこう》へ行《い》く時間《じかん》だよ。上學的時間到了。

B ああ、もうこんな時間《じかん》。急《いそ》がなきゃ。

啊，已經這個時間了呀！動作得加快了。

❼ ～なくては ➡ ～なくちゃ

病院《びょういん》に行《い》かなくちゃだめなの。我必須去醫院。

もっと頑張《がんば》らなくちゃいけない。不更努力不行。

❽ ～のだ ➡ ～んだ / ～のです ➡ ～んです

この店《みせ》は安《やす》いんだ。這家店很便宜。

うちの子《こ》はマンガばかり読んでいるんですよ。

我的孩子老是只光看漫畫。

❾ ～ので ➡ ～んで

ちょっと用事《ようじ》があるんで、お先《さき》に失礼《しつれい》します。

我還有事得先告辭了。

遅《おそ》いんで心配《しんぱい》したよ。因為你遲到，剛很擔心你。

⑩ ～かもしれない ➡ ～かも

彼《かれ》の話《はなし》は本当《ほんとう》かも。他說的話或許是真的。

彼《かれ》は来《こ》ないかも。他或許不來。

⑪ ～ない ➡ ～ん

まだ分《わ》からんのか。你還不知道嗎？

名前《なまえ》を呼《よ》んでも知《し》らんぷりをしている。被叫名字還裝作不知道。

⑫ ら／る／れ ＋ ない／の ➡ ん ＋ ない／の

ら段的「ら／る／れ」後接「ない」或「の」時，「ら／る／れ」可縮約成「ん」。

僕《ぼく》も分《わ》かんないよ。我也不清楚。

何《なに》見《み》てんの。你在看什麼？

教《おし》えてくんない？不告訴我嗎？

⑬ ～という / ～というのは ➡ って

中川《なかがわ》さんって人《ひと》から電話《でんわ》があったわよ。

有位叫中川先生的人來電過。

バス料金《りょうきん》が上《あ》がるって本当《ほんとう》かしら。公車費上漲是真的嗎？

02 省略的縮約表現

表刪除單字的一部份的縮約方式，請參考下列例句。

❶ 省略單字的第一個音節

いやだ ➡ やだ	討厭
それで ➡ で	所以
まったく ➡ ったく	真是的
ところで ➡ で	話說
いらっしゃい ➡ らっしゃい	請進

❷ 省略單字的語尾音節

ありがとう ➡ ありがと	謝謝
だろう ➡ だろ	對吧？
でしょう ➡ でしょ	對吧？
ほんとう ➡ ほんと	真的
かっこう ➡ かっこ	樣子、打扮

PART 30
詞類與表現識別

1 ある的詞類識別
2 ない的詞類識別
3 らしい的詞類識別
4 だ的詞類識別
5 こと與の的差異識別

1 ある的詞類識別

01 動詞ある N5

可解釋為「在、有」，表存在。

机《つくえ》の上《うえ》に本《ほん》がある。桌上有書。

新幹線《しんかんせん》に乗《の》ったことがある。曾搭過新幹線。

02 輔助動詞ある N4

表某狀況或某事物的樣子。可解釋為「是」，大部分被用為「～てある、～である」的形態。

彼《かれ》は学生《がくせい》である。他是學生。

本《ほん》に名前《なまえ》が書《か》いてある。書上寫著名字。

03 連體詞ある N3

可解釋為「某個」，用來修飾後方名詞。須注意它不活用，和動詞不同。

それはある日《ひ》のことだった。那個是某天發生的事情了。

ある人《ひと》は本《ほん》を読《よ》み、ある人《ひと》は音楽《おんがく》を聞《き》く。有些人看書，有些人聽音樂。

2 ない的詞類識別

「ない」易讓人分不清是形容詞還是助動詞，須多加注意。

01 助動詞ない N5

助動詞「ない」是附屬語，接在動詞連用形後方表達「否定」之意。

飲《の》む　喝 ➡ 飲《の》まない　不喝
食《た》べる　吃 ➡ 食《た》べない　不吃
来《く》る　來 ➡ 来《こ》ない　不來
する　做 ➡ しない　不做

教室《きょうしつ》にだれもいない。教室裡沒人。

電車《でんしゃ》が止《と》まったまま、動《うご》かない。電車靜止著，一動也不動。

02 形容詞ない N5

形容詞「ない（沒有）」是自立語，是「ある（有）」的相反詞，用於否定存在。

今日《きょう》は授業《じゅぎょう》がない。今天沒有課。

外国《がいこく》へ行《い》ったことがない。沒有去過國外。

03 輔助形容詞ない

N5

接在形容詞或形容動詞後方表達「否定」之意。不是表達形容詞「ない」本來「沒有」的意思，而是扮演輔助前方形容形或形容動詞的角色，稱為「輔助形容詞」。

この本《ほん》はおもしろくない。這本書不有趣。

あの人《ひと》はまじめではない。那個人不認真。

04 形容詞的一部份ない

N5

語尾以「～ない」表示，和「～不」的意思完全無關，只是形容詞的一部分而已。

つまらない 無聊的	危《あぶ》ない 危險的
少《すく》ない 少的	情《なさ》けない 可恥的

この会社《かいしゃ》は休《やす》みが少《すく》ない。這間公司休假很少。

危《あぶ》ないから気《き》をつけてください。很危險，所以請小心。

3 らしい的詞類識別

01 助動詞 N4

助動詞「らしい」用來表根據某事而下的不精確判斷，可解釋為「似乎」。助動詞「らしい」接在名詞後方時，難以和接尾語「らしい」區分，可在在句子前方加上「どうやら（也許、看來）」，便可自然地判斷為助動詞。

部屋《へや》の電気《でんき》が消《き》えている。だれもいないらしい。

房間的電燈是關著的，似乎沒有人在。

風《かぜ》が強《つよ》まってきた。台風《たいふう》が近《ちか》づいているらしい。

風勢變強了，颱風似乎正在接近。

02 接尾語 N4

接尾語「らしい」主要接在名詞後方，表具有相當的性質。可解釋為「宛如」。

今日《きょう》は春《はる》らしいいい天気《てんき》だ。今天是宛如春天的好天氣。

学生《がくせい》らしい服《ふく》を着《き》る。穿宛如學生的衣服。

03 形容詞的一部份 N5

下列單字不是助動詞或接尾語的「らしい」，只是形容詞的一部分，沒有文法上的意思。

あたらしい　新的

かわいらしい　可愛的

めずらしい　稀有的、難得的

すばらしい　極好的

にくらしい　可恨的

この服《ふく》は新《あたら》しい。這衣服是新的。

彼《かれ》の遅刻《ちこく》はめずらしい。他很難得遲到。

4 だ的詞類識別

01 助動詞 N4

助動詞「だ」接在名詞後方，表斷定。

明日《あした》は試験《しけん》だ。明天要考試。

これは私《わたし》の本《ほん》だ。這是我的書。

02 助動詞(完成) N4

表「過去」或「完成」的助動詞「た」，音便後變成「だ」。換句話說，是「む、ぶ、ぬ」結尾的動詞た形的音便形態。

コーヒーを飲《の》んだ。喝了咖啡。

靴《くつ》の紐《ひも》を結《むす》んだ。繫上了鞋帶。

03 形容動詞的語尾 N3

「きれいだ」的「だ」是形容動詞的語尾，連體形以「な」連接名詞。

部屋《へや》がきれいだ。房間很乾淨。➡ きれいな部屋《へや》 乾淨的房間

彼《かれ》はまじめだ。他很認真。➡ まじめな彼《かれ》 認真的他

5 こと與の的差異識別

01 こと與の都可使用時

「こと」和「の」接在句子後方，扮演將前方句子轉換成名詞的「名詞化」角色。這時可以如下列句子一樣互相交替。

大切《たいせつ》な約束《やくそく》があるのを忘《わす》れていた。○

= 大切《たいせつ》な約束《やくそく》があることを忘《わす》れていた。○　忘記了有重要的約定。

漢字《かんじ》を勉強《べんきょう》するのは大変《たいへん》だ。○

= 漢字《かんじ》を勉強《べんきょう》することは大変だ。○　學習漢字很辛苦。

02 只能使用こと時　N5

❶ 下列動詞前方只能使用「こと」

決《き》める 決定　約束《やくそく》する 約定

他《ほか》のだれにも話《はな》さないことを約束《やくそく》します。

我保證不和其他任何人說。

新《あたら》しい車《くるま》を買《か》うことに決《き》めた。我決定要買新車了。

❷ ～たことがある 有過[經驗]、曾經

日本《にほん》の映画《えいが》を見《み》たことがありますか。你曾看過日本的電影嗎？

❸ ～ことがある 有時

ときどき会社《かいしゃ》までタクシーに乗《の》ることがあります。

有時會搭計程車去公司。

❹ ～ことにする 決定[決心]

仕事《しごと》を辞《や》めることにしました。決定辭職了。

❺ ～ことになる 決定[結果、決定]

会議《かいぎ》は3時《さんじ》に行《おこな》われることになりました。決定會議三點開始。

❻ ～ことにしている 有～的習慣[習慣]

毎朝《まいあさ》ジョギングすることにしている。每天早上有慢跑的習慣。

❼ ～ことになっている 按規定～[規則]

会議《かいぎ》はあさって開《ひら》かれることになっている。

會議訂在後天舉行。

03 只能使用の時

「の」在文法上雖然是助詞，但是用法為名詞。強調符合該狀況的動作，這時需使用「の」，若使用「こと」則為錯誤的句子，例如下列例句。

❶ 下列表達知覺（感覺）的動詞前方不使用「こと」。

見《み》る 看　見《み》える 看得到　聞《き》く 聽

聞《き》こえる 聽得到　感《かん》じる 感覺

彼《かれ》が走《はし》っているのが見《み》えた。○ 看到了他在跑步。

彼《かれ》が走《はし》っていることが見《み》えた。×

子《こ》どもたちが歌《うた》っているのが聞《き》こえる。○ 聽到孩子們在唱歌。

子《こ》どもたちが歌《うた》っていることが聞《き》こえる。×

❷ 下列動詞前方不能使用「こと」。

やめる 放棄　とめる 停止　手伝《てつだ》う 幫忙

待《ま》つ 等待　じゃまする 妨礙

母《はは》が掃除《そうじ》するのを手伝《てつだ》った。○ 幫忙了媽媽打掃。

母《はは》が掃除《そうじ》することを手伝《てつだ》った。×

彼《かれ》から電話《でんわ》が来《く》るのを待《ま》っている。○ 正在等待他打電話來。

彼《かれ》から電話《でんわ》が来《く》ることを待っている。×

あいうえお表現索引

さ

た

な

は

ま

や

ら

わ

ん

台灣廣廈國際出版集團
Taiwan Mansion International Group

國家圖書館出版品預行編目（CIP）資料

N5-N1新日檢文法大全：精選出題頻率最高的考用文法，一本全包全級數通過！/金星坤著；潘采思譯. -- 修訂一版. -- 新北市：國際學村出版社, 2022.12
面；　公分
ISBN 978-986-454-248-2（平裝）
1.CST：日語 2.CST：語法

803.16　　111016579

國際學村

N5-N1新日檢文法大全【修訂版】

精選出題頻率最高的考用文法，一本全包全級數通過！

作　　者／金星坤
監　　修／白松宗
翻　　譯／潘采思
審　　定／馮寶珠
編輯中心編輯長／伍峻宏．編輯／尹紹仲
封面設計／張家綺
內頁排版／菩薩蠻數位文化有限公司
製版．印刷．裝訂／東豪．紘億．弼聖．明和

行企研發中心總監／陳冠蒨
媒體公關組／陳柔彣
綜合業務組／何欣穎
線上學習中心總監／陳冠蒨
產品企製組／顏佑婷
企製開發組／江季珊

發 行 人／江媛珍
法律顧問／第一國際法律事務所 余淑杏律師．北辰著作權事務所 蕭雄淋律師
出　　版／國際學村
發　　行／台灣廣廈有聲圖書有限公司
地址：新北市235中和區中山路二段359巷7號2樓
電話：（886）2-2225-5777．傳真：（886）2-2225-8052
讀者服務信箱／cs@booknews.com.tw

代理印務．全球總經銷／知遠文化事業有限公司
地址：新北市222深坑區北深路三段155巷25號5樓
電話：（886）2-2664-8800．傳真：（886）2-2664-8801
郵政劃撥／劃撥帳號：18836722
劃撥戶名：知遠文化事業有限公司（※單次購書金額未達1000元，請另付70元郵資。）

■出版日期：2022年12月
2024年4月4刷
ISBN：978-986-454-248-2